中公文庫

野呂邦暢ミステリ集成

野 呂 邦 暢

中央公論新社

目次

I

II

野呂邦暢ミステリ集成

I

「ぼくをどうするつもりだ」と久保隆一はいった。

「来い」と男はいう。

「船に間に合わなくなるじゃないか」と隆一はいって、桟橋の方を振り向いた。連絡船は纜（ともづな）を解いて機関（エンジン）の音を高めている。

「間に合わなくてもいい」ともう一人の男がいった。三番目の男は口をきかずに隆一の腕をとろうとした。

「たのむ」と隆一はいってポケットの有り金全部をつかみ出し、そいつの手に押しこんだ。男は紙幣に目もくれなかった。むぞうさに払いのけた。三人は隆一を囲んで海岸集落の方へ歩き出した。

「離せ、離してくれ」隆一は叫んだ。三人は黙っている。

「おおい、だれか……」無駄とわかっていながら隆一は船着場の方へ呼びかけた。そこにたたずんでフェリーを見ていた五、六人がちらと目を向けたが、顔には何の表情も現われていない。隆一が三人に引っ立てられるのを初めから予想していたといわんばかりだ。

「これは――の家から盗んだものだな」と男の一人が隆一の汚れたシャツを指でつまんでいった。「変装したつもりなのだろう」と別の男がつぶやいた。「そのズボンもどこかの物干しからとったものに違いない」と最初の男がいった。隆一は黙っていた。つぎだらけのズボンはサンダルといっしょに山の樵小屋付近で拾ったものだ。かぶっている麦藁帽子は案山子のそれを失敬したものだった。

そのとき、汽笛が鳴った。四人は立ちどまって海の方を見た。隆一は胸のなかで絶望的な呻き声をあげた。船は桟橋を離れるやゆるゆると向きを変えて島を遠ざかりつつあった。舷窓から洩れる明りが黒い海と白い船体に映えてまばゆく輝いた。日はすでに沈んでおり、海も空も光を失っていた。三人は隆一を促して歩きだした。一本道で先頭に一人、後ろに一人、隆一の腕をしっかりとつかんでいるのがわきに一人いる。前後を屈強な男にはさまれていて、どうあがいても彼らを突きとばして逃げるわけにはゆかない。島の住民がすれちがった。隆一はもしやという期待をこめ、救けを求めて彼らに声をかけた。

「たすけてくれ……」

案の定、知らん顔をして振り向きもしない。ところが次にすれちがいかけた男が立ちどまった。隆一は高鳴る胸をおさえてその男に窮状を訴えようとした。男の口から洩れたのは、「お晩です」という丁重な挨拶であった。「お晩です」先頭の男もやはり丁重に挨拶を返す。

隆一は体から力が抜けるのを覚えた。そうと知ってかわきの男は隆一の腕から手を放し、かわりに彼の腰のベルトをつかんだ。島の住民に甘い期待を抱くのは間違いだ。そう覚悟していても、万一という思いがあって救けを求めたくなる。隆一は悪い夢にうなされているような気分におちいった。この島に渡ってからずっとそうなのだ。ながすぎる悪夢……。四人は橋にさしかかった。川向うが村である。前方からトラックが近づいて来た。先頭の男が舌打ちした。狭い橋上ではトラックを通すために片側に寄らなければならない。前の男は左に寄った。トラックがまぢかに迫るまで隆一はぐずぐずして、ベルトをつかんでいる男が左に寄るために力を加えたとき、石につまずいたふりをして右側によろけた。男は慌てて隆一を左に引き寄せようとした。その瞬間、隆一は満身の力をこめて男のわき腹を膝で蹴り上げた。男は叫び声をあげて頽(くずお)れた。隆一は橋の手すりごしに十メートルほど下の川へ身をおどらせた。水面下に深くもぐり橋脚の下にそっと顔だけ出して息をついた。そこは橋の上から死角になって隆一は見えない。川下に向って駆けて行く二人の男が見えた。川上に一人が急いでいる。両岸は切り立った崖になっており、橋のたもとからすぐ川辺におりられない。木が川面に覆いかぶさっているので水面から岸は見えても岸から川の中の人影は見定めにくい。水は氷のように冷たかった。かたく喰いしばった歯が鳴った。上流にも下流にも隆一を発見できなかった連中はすぐさまとって返すだろう。

隆一は橋脚に這いあがり、支え木に足をかけてすべらないように踏みしめながら架台までよじ登った。そこで十秒間、息を殺して橋上に人の気配がないのを確かめ、わきに枝をのばしている木に体を移した。枝のなかに身を隠して道路を見張る。五百メートルほど下流で点々と明りが動いている。村はひっそりと静まりかえっている。道路に人影はない。追っ手を避けるには再び山にこもらなければならない。道路の向う側は墓地で、その向うはゆるい傾斜をもった尾根になっている。尾根と墓地の境界は崖であるが、草につかまれば登れないことはない。尾根には一、二軒人家が見えるけれど、ススキが密生しているし、薄暗くなりかけてもいるから、姿勢を低くして行けばやすやすと見つかることはあるまい。

隆一はそう見きわめるとためらわなかった。木からとび降り一気に墓地をつききって崖をよじ登った。背をかがめて走るのは骨が折れた。十四、五メートル毎に草むらにしゃがみ呼吸をととのえた。心臓が今にも破れそうに動悸をうった。素足なのに足は鉛の靴でもはいているように重かった。

隆一は人家から目を離さなかった。山の奥へ逃げこむには稜線伝いに進まなければならないし、そうするとどうしても人家のすぐ傍を通ることになる。ここで見つかったら退路を急報されて隠れ場所深くもぐりこまぬうちに包囲されてしまう。隆一は四つん這いになって草むらから草むらへ獣のように走った。

犬が吠えた。

逃亡者はぎくりとして体をこわばらせた。石にでも化したかのようにその場を動かなかった。しかし、犬は尾根のずっと下方、墓地のはずれで吠えたらしかった。隆一は我しらず身震いした。草むらは尽きて栗と柏の林に変った。ひととびでそこへ駆けこんだ。林のなかは素足で歩けるものではなかった。竹や木の鋭く尖った切り株が落ち葉の底にひそんでいる。シャツを細長く裂いて包帯のようにぐるぐると左右の足に巻きつけた。すっかり暗くなるまでに山のねぐらへ辿りつかなければならない。隆一はやぶをかき分けて歩きながら眼下に鈍く光る川の方へ目をやった。上流と下流に別れていた懐中電燈の群が橋のたもとに合流していた。彼らはようやく気がついたのだ。隆一が川の上にも下にも逃げず橋脚のかげに隠れていたことを。流れは深くしかも速かったから、彼らはてっきり隆一がどちらかに逃げたものと決めこんでいたのだ。つねに敵の裏をかくことが大事だ、そうやって今まで首尾よく逃げのびて来たのである。しかし、これからもうまくゆくかどうか。体力には限界がある。たくわえていた食糧も、きょうこそは乗船できると思って船着場におりて行く前にあらかた食べつくしてしまっていた。二時間あまり歩く間に林は深くなった。落ち葉はより柔らかくなり湿り気もふえて来たように感じられた。森の奥に渓谷があった。さっきとびこんだ川の上流にあたる。岩につかまって谷底へおり、目じるしを探しながら対岸へあがって勾配の急な岩の斜面を這い登った。見覚えのある岩の割れ目をやっとのことで探し当てた。蓋をしていた板石をどけて体を斜めにして足から先に割れ目へもぐりこみ、頭だけ出して谷の向うを見渡した。

森には夜があった。

水の音と枝々をゆるがす風の気配がすべてだった。遠くでかすかに犬の吠える声がした。隆一は唇を歪めた。そしてすっぽりと割れ目の中に体を没した。壁のくぼみに立てていたローソクに火をつけた。その焔がぼんやりと洞穴を照らしだした。床は畳二枚がしける程の広さである。高さは一メートル半あまり。隆一は乾いた苔や草を岩の上に敷いてベッドがわりにしていた。壁によりかかって長い溜め息を洩らした。初めて疲労を覚えた。全身に砂がつまったようだ。

彼はくしゃみをした。濡れた布が生乾きのまま体にまつわりついている。水にとびこんだことを思い出した。あれだけ歩き続けたあとでもひどく寒いわけがわかった。着ているものを脱いでまるめ体をこすった。ようやく皮膚が熱くなって来た。脱出は失敗した。また振り出しに戻ったわけである。隆一は岩のくぼみに手をのばした。指に触れたのは椎の実の殻だけであった。寝床のわきに置いてある水瓶は畑で拾ったものだ。三分の一ほど水が残っていた。隆一は空腹を水でまぎらわした。

彼は寒さに耐えかね、床の中央に乾いた苔を円錐状につみ上げてローソクの焔を移した。苔はいぶりながら燃えた。煙は洞穴の天井で渦を巻き、割れ目から外へ出て行く。夜だから煙が見られる心配をすることはない。火光も洞穴そのものが岩のかげになっていて集落の反対側に位置するから外部に知られはしない。

彼は何も考えずに衣類だけを乾かすことに心を集中した。そんなことでもしなければ発狂しそうだった。自分は島に閉じこめられている。このままではいつまでも外へ出られない。では次はどうやって脱出するか……それが即座に思い浮かばなかった。さし当り別の事をする他はない。足に巻きつけた布切れは破れて、両足とも二、三枚が残っているにすぎない。切り株と尖った岩角で足は傷だらけになっていた。森を抜けてここに辿りつくまでは何ともなかった足が今になって疼いた。

傷につける薬はなかった。隆一は瓶の水で足を洗い、血と泥を落した。火で乾かした布切れでその上を縛った。寝床に横たわると関節という関節が音をたてて痛んだが、空腹の方がまだ耐えがたく思われた。苔の火は消えてしまった。シャツは形をとどめずズボンも鉤裂きだらけで着ていないも同然だった。冷気が岩肌からじわじわと滲み出てくる。隆一は床の一箇所を手でまさぐった。平たい石を持ち上げるとその下に服が折り畳んで埋めてある。ズボンとセーターである。これもボロボロになっているが着ないよりましというものである。寒さしのぎにそれに腕を通した。有家庫男もきっと自分と同じ状況におちいったのだ、と隆一は思った。彼は水死するまで何回脱出を試みたのだろう、それはどんな方法だったのだろう……洞穴の岩肌にローソクの焔が影を与えて複雑にゆらめく翳りを帯びさせた。隆一はその陰影に目を注ぎながら今までのことを振り返った。

有家庫男はフリーのカメラマンであった。写真学校で正規の勉強をしたのではなかった。大学では久保隆一と同じく経営学を専攻しながら暇ひまにカメラを手にしていたにすぎなかった。いわば素人の道楽というのに近かった。卒業が近づくにつれてそれが高じて来て、とうとう就職が内定していたある商事会社を断念し、大学を出てから二年間、ある有名な写真家の助手をつとめた。そこでみっちりカメラの基礎から勉強をし直し、その後半年ほど中近東を旅行して撮りためた写真で作品展を開いた。作品展そのものは何の注目もされなかったが、やがてあちこちから借りた金で自費出版した最初の写真集がある一流グラフ雑誌が主催するその年の新人賞に推され、どうやら各方面から仕事の依頼を受けるようになった。かといってそれで生活が立つほどではなかったが、以前助手をつとめた写真家が化粧品会社や繊維会社の広告写真をまわしてくれて、独立してから楽ではないまでもフィルム代にことかくことはないまでに漕ぎつけていた。

しかし、新人賞をもらったくらいで世に認められることは有り得ないものである。毎年一ダース以上の力量ある新人が各種の賞を獲得して世に送り出されてくる。まごまごしているとジャーナリズムの世界からはたちどころに新人によって追い出されてしまう。よほど斬新な仕事を継続的にしていなければ忘れられるのである。無能なカメラマンというのは地下鉄階段に落ちている一円硬貨よりも値打がないのだった。そして有家庫男はすでに忘れられつつあるカメラマンの一人になろうとしていた。こまごまとした仕事(改装したキャバレーの宣伝写真や○○丘の造成団地をチラシ用に撮ったりといった)はあったけれども名のある写真雑誌からの注文はこの年に入ってから絶えていた。強がりをいっても有家が内心あせっていたのは事実である。

そこに来たのがPという旅行雑誌からの依頼だった。「離島の旅」というテーマで北陸地方のBという島を訪ねる仕事であった。その頃、久保隆一は銀座裏のある酒場で有家と会った。彼に呼び出されて落ち合ったのである。有家は傍目にも浮き浮きとしていた。その旅行雑誌は写真にうるさいことで定評があった。一流の写真家かよほど有望な新人でなければ起用しないのである。そのかわり稿料は他誌の三倍も払った。稿料はさておき、P誌に掲載されたということだけで写真家は仲間から羨ましがられた。

――つきが回って来た。

そんな意味のことばを有家は口走った。「どんと一発あててやる」ともいった。目が輝いていた。久保隆一はそのとき友人の身なりがひと頃からすれば随分みすぼらしくなっているのに気づいた。服装にはかなりうるさい男なのである。酒場の払いはその晩、隆一がもった。翌日、有家は東京を発った。一行はP誌の記者とB島出身のある作家と有家の三人であった。撮影は順調に行ったようである。三人は島に一泊して東京に戻り、二日後、有家だけが再びB島へ渡った。撮り残した写真があるからというのである。

二度目にB島へ向う直前、隆一は有家に会っている。頼まれてキャラバンシューズを貸したのだった。自分の靴の底革がとれてしまったからというのだ。有家が借りたがったのは靴だけではなかった。P誌から前払いしてもらった取材費を使い果したというので、隆一は金を都合して渡した。島から帰ったら新しいキャラバンシューズに添えて二倍にした金を返すと有家は約束した。隆一が笑って金鉱でも見つけたのか、というと有家は真顔でうなずいた。酒を飲み食事をし、書店を二、三軒のぞいて二人は別れた。それが隆一が有家を見た最後だった。

有家がB島にとって返して、百年に一度という祭礼を撮影していたのは二人以上の島民による証言で確かめられている。彼がB島を立ち去る姿を目撃したという証人も数人いる。島で乗船切符を発売する係員である。都会からの客は目立つものなのらしい。有家庫男の行方はそれからふっつりと途切れてしまった。久保隆一はP誌編集部からの電話で有家の失踪を知った。有家のアパートを訪ねた記者が管理人立ち会いのもとに部屋を調べて、住所録にのっていた少数の友人にかたはしから問合せたのである。隆一の名前は有家のアドレスブックの一番初めにあったという。記者は肚を立てていた。——駆け出しのくせに締切りをすっぽかしやがって、もう今度から使ってやらない……。

結局、P誌は前回に撮影した写真だけを雑誌に掲載した。祭りの写真があればそれにこしたことはないが、締切りに間に合わなければ仕方がない。それに祭礼の写真はなければないで差支えがないものであった。P誌が店頭に並んだ日に、北陸のある海浜に若い男の死体が流れついた。上衣の有家というネームから死体は行方不明者捜索願いと照合され、ただ一人の家族である兄が四国から駆けつけ、本人と確認した。

解剖の結果、すくなくとも死後三日はたっていることがわかった。そうすると行方不明になってから死ぬまで十日以上の空白期間があることになる。有家庫男がその間どこで何をしていたか誰も知らなかった。死因は溺死である。胃と肺の内部に海水があった。有家は北陸の小都市で火葬にされ、兄が遺骨をたずさえて四国へ帰った。久保隆一がしらせをうけたのはP誌の編集者からである。葬儀が終ってから五日たっていたから参列することはできなかった。

久保隆一は小さな広告代理店に勤めるコピーライターである。有家の不慮の死を聞いてから半月あまり経ったある日、隆一の手許に一通の手紙が届いた。封筒の中には一巻の未現像フィルムが同封してあって、次のような手紙が添えられていた。ルーズリーフにボールペンで走り書きした文章である。

前略、小生今夏、かねてより憧れの北陸旅行をこころみました。その折り、男の人から三巻のフィルムを貴殿に送るように頼まれましたが、預ったフィルムのうち二巻と、同時に託された手紙を紛失してしまいました。宛名を書いた紙片をすぐに荷物の中から探し出すことができず、ようやく見つけたと思ったらフィルム二巻と手紙がどこを探しても見当りません。旅行から九州へ帰った直後に風邪を引いたりして送るのが遅くなりました。せっかく預った大切なフィルム等を紛失したりして誠に申し訳ありません。重々おわび申し上げます。おゆるし下さい。

草々

消印は西九州のある港町であった。差出人の名前はなかった。ボールペンで書いた角張った字体などから送り主はおそらく学生なのであろう、と隆一は考えた。差出人はフィルムを託した人物の死を知らない。西九州の学生が北陸地方のある海岸に漂着した死体のことを知るわけがない。それにしても一体どこで彼はこのフィルムを預ったのだろう。B島でか、連絡船内でか、本土でか、それを一行でも書き加えてくれていたら、と隆一は歯がゆく思った。しかしここで疑問が生じる。

（有家は金を借りてまで二度も島へ渡って撮ったフィルムを、なぜ見ず知らずの旅行者に託したのだろう）

自分で持ち帰ってもよさそうなものである。もしかしたら有家は手紙のなかにその間の事情を詳しく説明していたのかも知れない。差出人が住所氏名を明記していてくれたら手紙の内容はともかく疑問点をもっと明らかにすることができるのに、と隆一は舌打ちした。彼は会社のカメラマンに頼んでフィルムを現像し焼付けてもらった。初めの十数枚は、有家が第一回のB島行きで撮り残したというB島の祭礼らしかった。注連縄を張った古い神社とその境内に集った人波がうつっていた。奉納された絵馬の額もあった。どこといって変った所はなかった。旅行雑誌やカメラ雑誌ではざらに見られる写真である。

しかし、有家の失踪から死に至るまでの空白期間を解く鍵はこの写真にしか無いのである。隆一は一枚ずつていねいに見ていった。祭りと神社の写真は十八枚で終っていた。十九枚目はB島の船着場の光景である。桟橋に横付けした二百屯（トン）あまりの連絡船の船首に〝第三夕顔丸〟という船名が読みとれた。その次は遠ざかりゆくB島を海上から撮ったのが二枚、そして奇妙なことに島の写真の次には再び漁村や道路が続いている。ネガフィルムがそうなっている。祠（ほこら）、狐に似た得体の知れない石像、森の中の小さな神社、網をつくろっている漁師、屋根に石をのせた民家、とりたてて変り映えのしない写真である。こんなものを撮るために有家がわざわざ引き返した理由がいくら考えてもわからなかった。祭りの写真をとった後、ついでに撮ったものなのだろうか。

隆一の目を惹きつけた一枚の写真があった。山道や海岸の廃船や暗い森を撮った最後のネガである。和服を着た若い女の半身像で、女は縁側にたたずんで庭を見ていた。カメラアングルは斜め横から対象をとらえている。被写体はカメラを意識していない。望遠レンズを使って塀ごしにぬすみ撮りしたものらしい。手前にうつっている木の枝の鮮明度からかなりの距離をおいて撮影したことがわかった。女は彫りの深い顔立ちである。一度見ただけで忘れられない一種異様な雰囲気を漂わせている。

隆一は頭をかかえた。これらの写真で見るかぎり、有家はB島に戻ったとしか考えられない。なぜ戻ったのか。それが謎である。地もとの警察は事故死と見ていた。死体が流れついた海岸の近くに転覆した小さな釣舟が漂着した。おそらく有家は海上から何かを撮影しようとしたのだろう。舟の上で立ち上ったはずみに安定を失い、海中に転落したというふうに考えられた。この辺りではよくある事故なのである。B島周辺は良い釣り場であったから、毎年この種の事故で釣り人が命を失うのは珍しいことではなかった。

有家も不注意な釣り人と同じに見なされたわけである。警察の処置に不満を持つ者はいなかった。彼をB島に派遣したP誌編集部にしてみれば、あくまでフリーのカメラマンに仕事を注文したにすぎなくて、その仕事を彼は型通りに果しているのである。二度目の渡島は編集部の命令ではなくて、本人の自発的意志に基づいたものである。第一回の取材で原稿は受入れられたのだから、有家は余計なことをしたのだった。念には念を入れる凝り性ゆえ命を落すハメになった。あくまでそれは有家の個人的不幸というものだった。それでもP誌側からはいくばくかの金が見舞金という名目で有家家に支払われたということを、事件から何週間かたってから隆一は聞いた。できることならB島へ渡って、有家が失踪して溺死するまでの十日間を調べてみたいものだとは思いながら、忙しい日常にまぎれて果せなかった。

北陸の海岸にかぎらず、人は東京でも毎日、傷つき死んでゆくものである。無名にちかかったカメラマンであった有家の死は問題にされるはずがなかった。映画のアクションシーンを撮影ちゅうに、激流にのまれたカメラマンがいた。彼は死んだ。化粧クリームの広告写真をヘリコプターから撮影ちゅうに墜死したカメラマンがいた。あるカメラマンはアフリカで某国のクーデターを取材ちゅう、流弾に当って死んだ。いつでもどこかで誰かが死んでいく。有家の事件はカメラの専門誌の人事消息欄にわずか五行で片付けられた。

三ヵ月たった。

久保の広告代理店が北陸地方のA市にある酒の醸造元から仕事の依頼をうけた。地もとにいくつかあった小さな造り酒屋が統合されて新しい地酒を全国的な販売網にのせるについてそれ相応の大がかりな宣伝をまかせられたわけである。テレビや新聞に一連の広告を流すことになった。仕事は順調に行った。コピーやCFの制作も終り、北陸のテレビ局との打合せも予定より早目にすませてしまうと隆一はまる一日体があくことになった。A市に出張して来ていたのである。

その瞬間まで隆一は有家のことをすっかり忘れていた。A市の繁華街にある喫茶店で、彼はコーヒーを前にぼんやりしていた。仕事が一段落したあとにきまって訪れる快い解放感に身をゆだねてガラスごしに通りを見ていた。繁華街といっても店は裏通りにあったからむやみに人通りは多くなかった。一人の青年が隆一の目をとらえた。痩せて青白いその青年は、一眼レフをケースに入れず裸のまま わしづかみにして大股に歩いていた。長髪が肩に乱れていた。隆一はのみかけのコーヒーカップを口もとに支えたまま青年の姿を目で追っていた。彼はたちまち街路の人ごみに消えてしまった。時間にして数秒の間のことであった。隆一が青年に見ていたのは有家の面影である。いつも痩せた長身を前かがみにしてせわしない風情で人ごみをかき分けて歩く。飢えた獣のように鋭い目。顔つきはまったくの別人でもたちどころに有家を思い出させる共通の雰囲気がその青年にはあった。有家はまだ不遇の時代によくあんな恰好をして新宿の裏通りを歩いたものだ。不遇の時代?いや有家は一生不遇だった。ほとんど無名のまま人生を終えたといってもいいほどだ。隆一は志をとげずに世を去った旧友に対してにわかに深い憐れみを覚えた。それから有家が取材に出かけたB島がA市からほど遠くない海にあることを思い出した。そういえば有家が火葬にされたのはA市でであった。

この日は金曜日であった。出張は土曜日までとなっている。日曜日に帰京するとして二日間、自由になる時間が目の前にあるわけだ。隆一は時刻表を調べた。連絡船は一日に一回、F港を起点にE島C島を経てB島へ渡り、A港で折り返して往路とは逆の順に島々をめぐりF港へ帰るように運航されていることがわかった。朝、F港を出たフェリーは夕方戻ってくる。F港から朝の便で渡れば、数時間B島に滞在できる。土曜の夕方にF市へ戻り、そこで東京行きの列車に乗れば翌朝は自分のアパートに戻ることができると計算した。隆一の荷物は着換えをつめた小さい鞄一個だけだったから身軽なものだ。有家も確か島へ渡るときはカメラの他には小型のショルダーバッグ一つきりだったと思い出した。有家の死にまつわる謎が解けなくても、彼が執着したB島へ行ってみるだけでも心が安まるような気がした。自分は彼が生きている間に何もしてやれなかった。せいぜい古靴とはした金を貸してやったくらいが関の山だ。B島で半日をすごせば不幸な友人の霊をいくらか弔うことになるだろう。隆一はそう考えた。

その日のうちにF市へ列車で行って、翌日、二つの島を経由してB島へ渡った。晴れた日で風も強くないのに船はよく揺れた。うねりが大きいのである。船員の話によるとこの海域では潮流がいくつかぶつかって複雑な潮目をつくり出しているという。このくらいの揺れは揺れのうちに入らないそうである。風でもあれば船はたちまち欠航してしまう。小船を運航するにはしごく厄介な海でさ、と船員はいった。詳しく聞いてみれば、海岸沿いに北上する黒潮に北から南下する親潮が三つの島周辺でぶつかりあい渦を巻いているらしい。暖寒二つの海流がまざりあって夏でも濃霧が発生することがあるそうだ。秋から冬にかけてすなわち今頃はとくに海況が悪く、フェリーも十日に一回は欠航するという。隆一は手すりにもたれてコールタールを溶かしたようにどす黒い海を眺めた。つい三ヵ月前、有家庫男もこうして同じ船に乗り同じ海を眺めていたのだと思った。もしやという淡い期待をこめて隆一は通りかかった船員に定期入れから有家のスナップ写真をとり出して夏に乗った客だが見かけたことがないかと訊いた。

——この人は医者か。

と船員は訊き返した。カメラマンだと隆一は答えた。船員は首を振った。夏には島へ渡る旅行者は多いのである。いちいち覚えていられるものではない。隆一は売店でタバコを買って店員に有家の写真を見せた。この人なら見たことがあるというので、勢いこんで問いただすとA市の刑事から見せられた写真のことをいっているのだった。してみると警察も事故死の結論を出すまでに一応の調査はしたわけだと隆一は思った。ちゃんとした情報網を持つ組織がひと通り調べた上で溺死と認めていたのである。隆一は浮かない気分で黒い海を見渡した。有家の死にまつわる謎をのみこんだまま海はものいわず重々しくうねっている。

隆一はB島に午前十一時に着いた。帰りの便は午後二時半に来たから三時間あまり在島したことになる。隆一はまっすぐ島の神社へ行った。島の人にたずねてみるまでもなく真魚古神社の在り処はすぐにわかった。海岸沿いに拡がった漁村の背後から山の斜面が始まっている。頂へ至る長い石段は海上からでもよく見えた。隆一は休みながら二百数十段の石段を上って頂上に辿り着いた。注連縄を張った石の鳥居があり、潮風に晒されたふるい神社があった。鳥居や拝殿の形は有家の写真で見慣れたものだった。隆一は境内にたたずみあたりの光景に目をやりながら漠然とした懐しささえ覚えた。初めて訪れた場所とは思えなかった。かつて何度もやって来た場所のような気がした。それもそのはず隆一はあの写真をためつすがめつ眺めたものである。どれも隆一の脳裡に刻みこまれている。写真は有家が映像という形で自分に寄せたメッセージであるかと思われたのだ。

拝殿の壁面にはずらりと新旧無数の絵馬がかけ並べてあるのも写真で見た通りだった。しかし昼でも薄闇が澱んでいる天井や壁を埋めつくした絵馬の額がどれも白い目を剝いているのを、目のあたりに見るのと写真で見るのとはいささか趣が違った。五角形の板切れには人間の目ばかりが泥絵具で描きこんであった。馬を描いたのは一つもなかった。色褪せた絵馬の隣にはたった今描かれたように毒々しい色鮮やかな絵馬があった。絵馬というのは神仏にある種の物ごとを祈願するために奉納されるものである。牛馬の絵を板に描いて奉納するのは農民にとって唯一の財産であったそれらの息災を祈るためというふうに隆一は記憶している。民俗学に詳しい有家から聞いたことであった。拝殿に目を描いた絵馬が多いのはおおかたB島には眼病が多いのであろう。島民は眼病にかからないこと或いはそれから快癒することを祈って神社に目の絵馬を奉納したのだ。真魚古神社はマナコ（眼）

神社と読むのだと隆一は考えた。

絵馬は目ばかりではなかった。よく見ると手や足を描いた額も中にはまざっていた。漁や疫病でそこなったものと思われた。ここを治して下さいと祈る島民の素朴な生活感情が絵馬の稚拙な図柄にうかがわれるようであった。隆一は石段をおりて神主の家を訪ねた。七十に近い老人は案の定、有家を覚えていなかった。カメラをかかえて境内をうろうろしていたのは祭礼の日、一人や二人ではなかったのである。酒好きらしく鼻の頭が赤い神主はその日、祝詞をあげるときは素面ではなかったろう、と隆一は考えた。これでは訊く方が無理というものだ。隆一は神主に漁業協同組合の建物をたずねてそこへ向う途中、船着場の切符売場で係の老人に有家のことを訊いた。B島で、有家を確かに見たと真っ先に名乗り出た証人である。隆一は写真を見せて老人が見たという男はこの人物に間違いがないかと念を押した。間違いはない。カメラを三台も首から下げている男を見たのは初めてだからよく覚えている。一台や二台は珍しくないが三台も持っている男は……。カメラの他にその男はどんな荷物を持っていたか、と隆一は訊いた。黒い小さな肩掛け鞄を持っていたようだ……。隆一は老人が本当のことをしゃべっていると確信した。

——ところでその人は医者なのか。

と切符売りは訊いた。カメラマンだと答えて隆一はフェリーの船員も同じことを訊いたことを思い出した。「どうして彼を医者だと思うのか」と訊き返すと、この夏、F市の大学病院から眼科の医師団と学生グループがB島へ渡って住民の集団検診を行なったというのである。眼病はB島の風土病なのだそうである。秋祭りがあるその当時は遠洋へ出漁している漁師たちも島へ帰って来るので健康調査に都合がいいのだ。

隆一は切符売りが見たという男がそのとき何か変った様子を示さなかったかと訊いた。

――とりたてて何も。彼はごく普通の旅行者だった。そうか、お前の友達か、若いのに気の毒なことだ……。

彼は一人だったか、連れを見かけなかったか、と隆一は訊いた。

――客が多かったのでよくわからないが買った切符は一枚だった。他人と話しているところは見なかった……。

その日、海は荒れていたか。

――凪いでいたと思う、ちょうどきょうのように。船が定刻に出入りしたのだから間違いはない……。

その男はどこ行きの切符を買ったのか。

――ここでは二種類の切符しか売らない。A港行きの〝上り〟とF港行きの〝下り〟である……。

有家が買ったのはF港行きであった。船がその日B島を出て忘れ物か何かで戻りはしなかったかと訊いてみた。そんなことはフェリー就航以来一度もない、と切符売りは答えた。隆一は老人に礼をいって漁協へ行き、神社で有家を見たという女事務員に彼の写真を見せた。「祭りの翌日戻って来たはずだがどこかで見かけませんでしたか」。相手は首を振った。祭りの翌日は海が荒れてまる三日間フェリーは欠航したという。

船が出るまでにまだ時間があったが、島で見のこしたものは何もなかった。最近建てられたばかりという鉄筋コンクリート二階建の村役場などを見物したところで仕方がないのである。隆一は神主からきいた駐在所を探し出して有家のことを訊いた。定年まぢかに見える小柄な巡査はA市から配布された連絡回報以外に何も知らなかった。有家の事件そのものは覚えていた。漁船の海難事故で人が死ぬのは珍しくなかったが、酒の上の喧嘩でたまさか傷害沙汰が発生する他はこの二十年間、殺人事件なぞただの一回もB島では起っていないという。平和な島だ、と初老の巡査はいって、あの島には常駐の巡査すらいない。自分が定期的に船で巡回しているが、自分が赴任してから殺人はおろか傷害事件すら起ったためしがない、と自慢して水平線上に浮ぶ二つの島を指した。C島とE島である。巡査はさらにつけ加えた。若い者はどんどん島を出て行くから人口は減るばかり、空家はいくらでもある、退職したらB島で釣りをして暮すつもりだ。野菜も魚もふんだんにとれる。

何もあくせくと都会の汚い空気を吸って暮さなければならないことはない、といって老巡査は気楽そうに笑った。

隆一は島を歩き回った。心のどこかにひっかかるものがあった。有家が撮った写真と同じ神社は確かにあったけれども、あの祠や奇態な獣の石像や森の中の小さな神社と同じものはこの島に一つも見当らないのである。一体、有家はあの写真をどこで撮ったのだろう。自分が知らないB島のどこかに秘密の祠や神社があり、そこにあの謎めいた若い女が隠れ住んでいるのだろうか、と考えてみたが、それは考え過ぎというものだった。南北四キロとない島では人家は船着場近くの漁村だけである。

こうとわかっていたらあの写真をそっくり持って来るのだった、と隆一は自分のうかつさに肚を立てた。しかし一枚だけあの塀ごしに撮った女の写真があった。何となく気になって定期入れにおさめていたものである。有家の写真を持っていたのは、葬儀からしばらくたって彼の兄が上京し、有家のアパートを一緒に整理した後、記念にもらっていたのだった。この二枚だけでも無いよりはましというものである。問題の写真は女の姿だけカットして原画を引き伸ばしたものだから、ややぼけてはいたが、目鼻立ちははっきりと見てとれた。

「この人を見たことはありませんか」隆一は神主に有家の写真を見せた後で女の写真を示

した。相手はしばらくみつめて首を振った。島の住民ではない、という。人口は二百数十人しかない漁村である、それに生まれてこのかた七十年間暮している自分が、こういう美女が島に居たら知らないはずはない……。

神主の左の目には灰色の膜がかかっていた。右の目も不自由のようだったが、隆一がさし出した写真を慄(ふる)える指でしっかりとはさんだから女の顔を判別することはできたはずだった。隆一の気のせいか、写真に目をやった瞬間、老人の表情に何かが動いたように思われたが、知らないといわれればそれ以上訊き様がないのだった。切符売場の老人にも女の写真を見せた。返事は同じだった。こういう女性はB島にいない、というのである。その老人の片目も水晶体がひどく濁っているのを隆一は認めた。漁協の職員と駐在の巡査には写真を見せなかった。見せても同じだと考えたからである。切符売りの話では、巡査は一昨年、A市から転勤して来たということだった。神主が知らないことを知っているとは思えなかった。

連絡船は定時に姿を現わした。

(まあ、こういうわけだったのだ、有家よ)隆一は甲板に立って遠ざかりゆくB島を眺めながら胸のうちでつぶやいた。(お前がこの島で何をし、何を見たかはとうとうわからずじまいだが、とにかく俺はこの島へやって来てお前の足跡を辿ってみたのだ。これ以上は

どうしようもない。金でも出来たらお前の未発表作品で小さな写真集でもこしらえよう。そのくらいで成仏してくれ）

隆一は疲労のせいもあってがらにもなく感傷的になり、ぼんやりと島を見送るうち奇妙なことに気づいた。海に浮んだB島は兜を伏せた形に似ている。神社のある山が兜の鉢で庇が集落のある山裾である。それはしかし、有家が写真に撮ったB島の恰好とは似ても似つかぬものである。祭礼を撮ったフィルムの次に来ていたから、今の今まで離れ行くB島を船上から撮影したものと早合点していた。それはB島を別のアングルから撮ったものでもなかった。どんな角度から見てもB島は写真にうつっているように、つまみが二つある文鎮の形に見えるわけがなかった。それは……隆一は船首に駆け寄った。水平線上に二つ並んだ島のうち文鎮の形をした島はE島である。隆一は神社をおりてから心のどこかにひっかかっているものの正体に今気づいた。二つの島を山頂から一瞥したとき、なんだか見たことがあるような気がした。C島は鍋を伏せた形でB島と似ている点がなくもないがE島こそ写真の島であった。

有家はF港へ帰る途中、E島へ寄ったのだ。初めからそのつもりだったのかも知れない。そういえば料金はC島行きもE島行きも均一であるから、切符売りの老人が知らなかったのも当然である。隆一は女の写真をとり出して眺めた。女はきっとE島にいる。自分は必ずこの女に会って有家のことをたずねなければならない。女は隆一に整った横顔を見せて印画紙の中にたたずんでいた。その黒々とした目をのぞきこみながら隆一はそう決心した。

その晩、隆一はE島に泊った。島に降りたのは隆一だけであった。第三夕顔丸は船客の乗降がすむと汽笛を鳴らしてすぐに去った。船着場に降りると目の前に立ちふさがったものがあった。以前からの知合いででもあるかのようにまじまじと顔をのぞきこむ。持ってやろうというように隆一の鞄に手をのばした。だらしなくゆるんだ口もとからヨダレが垂れている。隆一は彼を押しのけて歩き出した。そいつは不満そうに咽喉の奥で唸った。

E島には小さな旅館が一軒あるきりだった。それとてもともと釣り人が多い春から夏にかけてだけ営業しているのだという。隆一が過度にがっかりした風を装うと、宿の主人は気の毒がって泊ってよろしいと彼を招き入れた。島の人は人なつっこく皆気さくで親切のように感じられた。どちらから、とおかみは訊いた。食事どきである。東京から、と隆一は答え、ふと思いついて有家の写真を見せた。この男に見覚えは？　おかみは写真を見て首を振り、念のため主人に訊いてみるといって写真を持って階下へ降りて行った。主人も知らないそうである。この頃の釣り人はたいてい泊らずに日帰りでF市へ戻る、という。釣りに来たのではない、カメラを下げていたはずだ、と隆一はいった。この人は何をしに

E島へ来たのか、とおかみは訊いた。よくわからないが島の珍しい風物なぞを撮影したことは確かだ、と隆一。島には何もない、B島には弘法大師手掘りの井戸があって、その水で目を洗えば眼病が治るという伝説があるけれども……。

隆一は女の写真を見せた。おかみはこれも否定した。島にこんな女の人はいない、見たことがない、という。その否定の仕方が強すぎた。C島ではどうだろうか、と隆一。C島にもいないと思う、というのがおかみの答えだった。そういうあなたは東京から来た刑事なのか、といつの間に上って来たのか宿の亭主が訊いた。ただの友人だと隆一は答えた。二人は有家が事故にあったのは気の毒だとしきりにくり返した。彼等は何か隠している、隆一は直感的にそう思った。

翌日、隆一は島を見て回った。きのうの男が五十メートルほど後ろをついて来た。この男は宿のおかみからきいたところでは島一番の旧家である醍醐家に使われている下働きという。幼い頃、身寄りをなくしてから知能は低いが別段他人にわるさをすることもないのでその家に引き取られ面倒を見てもらっているそうである。隆一が立ちどまって男を振り返るとその男も立ちどまって薄笑いを浮べた。フェリーは午後の便を利用するつもりであった。夜行に間に合えば明朝には出社できるだろう。強行軍だが有家がフィルムを託したのはこの島のはずである。せっかく来たからには何とかしてあの女を探し出したかった。

E島は海岸からすぐに山になっている。平らな所は船着場とその近くの村落地帯だけである。砂浜は一箇所もない。ぐるりは切り立った崖で取り囲まれ全体が台地でその台地が二箇所で円錐状に隆起している。つまみのある文鎮を連想したのはもっともである。台地は中腹までよく耕されそれから上は林で覆われていた。林は高くなるにつれて深くなっているようである。人口は百人を出ないだろう。半農半漁のうら淋しい集落である。

隆一は島で一番高い山に登った。水平線上にF港とそれより手前にD燈台が見えた。ここにも神社があり、石の鳥居には幾馬神社と彫った石造の額がかかっていた。キバ、イクマ?、隆一は神社名を正しく読みあぐねた。B島と同じくここにもおびただしい絵馬を奉納した拝殿があった。そこから隆一は島の地形を見渡すことができた。E島の平面図は猿の頭に似ている、ふとそう思った。二つの目に当る所が山である。顎に当る所に船着場があり、鼻にあたる所に漁村がある。目と目の間に谷がありそこを流れ下った川は漁村のわきを抜けて船着場へ抜けている。鉄分が多いと見えて土は赤茶けた酸性土壌である。ロクな収穫はないだろう、と隆一は考えた。山に登り、磯を歩き、ススキの茂った台地をぶらつきながら、隆一は終始どこからか自分に鋭い視線がそそがれていることを意識した。後ろからつけてくる男の目とは別にである。

一人一人は素朴な漁民のようだ。道ですれちがえば腰をかがめてていねいに会釈する。

有家の写真を示すと、じっくり眺めた上で済まなさそうに微笑しながら知らない、という。まるで手応えがないのだった。女の写真も見せた。一人として知っているという者はなかった。──どこか違う……。隆一はしきりに独り言をいった。広さはB島よりややせまいくらい、半農半漁という点では同じだから島の雰囲気はB島とそれ程かけ離れているはずはないのだが、こちらはどこかに暗く沈んだ空気が感じられるのである。若い男女がいないせいでもあるのだろう。海岸で働いているのはたいてい中年以上で子供も少ない。しかし、「暗さ」はそれだけではないようだ。隆一はかつて学生時代に信州の山中でE島より住民の少ない山村に泊ったことがあった。が、こうした暗さは感じなかった。それが何かはいうことができないが、この島には何かがある、と隆一は思った。

彼が山道を歩いていると軒下からうかがう視線がある。やにわに振り向くとその男は何喰わぬ顔で干し柿などかけ並べている。海岸を歩いていると背筋がなんとなくむずむずしてくる。漁網をつくろいながらちらちらと射るような眼差しで隆一をぬすみ見ている。船のかげから、集会所の窓から、石垣の後ろから隆一の行動を監視するらしい無数の目がのぞいているように思われた。かといってむきだしに敵意を表わすのではない。むしろその反対で隆一の便宜はあらゆる手段を通じてはかろうとする。漁協の職員は有家の写真を見て船着場にある売店の老婆を紹介してくれた。船の出入りは切符売りのその老婆が詳しいからというのである。

ねむそうな顔をした老婆も写真を見て医師かと訊き返した。きいてみればこの島にもF大の風土病研究調査団は派遣されたという。老婆は知らない、と答えた。――このとしになると物忘れがひどくて……。隆一は女の写真を見せた。老婆の垂れ下った眼蓋がぴくりと引き攣ったようだった。即座に知らない、といって写真は返された。有家の写真を眺めるよりずっと短い時間だった。隆一のさし出す写真なぞ初めから知らないときめこんででもいるようだった。しかし、口は嘘をつくことができても、表情はそれをしばしば裏切るものである。B島の神主がやはり老婆と似た反応を示したことを隆一は思い出した。

あなたは警察の人なのか、と老婆は怯えた目を向けた。ちがう、友人がなぜ溺れ死んだか知りたいと思っているだけだ、と隆一はいった。泳げなかったのではないか、と漁協の職員はいった。有家は大学時代、水泳の選手であった。鳴門の渦潮で鍛えたというのが彼の自慢だった。四、五キロの遠泳も平気でこなした。しかしこのあたりは海流が強いからと職員はいった。土地の漁師でさえも海に転落して何日も死体があがらなかったことがある、とつけ足した。事件は八月である。夏の海で凍えることはないだろう、と隆一がいうと、日によっては凍えることもあるのだ、と職員はいった。北陸の海を四国の海と同一視するものではありませんよ……。

だから島の人間はよほどのことがなければ海に入らない。遊び半分に泳ぐのは誰もいない。おそらくそのカメラマンは小舟を無断で（というのは有家さんとやらに小舟を貸したという島民はいないから）借用して海に漕ぎ出し、E島を撮影しようとしたのではないか、そのうち櫂を失い潮流に運ばれて島から遠ざかり、風に煽られて転覆した、と自分は推測する、と職員はいった。そうかも知れない、じゃあそんな危険を冒してまで海へ出て何を撮影しようとしたのだろう、と隆一がいうと、自分たちには分らないが、東京から来る人は何でも面白がる、こわれた舵輪とか浮木とかのがらくたに高い金を払って持ち帰る人もあるのだから、その人もカメラにおさめたいと思うほど珍しい物を見たのだろう、と相手はいった。

そろそろ船が来る時刻である。隆一はもう一度、島の内陸部へ足をはこんだ。有家がE島に降りたことは確かだとしても、その後の手がかりは何もつかめない。彼をここで見たという者は一人もいない。その言葉を信じるとすればである。あることを思いついて後ろを振り返った。尾行者を手で招いた。あたふたと近寄って来て意味もなく笑いかける男に有家の写真を見せた。この男を見たことがあるかとたずねた。男は即座にうなずいた。

「いつ、どこで……」

隆一は勢いこんでたずねた。相手は咽喉の奥で何か唸った。口を指してしきりに首を振る。隆一はがっかりした。彼は口がきけないのだ。隆一が失望したあまりその場にうずくまってしまうと男も並んでしゃがんだ。その足もとを見て隆一は自分の目を疑った。その男がはいているのは有家に貸したキャラバンシューズであった。「おい、この靴はどうやって手に入れたんだ」隆一が男の胸ぐらをつかんで問いただすと、男は口をぱくぱくさせて言葉にならない呻き声をあげ両手を振り回して隆一を突きとばすと坂道をかけおりて行った。

醍醐家とかいったな……隆一は時間を気にしながら橋を渡って集落の方へ急いだ。島一番の素封家であればすぐにわかるだろう、と考えた。思った通り当の建物はすぐに見つかった。集落のもっとも奥まった箇所にあり、山ふところに抱かれるような場所に位置していて初めて村を歩いたときは気づかなかったのだ。白い築地塀をめぐらしたいかにも旧家らしいどっしりとした屋敷である。隆一は高麗門の分厚い木扉を叩いた。返事はない。塀に沿って歩いてみた。高さは二メートル近くあるようだ。建物の裏手にまわる道路は竹垣でさえぎってある。庭をのぞきたかった。女がうつっている写真に庭の一部も見られる。それが一致すれば女も屋敷の中に居ることになる。なんとかして塀の内に見通しがきく場所を発見しようと焦った。

船着場の方から汽笛がひびいて来た。これが女のいる家だとすれば、有家はどこからか塀の内側を見下す足場を知っていたはずだ。望遠レンズを使っているから山の斜面から……そうだ、山があった。裏手の崖に有家はいあがったのだろう。隆一は山の方へ目をやった。しかし再び山に戻る時間はない。また汽笛がせきたてるように鳴った。そのとき、ある物に目を留めて隆一は魅せられたように塀の下に近づいた。築地塀の屋根瓦に見覚えがある。二つ巴の紋様がくっきりと浮き出ているのである。女の写真をとり出して調べた。それほど鮮明ではないが見まちがうことはない。同じ物である。隆一はためらわなかった。門へ戻って力の限り扉を叩いた。しばらくして内側から近づいてくる足音が聞えた。目の高さにある細いのぞき孔があけられ隆一の風体をみつめているようである。やがて閂を外す音がした。門は開かれた。そこに立っているのは有家の靴をはいている男であった。

…………………………………………………………

隆一は空腹のあまり目醒めた。ローソクは心細く揺れている。いつの間にか眠りこんだらしい。壁のくぼみにしまってある木の実を手で取り出して一つずつ殻を調べ、ていねいにより分けてみた。そうしてようやく中身のつまった五、六個の椎の実を探し出した。爪で殻を割るのももどかしく口に入れた。暗いうちに食物を収集しておかなければ。飢えが高じてくると頭の働きも鈍くなってしまって脱出する手段を考えられなくなる。今となって海岸へ降りて行くのは危険きわまりないが、じっとしていると衰弱がひどくなる。このあたりでは縞蛇も赤蛙もほぼとり尽してしまったのだ。野ネズミはいるけれども、あのすばしこい連中を疲れた体で追いまわすことはできない相談である。人間の住む所へ行けば軒下に吊した干し柿や干魚を盗むことができる。ローソクを消して入り口の石をずらして隆一は外に這い出した。日がのぼる前に林の中で椎の実やあけびを採集しなければならない。

……………………………………………………

……………………………………………………

あのとき出されたお茶を飲んだのが運のつきだった、と隆一は後になってくやんだ。玄関わきの応接間に通されてしばらくしてから白髪の老婆が運んで来たお茶である。テーブルに置いて黙って立ち去った。家は何の物音もしない。しかし耳をひそめるとかすかながら衣ずれの音がし、どこか遠くで床を踏む足音も聞え、襖を開閉する気配も伝わって来るようであった。いつまでたっても家の者は現われなかった。さんざんじらせたあげく、しびれをきらせて帰るのを期待しているのだろうか、と隆一は思った。船はもう出てしまったのだ。何も急ぐことはない、と考えはしたものの少し不安になった。明日の便で帰るとしても勤めは無断で休むことになる。早目にF市から東京へ連絡できればいいのだが……。

出張して来た醸造元の仕事について隆一には社へ報告する義務がある。それはいずれするとしてもさし当り、彼がE島に寄っていることを今、会社の連中は知らない。A市を発つときも旅館の者にはB島へ行くと告げているから、隆一が有家同様、行方不明になっても誰も知らないのである。

彼はじりじりしながらテーブルで冷えているお茶をすすった。濃い緑茶で口に苦かった。朝から島を歩き回ったのでやけつくように咽喉が渇いていた。一息に飲み干したそれは刺すような味を舌に残した。飲み終って五分ばかりたったとき襖があき、黒眼鏡をかけた老人が現われた。彼は片手を前方につき出してすり足で歩いた。眼鏡の奥に光の薄れかけた目が開いていた。自分はこの家の家令である、御用件は？　と老人は訊いた。隆一は手みじかに有家のことを語り、彼が最後に撮った写真にこの家がうつっていることを告げた。老人は咳払いしていった。

——家がですって、家の何がうつっておりますか。

女の人がうつっています、と隆一はいった。老人は数秒間、黙りこんだ。視力の薄れた目で欄間のあたりを見上げて何やら考えこんでいる。ややあって訊いた。

——どうしてこの家の女とわかるのです。

隆一は塀の瓦にある二つ巴の紋様と写真のそれが一致することを説明した。女の人に会わせて下さい、と隆一は求めた。ところがその頃になって全身が微熱をもったようにだるくなって来た。やたらにねむいのである。旅の疲れが出て来たのだろうか、と考えもした。たて続けに欠伸がでてくる。その場に横たわってひと眠りできたらどんなに楽だろう、と思った。

——写真を拝見しましょう。

と老人はいった。取り出して手渡しながらその女の人に会わせて下さい、と頼んだ。舌がもつれて、会わせてくらさいというのもやっとだった。ろれつのまわらない発音を聞いてか、老人はうっすらと笑った。隆一が初めて見る微笑であった。瓦ぐらい同じ紋様はどこにでもある、と老人はつぶやいた。隆一はテーブルに両手をついて上体を支えた。上体をまっすぐ伸ばしていることができない。あのお茶に何か混ぜてあったのだ、と気づいた。老人の手が白いものを引き裂いている。有家と女の写真である。細かく破ったものを灰皿に入れてマッチをする。やめろ、といい、手でとり返そうとしたが体はしびれたようで動きがきかない。火が写真を包んでゆらりと立ちのぼったとき、灰皿に手を伸ばしたまま隆一は顔を倒し意識を喪ってテーブルに突っ伏した。

今は昼か夜かわからない。

隆一は顔をしかめた。頭の芯が疼いた。格子の向うにともっているローソクが唯一の照明である。閉じこめられているのは一坪ほどの空間である。上下左右どちらを向いても厚い木の板で囲まれ一方だけが太い木の格子で仕切られている。斧でもないかぎり板壁は破ることはできない。牢そのものは納戸部屋の内に造られているようである。だからかりに牢を抜け出ても次に納戸から外へ出る工夫をしなければならない。格子はやっと大人の頭が入るくらいで、一本は五センチほどの厚さを持った角材である。牢の片隅に便器がわりの手桶があるのに気づいた。牢は造られてかなり年代がたっているらしい。木の手触りでそれがわかった。

隆一はこぶしで壁を叩いた。足で蹴ってもみた。音だけが空しく反響する。「おおい、誰か」大声で叫んだ。家の中はひっそりとしている。急に渇きと飢えを覚えた。何時間、眠りこんでいたのだろう。格子はがっちりとして力をこめてゆさぶってもびくともしない。床も壁も天井も欅(けやき)の三分板を隙間なく張りつめたものである。腐蝕している箇所もなかった。納戸の柱にともされた燭台の明りが唯一の頼りだったから隆一の調査は目よりも手の触覚が主だった。その指が壁の隅に刻み目を見つけた。目を寄せてよく見た。何か引っ掻いたような痕が見えるが、格子の影がさしてよくわからない。指をあててなぞった。ア・リ・エ……有家の署名である。

彼もこの牢に幽閉されていたのだ。隆一の怒りは恐怖に変った。この牢で体力を低下させられた後、海へ逃げたとしても激しい波浪を乗り切る力は残っていないだろう。署名以外に何か書き残していないだろうか、隆一は目を凝らして寸分の見落しもないように壁を検分した。それはあった。名前の右上に奇妙なしるしがあった。文字ではない。一匹の犬が刻みこんである。犬……隆一は失望した。退屈しのぎに彫るのだったらもっとましなものを彫ればいいのだ。隆一は他に何か書いてないかと天井も床も仔細に調べたが、残っているのはそれだけだった。

壁に人影が映った。格子の向うにしゃがんでいるのは有家のキャラバンシューズをはいていた男である。盆に皿とどんぶりをのせている。格子の間から容器だけをさし入れた。焼餅と吸物である。箸もスプーンも添えてなかった。男は食べろというようにどんぶりと皿に顎をしゃくった。いわれるまでもなく隆一は食物にとびつき、がつがつと貪り食べた。気がついたとき男は姿を消していた。

食事を与えるところを見ると飢え死にさせるつもりはないようである。隆一は少し安心した。俺をどう始末すればいいかと思案しているのかもしれない。逃げてやる、牢からもE島からも、と隆一は心に誓った。腹が一杯になると新しい力が身内に湧いて来た。逃げるとしてもどうやって……そこで考えは停止してしまうのだった。隆一はポケットの中身をあらためた。

財布（紙幣は減っていなかった）、定期入れ、ハンカチ、靴べら、アパートの鍵、タバコ、ちり紙、手帖、船酔い防止の薬、懐中鏡、万年筆、時刻表……紛失している物は何もなかった。いや、あった。ライターがない。ナイフも取り上げられていた。爪切りと罐切りがついた子供の玩具めいた小刀だったが、あれでも板の隙間を削って釘を抜くこともできるし、万一の場合、武器にもなるのに、と隆一は口惜しがった。それにしても犬の絵は何を意味するのだろう。どたん場に追いつめられた男が暇つぶしにいたずら描きをするわけがない。犬の絵でもって伝えたい何かがあるのだ。絵を描いたあとでそれに何行かの言葉をつけ加えるつもりであったのかも知れない。ところがそれを刻む前に外へ出されるか自力で脱出する機会かがあったのだ。

有家は何を見たのだろう。見たということは見た物を理解したということだ。彼はそれを撮影しようとした。或いは撮影したのかも知れぬ。失われた二巻のフィルムにそれはおさまっていたと考えられる。うつされた側はそれを望まなかった。だからこそ有家は海で溺れなければならなかった。阿波の鳴門で鍛えたという体も北国の冷たい海では思うように体が動かなかった……、そこまで考えたとき、隆一のなかで何かが閃いた。犬の絵、それだ。あることを思い出してそれが犬の絵と結びついた。何が？……自分は何を考えていたのだろう。水泳、でもない。海流、でもない。しかし何かそれにつながりのあるもの、阿波の鳴門、ちがう、阿波の徳島、そうだ、徳島という言葉が犬と結びついたのだ。何かがぱっと暗い意識を照明して過ぎたように思った。

かつて、有家は田舎のことを語るとき、犬のことも話したように思う。ぼんやりと聞き流したにすぎなかったが、何のことで有家はそんな話をしたのだろう。隆一は広告の内幕話をしていた。スポンサーがいやがること、ＣＭ制作側が心得ておかなければならない一種のタブーについて話していた。例えば薬品メーカーがスポンサーになったテレビドラマで毒薬による殺人事件は許されない。また自動車メーカーの場合は車の事故を殺害手段にしてはならない。そんな現代のビジネス社会における禁忌（タブー）の話から、有家は郷里徳島の土俗信仰について話し始めたようだ。

犬の絵が記憶のなかで有家の話と重なった。彼が語ったのは犬神のことだった。四国、九州の一部に今も残る俗信という。それは隆一のうろ憶えの知識では憑き物の一種で、西日本に多く報告されている。正体はネズミくらいの小動物と考えられ、憑いている人に使われてその意志のままに他人を傷つけると信じられている。これらは全部、有家から聞いたことである。酒など飲んだときに有家は大学で経営学なんか専攻せずにいっそ民俗学でも勉強しておくんだったと何度も愚痴をいったものだった。

　だからこそ有家は北陸の海中に犬神を信仰する村を発見し、写真家としての職業意識を発揮したのだ。そういえば有家は前から戦争や公害などの報道写真より、民間の古い土俗信仰に関心を持っていて、彼が新人賞を獲得したのも青森のイタコや長崎の隠れ切支丹、沖縄のノロなどを撮った一連の写真によってであった。そういう素材をファインダーにおさめたとき、有家のカメラは水を得た魚のように生き生きとするのだった。有家が初めてB島に渡ったとき、ちょうど来合わせた医師団の一人からE島の犬神信仰について聞いたのかも知れない。東北の恐山信仰と風土病であるトラコーマとはつながりがあるということを聞いたのも有家からであった。

　隆一は二つの神社に奉納されたおびただしい絵馬を思い出した。B島もE島もまたおそらくC島も眼病が多いのだ。そもそも犬神信仰が土地に根付くには何かのきっかけが必要だ、と隆一は考え、それを眼病と結びつけてみた。昔のことだから特効薬は何もない。わらをもつかむ気持で犬神信仰に走ったのだろう、と隆一は空想した。有家は山陰地方における犬神信仰を製鉄と結びつけて話した。石見、出雲、伯耆の国などは昔から、砂鉄を豊富に産出する。たたら炉は足で踏んで風を送る大きなフイゴである。砂鉄を原料とするたたら吹製鉄法は日本古来の唯一の製鉄法であったが、技術の高低に左右されて失敗することが多かった。製鉄がうまく行くように祈禱を行なったのが犬神づかいの人々であったことがわかっている。信仰が結びつくのが風土病とは限らないのである。

有家が二回目の渡島で意気ごんでいたわけがわかった。辺地の人々にとってはあまり嬉しくない客である。学問的興味で撮られても単なる好奇心で撮られても、島の人に迷惑である事は変りはない。しかし、落ち目になったプロカメラマンが、日の当る所に出るには多少の危険は覚悟しても大胆な取材をあえてしなければならない。初めからそう教えてくれれば何もB島くんだりまで行きはしなかったのに、と隆一はぼやいた。少しずつはっきりして来た、少しずつ……。隆一は指先で犬の絵をなぞってそうつぶやいた。

有家はひょっとしたら撮影ちゅうに身の危険を予感したのかも知れない。来合わせた学生にフィルム三巻と手紙を預けたのは万一の場合を考えてしたのだ。そう考えると前後の事情が符合する。P誌にではなく隆一にあてたのは隆一ならばフィルムの謎を解読できると考えたからであろう。あの狐のように見えた奇怪な石像は狐ではなく犬の像なのだろうと思い当った。それはそれとして牢を脱出する方法を考えなければならない。隆一は目を閉じて壁によりかかった。謎が一応解決するとほっとして気がゆるんだ。壁によりかかったまま隆一はしばらく眠った。

二度目の食事を例の男が運んで来た。彼は格子の内に皿とどんぶりを押しこむと後ずさりして納戸の壁ぎわにしゃがみ、隆一が餅と吸物を平らげるのを見つめた。囚人はどんぶりの中身をあまさずに胃におさめた。これだけ腹が減っているところをみると一回目の食事から四時間以上たっているのだろう。（捉えられてから彼の腕時計は止っていた）これから三回、四回と暗い所で家畜のように餌を与えられるかと思うとぞっとした。眠りから醒めてずっと脱出法を考えていた。うまく行くかどうか思案するよりためしてみることだ。監視者の命を奪うことは出来もしないし、したくもない。一時的にそいつの自由を奪えばいいのだ。

隆一は「おい」といって壁ぎわの男の注意を惹いて便器を指し持ち上げてみせて、一杯になったから中身をすててくれと頼んだ。格子の隙間から渡すことはできない。牢のくぐり戸を指してあけろといった。男はのろのろと近づいて来て錠を手でさわってみて首を振った。「なら、誰か呼んでこいよ、床にぶちまけるぞ」隆一は大声で毒づいた。三分後に男は鍵を持って戻って来た。咽喉の奥で何か唸りながら錠をはずしにかかった。くぐり戸におおいかぶさるようにうずくまって錠をがちゃつかせている男の手もとはローソクの光を自分の体でさえぎっているので暗い。鍵穴にさしこもうとしてしきりに鍵をきしらせている。隆一がくぐり戸の直前にしのび寄ったのは気がつかないようだ。彼は格子の間から手を突き出して男の両眼を指で攻撃した。人間の体で一番防御に弱い器官である。そいつは叫び声をあげてのけぞった。鍵は鍵穴にささったままだ。内から手をのばして錠をはずした。傷ついた男は両眼を手でおさえて呻いている。納戸の扉をあけた。外は夜のようである。暗い廊下が目の前に長く続いている。豆電球がよく拭きこまれた床に映っており、はだしの足裏に木の床がひやりと冷たかった。必死に逃げ口を探している自分がそんなことを感じているのを一瞬、奇妙に思った。後ろでばたばたと足音がした。叫び声のようなものも聞えた。隆一はところどころで雨戸をゆさぶってはずれないかどうかためした。どれもがっちりと閂がさされどこをどうはずしたら雨戸があくものかわからない。隆一は右に曲がり左に折れた。廊下は迷路に似ていた。何かが目の隅で動いた。ある部屋の前を駆けぬけると同時に障子があき人影がのぞいた。向うもはっとして障子を閉めた。隆一が人影を見たのは一瞬のことだった。一、二秒の間である。それからどこをどう走ったものか隆一は覚えていない。とある廊下の角で力まかせに雨戸を蹴とばした。思いのほか手易く雨戸ははずれた。植え込みを突き切り石燈籠につまずき築山を迂回した。庭木の枝で顔を払われた。隆一は立ちどまらなかった。屋敷の方でののしる声がした。廊下を駆ける足音が聞え、庭に光が流れた。隆一は無二無三に庭を駆けた。ようやく塀に辿りついた。はずみをつけてとびあがり屋根にむしゃぶりついた。夜露に濡れた瓦で手がすべった。二度目は跳躍が足りず、隆一は元の場所にころがり落ちてしたたか腰を打った。こちらへ近づいてくる人の気配がする。光がすべって来て植え込みの蔭をしらべた。犬が吠えた。隆一は三度目に懸命に跳躍してやっと我が身を塀の上にのせた。背中が犬の牙でたった今剝がれるような恐怖を覚えた。塀の外へすべり降りた。月は空になかったが、星明りの下で道は仄かに白かった。貝殻を砕いて敷きつめた道である。走りながら振り返った。追う影は見えない。隆一が駆けると貝殻は細かく割れて鳴った。村にはまだ灯がある。船着場をめざした。赤提灯を下げた飲屋が目に入った。隆一はガラス戸をあけて倒れるように踏みこんだ。客は中年の漁師めいた男が一人きりである。カウンターをはさんで同年配の厚化粧をした女が立っている。

「警察に、連絡を、たのむ……」

と隆一は喘ぎ喘ぎいった。

二人は銚子を持ったまま凍りついたように立ちすくんでいる。不意の闖入者(ちんにゅうしゃ)が火星人か何かでもあるように恐怖の色をありありと目に浮べて呆然としている。しばらくして女が駐在さんはいない、一週間しないと来ない、と答えた。

水を飲ませてくれ、と隆一はいった。背後でガラス戸があき、またしまる音がした。さっきの客が出て行く気配である。隆一は女がついでくれたコップの水を飲み干してから、電話をかしてくれ、といった。電話はない、と女はいい、怯えたように目をみはってじりじりと後ずさりする。突然、ガラス戸が勢いよくあいた。隆一ははじかれたように立ちあがった。足を店に踏みこみかけた客の方がかえって驚いたようだ。目を丸くして隆一と女を等分にみつめ、一旦なかに入れた片足をひっこめると身をひるがえして消えた。

隆一は明りの近くで女の顔を見すえた。片目の奥に白い星が浮いている。「やっぱり……」。隆一は水の礼をいって飲み屋を出ようとした。どこへ行くのか、と女は慌てて訊いた。泊ろうと思うのだったら二階に部屋がある、といった。隆一は店を出てから山の方へ歩いた。人通りはなかった。午後十時をすぎているような気がする。後ろから女が見送っているのがわかった。店が見えなくなってから道を海の方へ折れた。潮の匂いがして来た。船着場には小型漁船がもやってある。切符を売る店のかげにひそんで隆一は周囲を警戒した。追っ手は山の方へ向うはずだ。波に揺られて船べりをこすり合わせるぎいぎいという音が聞えるばかりである。隆一は空と見定めた十屯あまりの漁船にとび移った。自動車の運転はできる。船の機関もどうせ似たようなものだろうと考えたのである。ところが操舵室に入りこんで船倉の機関をしらべはしたものの、何をどう操作したらエンジンがかかるのかさっぱりわからない。自動車とは大違いである。隆一は焦った。まっ暗では目盛の正体も見てとれない。取っ手を押したり引いたり、ボタンのようなものをひねり、突き出ているギアを前後に動かした。エンジンは押し黙っている。闇に目が慣れてくるとようやくFUELと記した計器が見えた。星明りにすかしてみると針は0を指している。これではかりに始動してみても船は進みはしない。隆一は隣とその隣の船をしらべた。どれも燃料は抜いてあってタンクは空のようだ。

　東の空がかすかに明るくなった。ちらほらと船着場に人影が動き出した。漁師は早起きなのである。隆一は船だまりを離れ、建物の西側をえらんで山の方へ走った。ときどき石垣のかげで息をつきながら村の背後にある山を目ざした。こうとわかっていたら飲み屋の女に山へ行くように見せかけるのではなかった。畑を抜け、草原の斜面を横切って林へととびこんだところで初めて歩度をゆるめた。

　その日の午後を隆一は村を見下す台地の端で過した。そこに生えている立木のかげにうずくまり草の葉と木の枝で体を偽装した。島では何事も起らなかったようであった。いつものようにフェリーは船着場に着き、人と荷物を揚げ降ろしし、午後おそくC島の方から戻る途中に寄港して本土へ帰って行った。

　気になる人影があった。一人は売店のベンチに腰をおろしており、船が着いても動かなかった。乗降客を見まもっているだけだ。一人は漁協の入り口にたたずみ、船着場に出入りする人間を見張っているように見えた。もう一人いた。そいつは冷蔵庫の機械室の前に腰をおろして船着場と村を半々に見ていた。つまり三人の張った監視線を突破せずに船着場へ入ることも出ることも出来ない仕組になっているのだ。売店と漁協と機械室はそういう場所に位置していた。

隆一は夜を待つことにした。森の奥へわけ入って密生した草の中に横たわった。飲み屋の女と客のことを考えた。家令と宿の主人夫婦と漁協の職員のことを考えた。彼等は皆、同類なのだ。狭い島で少数の島民同士が何代も血族結婚をくり返して来たのだ。全部が一つの家族のようなものである。だから顔は誰を見ても従兄弟のように似ている。姓もほとんど醍醐である。その他にあるのは大醍醐であり小醍醐であり上醍醐と下醍醐である。

暗くなってから隆一は海岸へ降りて行った。売店に電話があることは確かめていた。電燈線の他に電話線もテレビアンテナの下に引きこんであるのを目にとめていたのだ。隆一はわざと通りのまん中をゆっくりと歩いた。フェリーが本土へ去ってから、船着場の見張りは引き揚げていた。風の強い海岸通りを歩く人影はなかった。売店内は駄菓子を並べた容器の向うに障子があってその内側に明りがともり人間の影が映っていた。テレビの噪音が聞えた。歌謡曲とにぎやかな笑声も洩れて来た。電話は紙風船をつるした柱のきわにあった。隆一はそれを見て体の力が抜けるのを覚えた。ダイヤル式ではないのだ。それでも一応ためしてみるだけのことはある。

そっとガラス戸をあけて店にしのびこみ送受話器をはずした。交換手の声が伝わって来た。甲高い女の声である。「警察を……」と隆一はいった。それから慌てて本土の警察を、とつけ足し、「大至急たのみます」といった。障子の向うでひときわ高い笑声が起った。もしもし、と交換手はいった。声が低いのでよく聞えない、もっと大声で、と要求する。本土の警察を、と隆一はくり返した。沈黙が返って来た。背後に冷たい物が流れた。いつ店の者にかんづかれるかと気が気ではない。沈黙が返って来た。数秒後に、つなぎます、と交換手はいった。つながるまでは一秒が一時間にも感じられた。「もしもし……」と男の声が聞えた。本土の警察です、あなたは……。隆一は名前を告げ、危険にさらされている、と告げた。醍醐家の座敷牢から脱走したばかりでE島の山中に隠れているが船着場の警戒がきびしくてフェリーに乗れない、と説明した。どこからかけているのか、と相手は訊いた。海岸の売店から、と答えかけたとき障子の奥でぴたりと笑声がやんだ。

隆一は店をとび出した。後ろで障子のあく音がした。隆一は道路を横切って漁具倉庫の裏に回り、海岸の石垣沿いに山の方へ逃げた。村の方から明りが近づいてくる。自転車に乗った三人である。漁箱のかげに隠れて行方をうかがっていると、三人は売店前で自転車を降り、なかへ入って行く。店主らしい男と話しているのが見える。隆一は山にとって返した。三人が来るのはいかにも早すぎた。交換手は果して本土につないだのだろうか。警察と名乗った男は醍醐家の者であった可能性が大きい。だからこそあんなに早く駆けつけて来たのだ。

　隆一はその晩、打ちひしがれた思いで、重い足を引きずりつつ山に這入り、谷の水だけ飲んで眠った。真夜中、こっそりと村はずれへ降りて、一軒家の軒下から干魚を盗んだ。島民は一人として信頼すべきではないと思われた。

　牢を脱出して三日目の午後、隆一は麓でさわがしく吠える犬の声を聞いた。一匹や二匹ではない。いっせいになきたてる気配が何やら只事ではない。木に登って山裾を見下したとき愕然とした。十四あまりの赤犬が横一列に並び、隆一のいる森めがけて進んでくる。その背後に三人の男が従っている。山狩りである。

　犬の嗅覚はたちどころに隆一の隠れ処を探し当てるだろう。隆一は木をすべりおりて、それまで拾い集めていた椎や栗の実をシャツにくるみ、山の奥へ駆け出した。犬をまくには水しかない。川を探さなければならない。村の入り口に流れている川の水源は山中にあるはずである。あるとすれば二つの山にはさまれたあの谷以外にはない。隆一は息せき切って走った。茨が脚を引き裂いた。力の限り走っているようでも森の中では少しも距離がはかどらない。犬の声がだんだんまぢかに迫って来る。咽喉が熱い砂をまぶされたように干あがり、息もつまりそうである。肩で息をしながら背後に刻々と近づく犬との隔たりを測る一方茂みの彼方にあるはずのせせらぎを聞きとろうとした。

倒木を踏みこえ草むらを抜けて走りながら隆一はまだ夢を見ているような錯覚におちいった。子供の頃、熱を出して寝こんだ夜に、何者かに追いまくられてこうした不可解な恐怖にみちた夢を見てうなされたものである。目がさめて暖かい布団の中にのうのうと寝そべっている自分を見出し、ほっとするのがきまりだった。これも悪夢の続きならどんなにいいだろう。しかし犬の声も暗い森も夢の中のものではなかった。今にも破れそうに搏っている彼の心臓は紛れもなく現実世界のものであった。

まったく何がふさわしくないといっても、三流の広告代理店につとめるコピーライターほど犬とのかけっこにふさわしくないものはない、と隆一は考えた。日頃もっと運動をして体を鍛えておけばよかった、と思っても後の祭りというものだ。E島へ来てから駆けてばかりいる、そうだ、俺はクロス・カントリイ・レースに出る資格くらいもうついたはずだ、と隆一は思った。傾斜はますます急になり走るほどに目がくらみ、足ももつれがちになった。あまりの疲れにその場へ体を投げ出して犬どもの前に全身をさらしてみようかと何べんも考えた。捨て鉢な気分になって木の根方にひっくり返り、追っ手を待とうとしたが、そのつど犬たちの猛々しい吠え声に慄えあがり気持とは反対に脚が勝手に動いて森の奥へ体を運ぶのだった。

ついに水の音が聞えた。

森が切れた。前方に渓谷が口を開いた。岩につかまって斜面を降り、膝まで水に浸って上流へ歩いた。さいわい渓谷の縁は灌木が生い茂り視界をさえぎっている。五十メートルほど歩いてまた元の岸へあがった。犬どもは対岸をさがすはずである。崖をかけおりる犬の声が聞えた。隆一は斜面を半分ほどあがった所にある大きな岩かげにひそんで追っ手の行動を見守った。一気に流れをこえた犬たちは対岸でとまどったようである。うろうろとあちこちを自信なさそうにかぎ回っている。猟犬として特別に訓練された犬でない限り、山野にのこされた臭いを辿って最後まで追跡できるものではないのだ。

仲間よりひとまわり大きい犬が何かをかぎ当てたらしく短く吠えて、隆一のいる斜面の反対側を駆け上った。水辺で迷っていた犬たちもそれにならい、さも確信ありげに後へ続いた。犬の声は少しずつ遠ざかりやがて消えた。隆一は声が消えてからも三十分間あまりその場にじっとしていた。それから岩伝いに水面へおりて行って心ゆくまで水を飲んだ。熱い咽喉に水は冷たかった。

残念なことにせっかく採集した木の実は逃げる途中ばらまいてしまっていた。胃はうすっぺらな袋になり背中にはりついてしまったようだ。再び集める気力も今は湧いてこない。飢えていると眠ろうとしても妙に眼が冴えて眠れない。隆一は小一時間、岩かげに横たわって体力が回復するのを待った。密生した谷近くの樹林に栗も椎も見当らなかったが、木にからまるつるに熟したあけびの実が揺れているのに目をとめた。

隆一は二つに割れた褐色の実におさまっている半透明のゼリー状をした果肉を種子ごとほおばり、種子だけを吐き出した。吐き出した種子と果皮は穴を掘って埋めた。ちょっとした自然食の権威になってもいいくらいだ、と隆一は思った。この数日やたら木の実を腹につめこんでいる。その晩、隆一は谷間から少し離れた山中に寝た。谷に近すぎると水の音ばかり耳について怪しい物音に気づかないことも有り得る。二本の倒木が折り重なっている所に人ひとりがもぐりこめる空間があり下は落葉が厚くつもり恰好のクッションになっていた。しかしそう思ったのも束の間、倒木から得体の知れぬ毛虫が這い出し、落葉の底からはカブト虫や蟻やムカデが出て来て体を刺した。それらを手で払いのけているうちに昼間の疲れが出て来て深い眠りに落ちこんで行った。

次の日、隆一は全島を探検した。村は船着場寄り、すなわち島の南側にしかないから、追っ手がどこかにひそんで監視していない限り見つかりはしない。樹林の中を歩き回っている分にはたとえ山頂に見張りがいても彼の姿は目に触れないだろう。いつなんどき山狩りにあうかわからない。首尾よく逃げおおせるためには島の地形を見きわめておくことだ。

あけびを二十個ばかり食べて出発した。昨日は舌もとろけるほどに旨かったのが二度目になるとうんざりした。隆一は新橋ガード下にある屋台のラーメンを食べたいと思った。海苔をそえた握り飯を食べたいと思った。ビフテキよりそんなものが欲しかった。肉屋でこしらえて売っているコロッケやサラダが懐しい。駅前ならどこにでもある安スナックのコーヒーが飲みたくてならなかった。あけびの種子をくるんでいるねばねばしたものを舌ですくい取り種子だけ穴に吐き散らしながら次第に肚が立ってきた。山猿じゃあるまいし朝から晩まで木の実を食べなくてはならないなんて、自分をこんな境遇に追いこんで来たものに対する怒りがとめどもなく湧いて来た。

「闘ってやる……」

隆一は自分に誓った。屋台ラーメンと飲み屋の熱燗とスナックのコーヒーのために、と胸のなかでつぶやいた。隆一は注意ぶかく山の稜線に目を配りながら島を時計の針とは反対まわりに一周した。ちょっとでも草むらの不審な動きに気づくと木かげに隠れた。木がそよいでも草がなびいてもそれを風のせいと確かめるまでは次の行動に移らなかった。草原に全身を露出することは避けた。どこに目が光っているかわからないのだ。

一つの尾根をこえるときは、下生えにしゃがんで視野に入るかぎり怪しい物の影がないことを見きわめてから、足を踏み出した。そんなに用心しても物かげに隠れている目をくらますことは出来そうになかったがまさか隆一ひとりのために全島に探索者が出ていようとは思われなかった。くまなく見張りを配置するには千人でも足りないだろう。E島の住人はわずかなのだしそれぞれ生業がある。仕事をほうり出してまで追いまわすことができるはずはない。それに山狩りはきのうやったばかりである。毎日山狩りしていたらする方がたまったものではない。

この日、隆一は有家が撮った写真の現場に出くわした。島の東にそびえている山の中腹にあの祠があった。楠の巨木の下にそれはあった。祠は石造で苔蒸しており、内部にあったのは粘土の犬であった。犬の前には肉団子を盛った皿があり、茶碗の水は縁までなみなみとたたえてあった。祠の前にある草は踏みしだかれていて、ごく最近、大勢の人間がここに集まったことを示していた。

山頂には虎ほどもある犬の石像があった。初めて写真を見たとき狐と思いこんだしろものである。写真にうつっていた細い山道は祠から山頂へ至る道であった。頂上から海岸の村を見下した写真も有家は撮っていた。見覚えのある構図である。この山頂からあの写真は撮ったのだ。たしかに有家は写真という手段でいうべきことはいいつくそうとしていたのだ。失われた二巻のフィルムは何を撮影していたのだろうか、と隆一は考えた。

祠の前には焚火のあとがあった。彼らはよそ者に見られてはならない秘密を見られたと思ったのだ。とすればそれはある種の儀式のようなものでなければならない。その時期がB島における祭礼と一致しているところを見ると、この島でも目にちなんだ祭りが行なわれたと想像できる。B島での祭礼が民俗学雑誌や新聞テレビなどで全国的に紹介され、おおっぴらにくりひろげられるのに反して、E島でのそれがさっぱり話題にならないのは、ならないどころか、そういう祭りのあることすら世間が知らないのは昔から人目をさけてきたからではないだろうか。

絵馬に目の絵を描いて奉納するだけではおさまらない願い、何かしら血と土の匂いのする暗い因習の息吹きのようなものを隆一は感じた。幾馬神社……突然、隆一は読み方がわかったと思った。イクウマ、イクメ、イキメ、そうだ、幾馬は活き目でなければならない。E島が二十世紀の日本とは信じられなかった。一挙に時間が数千年後退したようだった。隆一は午後、断崖をつたって磯へおりた。垂直に切り立っているように見えても近寄ってみれば方々に凹凸があり手がかり足がかりになるものがあった。崖の下は大小の黒い岩が荒い波に洗われている。身を隠して歩くのにちょうど良かった。隆一は生臭いものが食べたかった。ひからびた干魚やかたい木の実を食べ続けていたから何とかして新鮮な魚介を手に入れたかった。そこは村の正反対側に当るE島の北海岸である。

崖上から見下したときはそれ程と思えなかった波が、磯で向いあってみると身の丈をこす程高いのに驚いた。これでは釣りなど思いもよらない。砂浜がないから貝を掘ることもできない。それでも飢えに責められてあちこちの岩かげをのぞくうち、小さな牡蠣が石にこびりついているのを発見した。殻を砕いて中身を指でつまみ出し口に入れた。弾力のある灰色の肉が舌に快く、潮水とほど良く調和して顎も落ちそうに旨かった。

隆一は磯伝いに島をほぼ一周した。予想した通り船と名付けられる物は船着場にしかなかった。それも当り前の話である。波が荒い磯につないでいたらひとたまりもなく打ち壊されてしまうだろう。村から遠い海岸に小舟があったら盗んで逃げるつもりだったが甘い期待というべきだった。かりにそんな旨い話があったとしても、もやわれているとき舟の持ち主は櫂をはずして持ち帰るのが普通である。舟だけではどうしようもない。手で水をかいて逃げるわけにはいかない。誰かが救けに来てくれるまで待つつもりはなかった。第一、隆一がE島でこんな状況におちいっていることは誰も知らないのである。昨日、いや、一昨日かも知れない、隆一は時計をこわしてからだんだん時日が混乱して来た。昨日か一昨日、島を探検したとき西側の山頂で彼はD岬の燈台に気づいた。晴れていて海上にもやがかかっていなかったせいか、意外な近さにそれは見えた。

隆一は太陽の位置と自分が立っている山と岬の関係を素早く計算した。懐中鏡を持っていることを思い出したのだ。剃刀は鞄もろとも取り上げられて髭剃りはできなくなったが、何かの役にも立とうと捨てないでしまっていたのである。隆一は鏡の反射光が燈台側の目に入るように角度を按配して通信を始めた。「タスケテクレ」などという言葉はどうすれば送れるかわからない。SOSの合図だけは知っていた。商船大学に行った友人から聞いていて簡単なので覚えていたのだ。短点三、長点三、それからまた短点三。それを反射光に直して鏡を傾けることで長短を区別した。燈台から誰かがE島の西側山頂を見ているのであれば……と祈りながら数回それをくり返した。――――――、――――――、――――――

何の反応もなかった。それも当り前である。無人島ではあるまいし、SOSをかりに目撃したとしても子供の遊びとしか思うまい。そのことに気づいて隆一は鏡を投げすてた。

彼は磯のところどころに打ち上げられている流木に目をつけた。日が沈む前に牡蠣と椎の実の夕食をすませてから流木を拾い集めにかかった。筏はむやみに大きいものを造る必要はない。六十キロの体重を支える浮力を持たせれば充分なのだから、縦横それぞれ一メートル半、厚さは二十センチもあれば足りるだろうが、鋸も手斧もないから前後の長さは不揃いになるのはやむを得ない。隆一は流木集めに没頭した。ていねいに見て歩くと海岸には実に種々雑多なものが打ち上げられているものなのだ。なるべく以前から磯の上にあって乾いている物を選んだ。

洗剤ケース、履き物、発泡スチロールのかけら、ビニール、漁網の断片、浮木、空壜、竹竿、樽、空箱、船材の破片、櫂、タイヤなどの中から筏の材料になりそうなものをより分けた。断崖には水で浸蝕された深い洞穴があちこち口をあけていた。彼は拾い集めた木片をその一つに運びこんだ。かなり蒐集したつもりでも岩の上に並べてみるとちょっぴりしかなかった。

その夜、隆一は洞穴の中で眠った。断崖の中腹に突き出ている岩棚の上が安全と思われたが、そこまで登って行く気力がなかった。平たい岩の上に横たわり、拾った蓆を何枚も重ねてかぶると夢も見ずに眠りこんだ。次の日、日の出前に起きて牡蠣だけの朝食をすませてからまたもやせっせと流木拾いにかかった。この日は収穫があった。昼頃、雨戸が二枚それぞれ三十メートルほど離れて打ち上げられているのを発見した。それより大きい収穫は難破したらしい漁船のハッチ枠である。筏の素材集めに隆一は三日をあてていたが、雨戸とハッチで大分予定を短縮することができた。これで、手間がかなり省ける。

断崖はせり出して磯の上に庇のようにかぶさっているから、洞穴の前で筏を造るとき上からの視線を気にすることはなかった。警戒するとすれば海上に出ている島の漁船からの目であるが、さいわい洞穴の前には大きな屏風岩がそそり立っている。流木を井桁状に組合せ、重心を安定させるために中央にハッチ枠をおいた。釘は使えないので木材を結合させるにはあけびのつるを使った。重要な部分には漁網をほぐして縄のようにより合わせた物でかたく縛った。

そういう作業に熱中していると飢えや疲労や身辺に迫る恐怖を忘れることができた。筏のまん中には櫂を立て、竹竿を横に渡し、ビニールを帆がわりに張った。どうせ本土まで帆走できはしないが、島を離れることができさえしたらいいのである。フェリーの航路と交叉する海上に筏を持って行けたらもうしめたものだ。隆一は筏を造りながら干潮の時刻を考えていた。昨日は午後三時ごろであった。この日は間に合わなかった。九分通り筏が完成してから隆一は断崖を登って食糧を集めた。椎の実にも牡蠣にも飽き飽きしていた。

じっとしていても腹が減るのに、重い木材を持ち運び、下半身を水につけてそれらを組立てたのだ。飢えが甚しいのは当然である。体力が衰えているので前日のように一回も休まずに登るわけにはゆかなかった。手足に力が入らない。何度かすべり落ちそうになり、そのつど木の根にしがみついて体を支えた。やっと崖の突端に辿りついて長いことそこにうつ伏せになったまま力が戻ってくるのを待った。自然食が活力のもとといったのはどこのどいつだ……。何か血みどろの物を食べたいと思った。

隆一は一メートルあまりの棒切れに切れこみをつくって握りこぶし大の平たい石を漁網製の紐で固定させた。ウサギか鹿かを何とかして仕留めるつもりであった。ところが探しまわるときに限って彼らは姿を現わさない。ちらと鹿が見えるときもありはしたが、たいてい尾根の稜線上である。それは目敏く隆一の方を先に発見して身をひるがえして姿をくらました。ウサギと来たら影も形も見えなかった。俺は石斧を持った頓馬な二十世紀人だ。そうだ、石器時代に迷いこんだ無器用なコピーライターだ、と隆一は考えた。

弓矢をこしらえることを考えてみないでもなかったが、ナイフも持たずそれにふさわしい素材も知らずにあり合わせの木の枝などで見様見真似でこしらえてみたところでロクな弓矢も出来はしないだろうし、そんな物で狙ってみてもすばしこい獣に命中しようとは思えなかった。隆一は咽喉が渇き谷に降りた。その途中、岩の間にとぐろを巻いている一匹の縞蛇を見つけた。即座に石斧を振り上げて蛇の頭をぶん殴った。のたうち回る蛇めがけて更に二撃三撃を加えた。そしてまだぴくぴくとけいれんしている蛇の頭に手をかけ、上顎と下顎をつかんで口から尾の方へ引き裂いた。身の太さからマムシではなさそうであった。毒蛇であるマムシも食用にはなる。太平洋戦争ちゅうに南方の島々で補給を絶たれた日本軍兵士が見つけたら争ってとって食べたという。頭を残し、皮と身の間に指をさしこんで剝がした。腹の皮も同じようにするときれいにむけた。それを谷の水に浸し、揉むようにして洗い、血と内臓を除いた。薄桃色の肉は脂ぎっていて水洗いしても脂がべたついた。ナイフのかわりに貝殻を使った。石の上で肉と骨を切りはなし、小さくぶつ切りにして口に入れた。肉はかすかに甘かった。牡蠣の何倍も旨かった。気がついてみると一匹分の肉はまたたくまに腹におさまってしまっていた。皮と骨をとってしまうと、肉はほんのわずかだったのだ。塩か胡椒があれば肉の臭みをとることができるのだが……塩は海水で間に合わせるとして、胡椒は……村の畑に栽培してある唐辛子の赤い実を見たように思った。夜のうちにとってこようと考えた。

隆一は水際の石を起して赤蛙をつかまえた。一匹では胃が承知しなかった。胴体に肉は少なかったので脚だけを切り離して捨てた。水かきの間を貝殻で切り裂いて皮を太腿の方へ剝ぐと鶏のささ身に似た肉が現われた。そうやって三匹分を食べると口のまわりに血と脂がこびりついて、隆一は自分がパプアの食人種になったような気がした。塩無しでそれ以上生肉を食べるのは、いくら飢えていても出来ない相談のようであった。隆一はすっかり暗くなって地物(ちぶつ)が見えなくなるまでのうちに、谷川のほとりのじめじめした所で赤蛙を十数匹、縞蛇を三匹つかまえてビニール袋に入れた。野ネズミも一匹、手に入れた。

インスタント石器人の収穫にしてはまず上出来というものである。獲物を洞穴に隠しておいて磯伝いに村へ向った。山からおりて行くより海の方から近づくのが見つかりにくいと計算した。空を背景に歩く人間の姿は、闇夜でも低地にいる人間の目にはっきり浮びあがるのだ。今じぶん、山からおりてくる者は島の人間に怪しまれるにきまっている。月はなく、雲が星を隠して、下界は鼻をつまままれてもわからない闇にとざされていた。

船着場をすぎてから物かげを歩かずに何喰わぬ顔をして、道の中央をゆっくりと歩いた。時たますれちがう村人の、「お晩です」という挨拶にはあいまいに咽喉の奥で唸り、体をふらつかせて、さも酔っ払ったように見せかけた。

挨拶を返すと言葉の訛りですぐさまよそ者とかんづかれる。電話が失敗したのも、交換手が耳慣れない訛りをいぶかしく思ったからに違いない。漁村は眠りにつくのが早い。まだ午後九時をまわったじぶんであるのに、どこも戸をたてきってひっそりと寝静まっている。テレビの音がかすかに洩れてくるだけである。夏のように戸が開放してあれば、裏口から台所に侵入して家人の油断を見すまして調味料や米味噌をかっ払ってやれるのに、と隆一は思った。しまってある戸をこじあけるわけにはゆかない。

隆一は途方にくれた。そのとき、先日とびこんだ赤提灯の飲み屋が目に入った。彼はこっそり裏手にまわった。戸が細目にあいて光が洩れている。なかで騒ぐ男と女の声がする。すぐ内側が調理場のようである。何かを油で揚げるいい匂いが漂って来た。隆一は隙間に目を当てた。客の相手をしている女の後ろ姿が柱のかげに見え隠れしている。客は完全に壁でさえぎられて見えない。

一呼吸おいて調理場にすべりこみ棚の壜をひっつかんだ。脚が何か樽のようなものにぶつかった。同時に酒場の方でどっと笑声が起った。隆一はほうほうのていで逃げだした。どうやら気づかれなかったようだ。船着場の常夜燈で店から持ち出した罎をすかして見た。醬油と思ったのはその隣にあった漂白液の罎であった。新米のコソ泥が手に入れるのはこんなものだ。

これでも自分のしたことは、と隆一は考えた。立派に窃盗罪を構成するだろう、漂白液一本は何日間の禁固刑に相当するだろうか、どうせ盗みをはたらくならもっとましなものをとればよかった。かといって酒場に引き返し、改めて醬油を失敬する気になれはしない。ふと船だまりの漁船団が目に入った。いつか浜松で会社の連中と舟を借りて釣りに出たとき、船頭は釣りたての魚を手早く刺身に料理し醬油を添えて出した、そんなことがあったことを思い出した。いくらかの調理用具と調味料は船につんであるのだ。

隆一は比較的大きい漁船の操舵室と船倉をしらべた。皿が一枚とプロパンガスのボンベがあったが、調味料はなかった。皿だけをとることにした。二隻目と三隻目には何もなかった。四隻目でアルミの小鍋を手に入れた。五隻目でようやく醬油の小罎と味の素をちょうだいすることができた。帰りがけに明るいうち見届けておいた畑から唐辛子を盗んだ。金額に換算して千円にもならない物を盗んだだけで隆一は金庫破りでもしでかした男の心境を味わった。

翌朝の食事は、この数日の惨めなメニューにくらべれば豪華なものだった。あけがた磯へおりて打ちあげられている海草類を集めた。ホンダワラや昆布が岩にまつわりついていた。炊事は洞穴の中でやった。縞蛇は刺身にして食べた。赤蛙は串に刺し醬油をまぶして照り焼きにした。野ネズミは肩と太腿の肉だけをとって他は捨てた。小鍋に海水と真水を半々に入れ、昆布を敷いてダシをとり、野ネズミの肉を煮てみた。食べてみるとなかなかなものである。とびあがるほど旨くはないが舌がひんまがる程かわった味でもない。どちらかといえば焼きの足りないマトンに似ているといえそうだ。デザートはあけびの実でしめくくった。

東京へ帰ったら迫り来る食糧危機のために本を一冊書いてやろう、と隆一は考えた。タイトルはどうする、〝あなたでも生きられる〟というのはどうだ。それとも、〝飢餓時代を生き抜くには〟というのは？　でなければ、〝食べられる小動物〟というのはカタすぎるか……腹が一杯になるとコピーライターの本能が戻ってくるのだった。

しかし、こうして一人でいると頭の中にあるのは三度三度の食物をどうするかということだけである。朝食をつめこんでいるときには昼食のことを、昼食を貪り喰っているときは夕食の心配をしている。さながら一個のイーティング・マシーンである。われながら厭になるときがあった。けれども久々に山海の珍味をたら腹つめこんで隆一はゆったりとした気分になった。完成に近づいた筏の構造を細かな点まで検討した。

食後、ひと寝入りした後で筏にとり組んだ。旨いものをたっぷり食べたせいで、仕事は面白いほどはかどった。太陽が頭上にさしかかる頃には筏はすっかり形を整えていた。干潮が始まる前に水に浮べておかなければならない。水位が下れば一人の力では筏は押しても引いてもびくともしない。隆一は筏を洞穴前の小さな入り江から磯へ押し出しておいた。

そうすると断崖上から見下した場合、まる見えになるが仕方がない。これまで一度も島の人間は北岸に姿を見せたことがない。これから姿を見せるとしてもせめて出発まではやって来ないことを祈った。隆一はこわごわ筏に乗ってみた。充分な大きさのつもりだったが材料はもともと生乾きの流木である。乗ってみると水面すれすれに沈下して、水がくるぶしを洗う始末である。完全に水没しないのが慰めというものだ。

潮は刻々とひいていった。ありがたいことに今日は磯に砕ける波はいつものように荒くはなかった。沖を見渡した。出漁している漁船はなさそうであった。朝、食べ残した縞蛇や赤蛙をビニールの袋に入れて持って行くつもりだったが、一グラムでも筏上の重量を軽減するために小鍋や醬油とともに洞穴に残した。次の機会に島を訪れるとき、これらを洞穴に見出したら、さぞかし胸が一杯になることだろう、と彼は考えた。〝ロビンソン・クルーソー、島へ帰る〟という図だ、と彼は感慨ぶかげに小鍋なんかを手にとってもの思いにふける久保隆一氏の写真を空想してみた。

屏風岩のかげから筏を外海へ押し出した。磯波が寄せて来て筏をかるがると持ち上げ、すんでのところで岩に叩きつけられそうになった。出発だ……。隆一は筏に足を踏ん張って渾身の力を木の枝にこめ岩に当てて突っ張った。数回それをくり返した。ついに筏は磯を離れた。波で上下にゆさぶられながらゆっくりとしかし確実に沖へ動き出した。そこで北西の風につかまえられればおそくとも夜までには本土へ吹き寄せられるだろう。一日分の食糧をつめなかったのは心残りだが、三食くらい抜いたところで死にはしない、と筏の男は考えた。

うまく行けば夜まで待たなくてもE島とF港間でフェリーの下り便にぶつかるかも知れない。磯波の危険がなくなると外海の波浪とたたかわなければならなかった。海岸で帆を張るのは危かった。海から吹く風と波の力で岸に吹き寄せられ木っ葉みじんになる惧れがあったので、充分に沖へ出てから張ることにしたのだった。

海上でこんなに風が強いとは思ってもみなかった。畳んでおいたビニール（たぶん農家が温床用に使ったもの）をひろげると、風で煽られ、あっけなく吹き飛ばされそうである。一端を押えると一端がはためき、透明な翼を持った怪鳥のように筏の上でばたついた。もがきにもがいてやっとこさ横桁に張り終ってみると、風をはらんだそれは半球形にふくらんで重々しく唸りながら筏を引きずり始めた。さかりのついたある種の獣さながら奇妙な唸りをあげ、やや斜めに傾いて風に鳴り続ける。

しかしそれもかっきり三十秒間くらいのことで、どこかが裂ける音がしたかと思うと帆はあっけなく引きちぎられ、風にさらわれて海上を飛んでいった。筏は行き脚がとまり波のまにまに漂っている。今や水は帆柱の根元にまで来ていて、ふくらはぎの下も水に洗われていた。心細くはあったが、これ以上、筏が没することはなさそうであった。

風は身を切るように冷たかった。全身に波しぶきがかかり胴ぶるいがとまらなかった。着ている衣服はぐっしょりと水を吸っていて体温を奪った。隆一は役に立たなくなった帆柱にすがりつき、島と岬をかわるがわる見ていた。E島が小さくなり岬が大きくなれば本土へ近づいている証拠である。そのとき初めて隆一は島の連中がなぜ海岸を見張らなかったかを理解した。

問題は潮流なのだ。たとえ櫂付の舟があったにしてもこんなに激しい潮流を乗り切ることは不可能だと島民は知りぬいているからこそ島の海岸を見張らないでいるのだ。

風向や風速は雲の動きで知ることができたが、潮流の速さは島の上で計算することはできなかった。筏で実際に潮流へ身を投じてみて初めてそれがわかった。北東から南西へ向って黒々とうねる潮はE島と本土のちょうど中間海域で何か巨きな力でかきまぜられ渦を巻いているようである。

筏は吸い寄せられるように一旦そちらへ近づきやがてはじかれたようにその海域から押し流された。こうとわかっていたら舵を小型のものでも用意しておくのだった。船着場にある小舟のそれを盗めばよかったのだ。醤油や味の素より舵の方が百倍も役に立つということをどうして自分は思いつかなかったのだろう、と隆一は考えた。

かすかに汽笛のようなものを聞きつけた。E島からF港へ戻るフェリーである。隆一は大声をあげた。シャツを脱いでふりまわした。波間がくれに白い船体が見える。しかし船まではどう近く見つもっても四キロ以上あるようである。大声をあげたところで聞えそうにない。ここからフェリーは小指くらいにしか見えないのだから、水没している筏上の人影は船上からゴマ粒ほどにも見えないだろう。本土であればどこに流れ着いてもよかったが、このまま外洋に運ばれる可能性も大いにある。

海上で強い風にさらされ波をかぶり続けると、濡れた衣服で体温を奪われ、夜明け前に疲労と寒さでくたばってしまう。隆一は岬の燈台を水平線上に探した。さっきは東に見えていたそれが東南の方にずれている。そうすると潮流は北東から西南へ岬を洗ってすぎたところで右回りにE島をめぐっていることになる。このあたりは潮流が複雑だといった漁師の言葉は正しかったのだ。

弱々しい冬日ほどの希望が湧いた。風は依然として北西から吹いている。潮流によって島の北西まで運ばれるころに風で磯に吹き寄せられることになるだろう。たとえそこがおぞましい島であるにしても、海上で氷のように冷たい水をかぶり続けるよりましである。この日はいつもより早く黄昏が海におりて来た。隆一は慄えながら帆柱にしがみついて何者かに祈っていた。

筏は次第にE島へ近づきつつあった。海岸が迫るにつれて、午すぎ自分が後にした屏風岩と洞穴がはっきりと見えて来た。またもや振り出しに戻ったわけである。島の北海岸から出て再び北海岸へ、ご苦労にも海上できりきり舞いをして帰還するのだ。高々と持ちあげられて磯に砕ける波の音が耳についた。それは無駄に終った隆一のはかない脱出の試みを嘲笑う声のようにひびいた。波は筏をひっつかみ、一気に海岸へ押しやった。隆一は帆柱を抱いて目をつぶるより他にどうしようもなかった。

何かがこすれ合い、きしみながら折れる音がした。体が何かかたい物にしたたかぶっつけられた。隆一は無我夢中で水を掻き岩と岩との間に体をもぐりこませた。早く陸に這いあがらなければ筏の破片で骨を砕かれてしまう。彼はもがいた。

隆一は半死半生のていで洞穴に辿りつき、乾いた砂の上に頽れて腹一杯のみこんだ水を吐いた。ありったけ吐いてしまってからも空っぽになった胃からは酸っぱい液体がこみ上げて来た。舌がしびれるような透明な酸に似た胃液はまさに失敗の味そのものであった。海上からの脱出が不可能であることがこれではっきりした。彼は口から海水を吐き出したあと目から涙をこぼした。蓆をひっかぶると、精根つき果てて隆一は眠った。

真夜中、彼は凍えるほどの寒さで目覚めた。蓆では毛布のかわりにならなかった。帆布がわりに使ったビニールの残りがあった。それを袋状に折ってすっぽりと体を入れ、その上から蓆をかぶった。床には発泡スチロールのかけらをしきつめた。そうすると格段に暖かく安らかに眠ることができた。太陽が水平線上に昇ったとき、隆一は起きてこれからすることを考えていた。

まず食べることだ。洞穴に残した食糧は船虫がたかって喰い荒していた。また集めなければならない。きのう、自分が筏で海へ出たのをE島の誰かが一人くらいは目撃したはずだ。漁師には遠くが見えるのである。風と潮流にもてあそばれて元の場所へ追い返されたことを予想し、きょうは海岸を手分けして探索するだろう。いつまでも磯にぐずぐずしていたらあの座敷牢に舞い戻ることになる。振り出しは島の北岸までで沢山だ。

隆一は大急ぎで海草と牡蠣を集められるだけ集めた。島民が探しにくるとしたら朝食後であろう。いくら何でも起きぬけに来はしまい、と彼は考えた。小鍋と醤油の壜に唐辛子など入れた袋など全財産をビニールでひとからげにして背中にくくりつけ断崖を登った。きょう一日ゆっくり体を休められる場所を探した。森の中は危い。木の上もダメだ。山の北側にあり、渓流を見下すことのできる崖に手頃の洞穴を見つけた。入り口は岩の割れ目でとても人間がもぐりこめる大きさには見えないから都合がいい。何よりも有り難いのは風と湿気をその中なら避けられることである。人目を気にしないでくつろぐことができる。洞穴の上は切り立った崖で、渓流にせり出しているから安全である。

反対側は樹林が谷の岸までせまっているが下生えが少ないから見通しがきく。谷の向うから洞穴に近づくには、樹林を抜けて一旦、渓流に降り、そこから六十度以上の勾配を持った急斜面をよじ登る以外に方法はない。洞穴の床に水はたまっていなかった。

隆一は枯草と苔をとって来て床に敷いた。谷底から平たい石を探して来て入り口の蓋にした。簡単な朝食をすませてから眠ることにした。海岸洞穴では眠っていても意識の一部が醒めていて、流木が岩に打ちあげられる鈍い物音をきいてもびくりとして眠りから現実へ引き戻されるのだった。海鳥の羽音がし、風の唸りがあった。冷たい水滴が身のまわりにたちこめていた。しかしこの洞穴の中には完全な闇があり乾いた床と静寂があった。丈夫な鎧を身にまとったような気がした。

乾いた苔を燃やして洞穴を暖めてから、あけがたのようにビニールをスリーピングバッグ状にしつらえてもぐりこんだ。どうやって逃げるかはともかく今はぐっすり眠ることだ、そう自分にいいきかせた。

目が醒めてからどのくらい眠ったかを考えた。洞穴入り口にさしこむ細い日光の角度から時間を計算した。少なくとも五時間は熟睡したようである。外の気配に耳をすませた。どこからか人声が聞えてくる。隆一は洞穴の外へ用心しいしい這い出した。声は風に乗って断崖の下から上ってくるようである。

腹這いになり岩に身を隠して崖下をのぞいた。男たちがいた。二人である。屏風岩のたもとに打ち上げられている筏の破片を指して何か話し合っている。波が荒いので大声で話しているらしいが言葉はわからない。二人ではなかった。三人目が洞穴から現われた。牡蠣殻や海草の切れ端を手に持っている。一人は沖を指し、その手で筏の残骸を指した。

三人は海岸伝いに岩の上をぴょんぴょんと跳んで村の方へ去った。ときどき立ちどまって波打際の岩かげをのぞきこんだ。結局、有家は自分とちがってE島に舞い戻らずに小舟がE島とF港間の海上で転覆し、ぐるりと島の北を回ってA市海岸まで潮流で運ばれることになったのだ、と隆一は考えた。夏のことだから北西の季節風はない。潮の強さも十一月とはちがうだろう。有家は失敗したのだ。自分も失敗しはしたのだが、百パーセント失敗したわけではない、と隆一は思った。

彼は谷間で縞蛇と赤蛙を探し、時間をかけて料理をした。煮たきは暗くなってから谷間の岩かげでやった。明るいうちは煙を見られる。谷底で岩をかまどにすると火光をさえぎることができる。蛙の胴や蛇の皮と骨は穴に埋め、炊事をした跡は水で洗い流した。黒い灰と薪の残りに水をかけながら、のろしを上げたら、と思った。しかし、すぐにその考えを打ち消した。無人島ではあるまいし、のろしに注目する本土の人間がいても野焼きの火としか思うまい。鏡を反射させてＳＯＳを送って失敗したのがいい例だ。今後そういう企てに貴重なエネルギーを消費すまい。だが……隆一は考えた。日光やのろしが通信のすべてだろうか。インディアンではあるまいし現代文明の尖兵、広告代理店のコピーライターは手紙くらい書けるのだ。これまでの出来事を綴り、救助を要請する通信文を空壜に入れて海に流したら……一本くらいは本土に流れつくだろう。

　隆一は蛇の皮を穴に埋めながら、自分はこれまでハンドバッグをこしらえられるくらいの蛇を食べていると考え、ほとほとうんざりした。蛇の肉は精がつくなどとホラを吹いたのはどこのどいつだ。そうだ、自分がＥ島から永久に脱出できずに洞穴で朽ち果てることになるとしても、それを第三者に知ってもらいたい。いつかは空壜は拾われ人に読まれる。誰かが本気にして救助に来るのが一週間先か一カ月先であっても、そういう可能性を作っておくことと何もしないでいることは天地の差である。あらゆる可能性をためしてみなければならない。

　だが、空壜は漂着物のなかにいくらでもあるけれど、手紙を書きつけるための紙はどうする。彼は用を足したあと始末をフキの葉でしていた。フキの葉に文字は書けない。すっかり闇が地上を覆い尽してから隆一は村へ降りて行った。漁協事務所にしのび寄り、裏手の窓辺に立って一枚ずつゆさぶった。職員は帰って内部はまっ暗である。三つ目の窓に鍵がかかっていなかった。もう一度、戸外に人影がないことを確かめておいて窓枠を乗りこえた。紙はいくらでもあった。行きがけの駄賃に抽出しを探ってタバコとマッチを自分のポケットに入れた。ローソク入りの箱もあった。それも失敬することにした。

　隆一は生まれながらの泥棒になったような気がした。欲しい物は他に沢山あったけれども、あまり欲張るとロクなことにならない。今、誰かが窓の外に立って侵入者に気づいたら自分は袋のネズミになってしまう。山へ戻る途中、あの家のことを思い出した。せっかく村まで来たのだ。ちょいと屋敷の模様を偵察しておくのも悪くはない。

　向うもまさか今じぶん逃亡者が足もとにやって来ようとは思わないから警戒も手薄だろう。隆一はあの女をもう一度見たかった。座敷牢から脱出して廊下を一散に走って逃げるとき、とある部屋の障子がさらりとあいて、人間が廊下に足を踏み出した。女である。一瞬のことだったが、隆一はそれが写真で見慣れた女であることを確認した。

村を横切って正門の方から近づくのはいくらなんでも大胆すぎた。一旦山に出て道もない急斜面を木の根岩角につかまりながら迂回した。骨が折れるけれどもこの方が安全なのだ。二時間後に彼は醍醐家の裏手に出ることができた。家のまわりには水をたたえた濠をめぐらし、背後には急峻な崖を背負っている構えはさながら戦国時代の土豪の砦を思わせた。

雨戸をたてきった屋敷は森閑と静まり返っている。人っ子ひとり住んでいないように感じられる。そうでない証拠に、建物のどこからか細く鋭い叫び声が聞えて来た。犬の遠吠えに似ていたが、犬とはちがうようであった。海上で凍えた経験が隆一を大胆にした。彼は塀の上まで枝をのばしている大木をつたって屋敷内の庭にとびおりた。

体を低くして声がしたと思われる建物へ近づいた。鍵形に折れた棟のはずれから渡り廊下が離れ屋敷へ続いている。声はどうやらその離れからひびいてくるように思われる。廊下をあわただしく駆ける足音も聞える。隆一は離れに近づき雨戸の隙間に目を当てた。明り取りらしい窓にまで鉄格子がはまっている。雨戸にも外側から太い閂状の角材があてがってある。

雨戸の内側には障子があり、その向うで乱れている人影があったがそれ以上はよくわからない。

ぐるりと離れを一周して反対側にある丸窓（これにも鉄格子がはまっている）を見つけた。指を濡らして小さな穴をあけた。何か赤いものが目にとびこんだ。彼は限られた視界のなかで自分の見ているものが何であるのかしばらく見当がつきかねた。若い女が無理な姿勢で畳の上にうずくまっている。数本の腕が女の肩を押えつけている。

女はその腕からのがれようともがいている。男は二人いるようであった。全身は見えない。荒い息づかいが部屋にこもっている。女は呻いていた。人間の声とは思われなかった。たけり狂った犬のそれに近かった。男たちはもがく女を取り押え、縄をかけようとしているらしかった。「お嬢様……」という声がした。家令と名乗った老人の声である。

女は髪をふり乱して縄にかかるまいと悶えていた。赤い物と目に映ったのは女の着物だった。それがもがく女の肩から落ちて白い肩と乳房が見えた。女は歯をむきだして男の腕に噛みついた。悲鳴をあげて男は手を離した。もう一人の男の顔を、女は指で引っ掻いた。勝ち誇ったような叫び声をあげて、女は障子を蹴倒し雨戸に体当りをくれた。

隆一は横っとびに逃げた。しのびこんだ塀の所へ駆け寄って枝にとびつき大木の茂みに身を隠した。離れの雨戸がけたたましい音をたててはずれ、光が庭に射していた。縁側に半裸体の女が四つん這いになり、首をさしのべて長々と奇怪な唸り声をあげた。家令がそろそろと女に近づき、寄り添ってなだめるように何か囁きかけた。女は唸ったがさっきのように猛々しくはなかった。

老人は哀願する姿勢で膝まずき、女に手をさしのべて抱きかかえた。女は次第に唸り声を弱め、おもむろに首を垂れた。老人が後ろで控えている連中に合図をした。三人の老女がおそるおそる近づいて来て、ぐったりとなった女を抱きかかえた。乱れた着物をととのえ、髪をかき上げて離れへ運んだ。雨戸は立てられ、庭は元通り暗くなった。

隆一は自分が目撃した情景の意味を考えながら山に戻った。洞穴の中で久しく口にしなかったタバコをすった。学生時代、有家と同じ部屋に隆一は暮していた。その頃、犬神憑きの状態を彼が演じてみせたことがあった。発作に襲われると犬のように跳ねまわって吠え、狂気かと思われるほど暴れることがあるという。

ある土地では犬神憑きを落すために呪術者が祈禱することもあると有家は語った。醍醐家はいわゆる犬神筋なのであろう。犬神は女に憑くことが多く、症状も代々女を通して伝わるとされているそうだ。本人は普段は常人と変らないが、ときどき狂躁状態におちいる。有家が撮影したのはもしかしたら秘密の儀式などではなくて、たった今、自分が見た情景ではないだろうか。島の名家に流れる暗い血の秘密をあばかれるのを彼らは怖れたのだろう。

この島に多い眼病が犬神の祟りとされているならばその秘密を知られることがあっては

ならないのだ。そもそも祟りとは神のつかわしめに対してあるまじき行為を示したとき、それが祟りのもとになる。不具は祟りの結果と考えられている。怪我、病気、狂気、死なども祟りのせいにされる。子孫に病人が続出することも同じである。

隆一はローソクをともし盗んで来た便箋をひろげ壜の中に入れる手紙を書いた。この手紙を拾った人はすぐに最寄りの警察へ届けるようにと第一行目に託した。十七通で便箋はなくなった。隆一は海岸へ降りて行って空壜を拾い集めた。暗いうちに流したかった。朝になれば日の出前に漁船が海へ出るのである。見慣れない漂着物が点々と浮んでいたら不審に思うだろう。

網にかかった魚と一緒に引き上げられ、中の白い紙片に目をとめてあけてみようとする漁師もいるだろう。いくらでもころがっていると思った空壜は暗いせいか十本しか見つからなかった。栓は木製がよかったが木片を削るナイフがなかったので、乾かした苔をつめた。垂直に立って浮ぶように壜の底に砂を入れて重しにした。

隆一は祈る気持で十本の空壜を海に流した。それらはしばらく磯近くで波に上下していたが、しだいに沖へ小さくなって行き、闇にのまれた。彼はがっかりした。壜の群は本土の方へ向わずにぐんぐん島の西へ遠ざかって行くのだった。目的を果すにはE島とF港の中間地点まで出て海に投げ入れなければならないのだ。筏で海に出たとき壜のことを考えついていたらよかったと思っても後の祭りなのである。

墁を流し終えたとき、東の空が白み始めた。彼は洞穴に戻り枯草の床に横たわって考えた。墁による救援依頼が失敗したとわかった以上はすぐさま次の脱出法を考え出さなければならない。だめとわかってもしつこく最後までくり返すことだ。一つの案があった。案山子から脱がせた麦藁帽子があり、山をうろついているとき樵小屋の跡で手に入れたシャツとズボンがあった。変装したらどうだろう。彼らは北海岸に漂着した筏の破片を見ている。逃亡者が波にさらわれたと思いこんで警戒をゆるめているふしがある。油断につけこむことだ。船着場から堂々と何喰わぬ顔をして脱け出してやろう。午後の便で。眠る前に、隆一は成功率を計算した。九十九パーセントは失敗する見こみだったが、残り一パーセントの可能性に賭けてみるつもりだった。前に着ていた服は洞穴の中に隠して行こう。手ぶらで行かなければ怪しまれる。

いちかばちかためしてみなければわからない。

……………………………………………………

裏をかく、隆一はちろちろと揺れるローソクの焔を見ながら考えた。

三人の警戒線を突破してフェリーで脱出することが失敗したからには、自分は新たな脱出法で脱け出すと向うは予想するだろう。明日、また自分がフェリーに乗りこもうとするなどとは考えないはずだ。三人が見張りをやめることはあるまいが幾分、気をゆるめるだろう。警戒の目を船着場から別の場所へそらすことが肝腎だ。ローソクが燃えつきかけた。隆一は紙箱をあけて次のローソクを出そうとして、ローソクの他に蚊取線香が二本はいっているのに気づいた。

天啓のようにあることが頭に閃いた。うまく行くかどうか。あそこには海から絶えず風が吹きつけている。洞穴の住人は初めて安心し、体をゆったりと伸ばして眠る用意をした。明日は早く起きて準備しなければならない。彼は蚊取線香を苔が燃えた灰の中に入れて乾かした。充分に湿り気をとっておかなければならない。立ち消えになったらすべて御破算になるのだ。

翌日、午後四時のF港行きフェリーの船上で久保隆一は遠ざかり行くE島を眺めていた。島の東にある山腹から一すじの煙が斜めにあがっていた。朝、隆一は祠の前に枯草と木の枝を山のように積み上げた。洞穴の中で燃料に使った苔を発火剤にした。小枝を小さく折って二股の台を作り地面に刺した。蚊取線香に火をつけてその台の上に置いた。線香の中央に苔をおき、苔の上に枯草を置いた。乾いた線香が風に吹かれて燃えるのは早かった。

早すぎてもいけなかった。

最初の線香で一定時間に燃える早さを測った。ちょうどフェリーが船着場を出るとき、火をあげてほしいのだ。山林は村の貴重な財産である。山火事になると雨は中腹の浅い耕地に流れ落ちすぐに岩だらけの不毛の地に島を変えてしまう。島を初めて歩いた日に隆一はこの耕地の性格に気づいていた。

山を焼き払うつもりはなかった。山火事のように見えれば充分だった。祠は村から尾根一つへだてた山腹にある。そこから立ちのぼる煙は山の煙にしか見えない。何をおいても村人は消火に駆けつけるだろう。祠の前にある草原から山林までは十数メートルの距離があった。せいぜい派手に煙をあげるように乾いた草の上に生木と湿った落葉をたっぷりのせた。

午後の便が水平線上に見えたとき隆一は二本目の蚊取線香に火をつけた。それから林の中を船着場が見える台地の端へ駆けつけた。見張りは二人しかいなかった。そのうちの一人が、山腹に立ちのぼる煙に気づいてあたふたと走り去った。最後の一人も気づかわしそうに煙の方ばかり向いて船着場を行ったり来たりしていたが、ますます煙が太くなり、もうもうと白煙を噴き上げて山頂を包み隠すほどになると、ついに意を決して村人と一緒に山へ急いで行った。そのとき汽笛が鳴った。

隆一は走った。

まっしぐらに台地を駆けおり、船着場を突き切って、今しも離れようとするフェリーの甲板にとびこんだ。

しばらく手すりにもたれて口がきけなかった。何事かと変な顔をして近寄って来た船員も、隆一が肩で喘いでいるのを見ると、黙って行ってしまった。

山腹の煙はだんだん細くなり今はうっすらとした線にしか見えなくなった。隆一は後ろから肩を叩かれた。さっきの船員が立っている。

「切符を見せて下さい」

と船員はいった。

（『野性時代』一九七五年六月号）

剃刀

　はじめはだれも居ないのかと思った。
　○○理容店と金文字でかかれたガラスドアを押したとき鈴が鳴った。
　大声で呼んでもみた。

　先客はひとりもいない。コンクリートの床に椅子が一台、壁に鏡が一枚あるきりだ。奥で何やら人の気配がした。男は椅子に身を沈めた。いちどきに疲れが出てきた。見かけは古びているようでも椅子のかけ心地は良かった。男はしぜんに目をつぶった。

――いらっしゃいませ
　耳もとで女の声がした。男は目をあけた。鏡の前の棚から櫛のようなものを選んでいる女のうしろ姿が目に入った。

――どんなふうに刈りますか

——伸びた髪を切って髭もあたってくれ。あまり刈りこまないで、ごくふつうに……

と男はいった。

——かしこまりました

男は目をとじた。ハサミの鳴る音を聞いた。町から町へ夜行列車をのりついで男は旅をしてきた。昨夜も列車のなかだった。今朝、A町について、セールスを担当した薬屋をまわり、中食もそこそこに列車にのった。きょうじゅうにB町まで行きたかった。ところが目的地の一つ手前で崖崩れがあったとかで列車をおろされた。B町行きのバスが出ているとのことだったが、三時間は待たねばならない。そのあいだにこのQ町をぶらついてみる気になった。

海辺の小さな町である。中央にある通りを三分と歩かないうちに防波堤に突きあたってしまった。酒場も喫茶店らしき建物もあるにはあったけれども休業の札が出ている。むかしは賑かな町が何かの原因でさびれたものと見えた。

職業がら男は薬屋をさがした。賑かな町には大きな薬屋があるものだ。ここには町角にちっぽけな薬屋が一軒だけ、それもガラス戸は破れた所が紙でふさいであり、陳列ケースはからっぽ同然で、うす暗くなりかけているいま、店内には明りさえともっていない。通りは野良犬がうろついていて人影はなかった。

ようやく見つけたパチンコ店で時間をかなりつぶしたつもりでも、時計を見ると一時間とたっていなかった。バス停は海岸の吹きさらしにある。べたべたした潮風をあびて、なま臭い干魚の匂いをかぎながらベンチにかけていたってどう仕様もない。眠ったような町をあちこちさまよい歩き、郊外に小さな一軒家を見出し、それが理容店であると知ったときはほっとした。列車旅行で髪は乱れており、髭も伸びていた。しばらく腰をおろして休むにはうってつけの場所である。

町がさびれているのはどういうわけだ、と男はきいた。

町の住民がはたらいていた魚粉製造工場がつぶれたためだ、と女はいった。男はうす目をあけて女を見上げた。床屋をひとりでやっているのか、ときいた。

——もみあげはどのくらいに

女がたずねた。

——元のままでいい

女は年のころ二十代のようでもあり、落着きはらった口のきき方は三十代をすぎているようにも思われる。男は鏡に映った女をみつめた。ガラスは埃で曇っていてしみのようなものがまだらに表面を覆っているので女の顔を見てとれない。

こんなに静かな町では事件らしい事件も起らないだろう、と男はいった。せいぜい交通事故くらいなもので……しかし、あれは去年だったか自分がこの近くまで来たとき、B町で人殺しがあった。

——咽喉を切られた男の死体がB町かA町の海岸に漂着したとか、その犯人はあげられたのだろうかと男はきいた。

ハサミが鳴りやんだ。櫛が男の髪をすいた。犯人はつかまったのか、と男はたずねた。

——さあ

そっけなく女はいった。

あっという間に調髪は終った。数回、ハサミの音を聞いただけだ。しかし、鏡のなかをのぞきこんでみると、これが自分の頭であるとは信じられないほど見事にととのえられている。女は理容師としてなかなかの腕前を持っているようだ。

町が平和でありすぎるのもときには考えものだ、若い連中はどこへ遊びに行くのだ、と男はきいた。

——A町かB町へ……動かないで下さい

やんわりと女はたしなめた。男は鼻のわきがかゆくなったので手を上げて掻こうとした。そうと察したのか女は指先で男のまさにかゆみを覚えている所を掻いた。二、三回、ひっかいただけでかゆみは嘘のように消えた。

——髪を洗いますか

という声に男は満足そうな唸り声でこたえた。湯がほとばしった。椅子が元へ直り、男は体を起した。鏡の下から洗面台が出て来た。頭を女の手にゆだねる前に横目をつかって女を見た。

女はガーゼのマスクをはずしたところで、シャンプーの壜を棚から取った。しかし、その顔はもうもうと立ちのぼる湯気にさえぎられて目鼻立ちまでは見分けられない。伏せられた切れ長な目を見たきりである。

店の奥に人の気配がないところを見ると、もしかしたら女はひとりで店をやっているのかもしれない。あるいは夫が外出しているのでたまたま女が出て来たということだろうか。指が男の髪をまさぐった。それはつよく、弱く男の頭髪をもてあそび、くしけずった。

男はうっとりとなった。

洗面台に頭をさし伸べる姿勢で身を折っている男の背中に女の上体がかぶさった。指に力をこめて頭の地肌をマッサージするとき、男の背に押し当てられたふたつの暖かいふくらみが息づくのがわかった。

女はそうと意識していないらしかった。

見かけない人だがどこから来たのか、と女はきいた。湯があびせかけられ、シャンプーが洗い流され、また湯がそそがれた。
――T市から来た
と男はいった。
――洗髪すみました
と女はいった。男は体を起した。
――それで、死体の身もとはついにわからずじまいかね
――そうのようですね
女はふわりと客の顔に蒸しタオルをのせた。殺されたのはA町の人だろうか、と男はタオルの下からいった。
――さあ
壁ぎわから女の声が返って来た。
――B町の海岸で発見されたのならB町に関係のある人物ではないだろうか
男はしつこく問いただした。
土地の者だったらせまい町だから身もとはすぐに突きとめられただろう、と女はいった。死体が漂着したのはB町ではなくて実はすぐそこの海岸なんですよ、とつけ加えた。

――お客さん、眉の下を剃りますか

――剃らないで

と男はいった。

皮で剃刀をとぐ音がした。男は壁の方へ首をねじった。手早く剃刀を往復させている女のうしろ姿が見えた。

――あれは何かい、もの盗りだったの、大金を奪われていたとか、そういうことは……

身もとがわからなければ怨恨かもの盗りかわかるわけがないでしょう、と女は穏やかにいった。

――それもそうだ、うっかりしていた

男はぼんやりとつぶやいた。雨洩りだらけの天井を見上げた。初めは白かったペンキがいまはどす黒く変っている。通りに面した窓は一度も拭いたことはないほどに分厚く埃がこびりついている。視野の隅で何か銀色に光るものがあった。女がとぎ終えた剃刀をしらべているのだ。暗い店内で輝くものはその剃刀だけのようである。女はとぎ具合が気に入らないらしく、ためつすがめつしたあげく再び皮に刃物を当てた。

――いい加減に頼むよ、きょうじゅうにB町に着かなければならないんだ

バスが出るまでまだたっぷり一時間はある、と女はいった。それから向きを変えて男に

近づいて来た。歩み寄りながら剃刀の刃に指を当てて軽くうなずいたようだ。蒸しタオルがのけられまんべんなく石鹸がぬりたくられた。

——どうしてわたしがバスにのるとわかったの

崖崩れのあったことはラジオで聞いた、よくあることだ、そういう折りはバスを利用す

ることになっている、あの事件が起った日も……といいかけて女は口をつぐんだ。

男が何かいおうとした刹那、ひやりとした金属が皮膚に触れてその上を這い回り始めた。

切れ味は良かった。剃刀をすべらせるだけで髭は切れた。もともと男の髭はかたい方であ

る。どの理容店でも男の髭は話題になった。熱い蒸気で蒸してもやわらかにならず、よく

といだ剃刀にさからう手ごわい髭である。床屋のあるじは剃るのにふつうの二倍はかかる

と愚痴をこぼした。

それが女の手にかかると赤ん坊のうぶ毛さながらやすやすと剃られてしまう。女の剃り

方はたくみだった。ほっそりとした指が男の顔を撫でまわした。皮膚をつまみ、ひっぱり、

あるいはさすったりして剃り残した髭がないかとしらべた。

男はいい気持になった。

こんなに剃刀の使い方がうまい床屋に出会ったことはなかった。

上気した男の頰に触れる女のつめたい手が何ともいえず快かった。剃刀は鼻の下を剃り

下顎におりた。
――こうしているとき、咽喉を剃刀で裂くのはたやすいことだろうな
と男はつぶやいた。
急に女は手を動かすのをやめた。冗談だ、と男はいった。女は剃刀を棚に戻して手の甲についた石鹼の泡を落している。
――客はほら椅子にのんびりとかけているんだから全然、無防禦だしさ、抵抗するひまもありゃしない。ぐさりとやればそれでおしまいだ
女はだまっている。鏡のなかで切れ長な目が動いて男の顔にそそがれたようだが、気のせいかもしれない。
――そいつを殺してもだれにもわからない場合はむらむらとやる気にならないだろうか、相手はゆきずりの人間だし、動機もないとすれば、これはわかりっこないね
まさか、と女はいった。含み笑いを洩らすのを男は聞いた。顔にまた蒸しタオルがのせられた。女は別の剃刀を皮でとぎ始めた。今度は細身の剃刀のようである。タオルの隙間から男は女をうかがった。剃刀は一点の曇りもないほどに光っている。男は胸の内でつぶやいた。（まさか、とあんたはいうが、だれしも肚の底では他人を殺したがっているものなんだ、そうではないかね、殺さないのはつかまるのが厭だからさ）

女は指で剃刀の刃をためして満足そうに溜息をつき、ゆっくりと近寄って来た。にわかに蒸しタオルがつめたくなった。空気もひえびえとしたものになった。男は何となく不安になり椅子から身を起そうとした。

——動かないで

と女はいい、手で優しく肩を押えた。いっぱいに見開かれた男の目に、とぎすました剃刀が閃いた。

（『問題小説』一九七六年五月号）

もうひとつの絵

男は絵を見ている。

絵から目をはなせないでいる。

八号ほどの油絵である。かかれて間もないことは絵の具のかわき具合でわかる。男の借りたアパートにあったものだ。置き去りにしたのか忘れていったのか。管理人は持ち主がじきに取りに来るといっているけれどもいつ来るかは知らないという。六畳ひと間のがらんとした空間を見まわし、造りつけの袋戸棚に気づいてなんとなく首をつっこんでみたら新聞紙で包んだこの絵があった。好奇心にかられて包み紙をあけ、ひと目みて男はある戦慄が体を走るのを覚えた。

どうしてそうなったのかわからない。

なんの変哲もないただの風景画である。

崖があり、崖の上に五歳あまりの少年がこちらに背を向けてたたずんでいる。向うには丘があり、画面のほぼ中央にアーチ形をした陸橋が架かっている。陸橋の彼方、工場の煙突が立ち並ぶあたりに日が沈もうとしていて、少年は夕日に見とれているらしい。全体としてくすんだ褐色と灰が基調になっている。

――これはいつかどこかで見たことがある、

と男は思った。

絵は男のなかで眠っていたある記憶をゆさぶるようだ。崖と陸橋と丘とうしろ向きの少年……それに沈む太陽。初めて見る光景ではない。一見して不快さを覚えた。不吉な印象も受けた。厭な感じだった。驚きと恐怖がまざったもののなかに若干の懐かしさもあった。初めて見る風景ではないのに、どこで見たのかは思い出せない。

朝から晩まで男は絵を見ていた。壁にかけて見ていた。男は会社をやめさせられていたからひまはいくらでもあった。地方の中都市であるG市の安アパートに引っ越して来たのは、心細い有り金で少しでも長く遊んでいたかったからだ。首都からしばらく離れているつもりだった。

男はひるすぎまで眠り、目ざめてからも長い間そのままぼんやりともの思いにふけった。街に明りがつく頃、アパートを出て近くの食堂で食べた。知り合いはG市にひとりもなかったから一日のうちで口をきくのは食堂で「カレーライス」を注文するときか、パチンコ屋で球を買うときくらいなものだった。「カレーライス」というのが「レバニライタメ」になるときもあったが、パチンコ店ではいつも「五百円分」だった。

夜、街をほっつき歩いていても、部屋にある絵を忘れることができなかった。あの絵には何かがある、自分の人生につながりのある、それものっぴきならない関連を暗示している何かがある、と思われてならなかった。崖と少年、丘、陸橋、沈む日……くすんだ褐色と灰で支配された光景は、絵のなかだけの世界でなく、男の内部のものにもなってしまっていた。

絵が目ざわりだ、と男はアパートの管理人にいった。

「そういってもねえ、置き場がないし」

管理人の部屋は画家があとで取りに来るといって預けた荷物でいっぱいである。古いスーツケース、ぎっしりと本をつめた段ボール箱、こわれた石油ストーヴ。

「物置があればそこにほうりこんでおくんだけどそうもゆかないし……あと一週間まっても来ないなら屑屋に引きとらせるかな」

画家はどんな人物だ、と男はきいた。

「あたりまえの人ですよ、年かっこうはあなたくらいで、特に目立つ所は……」

男は絵を管理人に渡した。部屋が画家の荷物できゅうくつでも、絵の一点や二点を押しこむ余地はあるはずだ。

しかし、絵を壁からはずしてみると、そこが変に広々と感じられて仕方がない。何もないと知っていても目が絵のあった所へ向く。そして、いつのまにか白い壁全面に絵が浮びあがり大きく拡がって男を包みこむようである。翌日、男は管理人から絵を取りもどした。それを元の場所にかけて安心した。漠然とした恐怖を絵に覚えはしても間近に見ていないとかえって落着かないのだった。絵の謎を解かねばならない、と男は決心した。夜、散歩に出たついでに男は額縁を買った。

男の部屋には一日じゅう日が射さない。北向きの窓は運河をはさんで工場の高い塀に面している。アパートは崖に接しており、そちら側には夕方、しばらく日の当る部屋もある。運河には工場から排出される黒っぽい水が泡立ちながら流れている。窓をしめきっていてもそこから立ちのぼる鋭い臭気が部屋を満たす。その臭気も、湿っぽくて暗い部屋も男には気にならなかった。

こういう所を男はさがしていたのだ。

――西日の射しこまない部屋、

間代が安いということの他にそれが男の求める休息所としての条件だった。男は夕日を見るのがいやだ。子供の頃から日が沈むのをまともに見たことがない。自分でもなぜかわからないでいて目をそらす。勤め帰り、ある坂の上で、または高架線を走る電車のなかで、あかあかと街を染めて没する太陽と出くわすことがある。男は見てはならないものを見たと思い、あわてて目を伏せるか顔をそむけるかする。しかし、首都は思いのほか起伏がはげしくて坂道が多い。冬は会社からひける時刻までに街はくらくなっているけれども夏はちがう。坂道を登りつめた所で思いがけなく夕日とぶつかることがあった。タクシーにのってある街角を折れた瞬間、正面に燃える日を見出すことも珍しくはなかった。

――おまえは変った男だ、

会社に勤めているとき上司がいった。夕日のことをいっているのではなかった。日没の情景に覚える漠としたおびえを他人に告げたことはなかったから、上司はそれを話題にしているのではない。(おまえは変った男だ)と上司は非難しているのだった。仕事にまつわる大事な確認事項で、上役に報告しておかなければならない事を男はしばしば忘れた。他社の業績であったり、男がまかされている仕事の進み具合であったりした。

それらを伝えておかなかったばかりに多額の損害が生じたり、他の社員が無駄な労力を費すことになった。男はわざと情報を隠していたのではなかった。報告するつもりで頭に叩きこんでおいたことが消えている。手帖にメモしていたことが、いざそのときになって判読できなくなる。失敗は一回や二回ではなかった。たび重なるにつれて上司は男を責めなくなった。

初めは有能ゆえに抜擢されて配置された営業関係の仕事から資材課へ、そこからまた文書課へ、つまりどうでも良い場所へまわされた。三十代にも達していないのに会社を転々とすることになった。

——突発性健忘症とでもいうのかね、

そういって同僚は男を憐れんだ。嘲笑する目付でもあった。男は勤めをやめた。自分には何か病的な欠陥があるのではないか……そう考えて男は医師を訪れた。

こまかい検査をくり返しても体に異状は認められなかった。知人の紹介で男はある精神病医に自分の失敗を語った。

——仕事をやりたくないからでしょう、

悲しげな目をした医師はいった。

——そんなことはありません。私は働くのが好きです、今までに怠けて楽をしようとしたことは一度も……

――あなたがそう考えていることは本当でしょうが、人間には無意識の世界というのがありましてね、そのなかで会社から逃げたいと願望していることもあり得るのです、

精神病医はすべてを知り尽した者の穏やかな微笑をうかべた。さらにつけ加えていった。

――あなたは詩を書くなり彫刻をすることが自分には本当は向いているのだと内心、考えているのかもしれませんな、

――とんでもない、

男はあわてて打ち消した。詩にも彫刻にも関心はない。関心がないのだから才能だってないにきまっている。

――でなければ作曲をするとか、

医師は男の目をのぞきこんだ。

――聴くのは好きですがね、

男はうんざりしながら答えた。自分の苦しみをわかり、解決への糸口を示してくれる者はだれもいないということがこれではっきりした。医師が指摘することくらいは男にしても考えないではなかったのだ。医師は男に家族の状況をたずねた。税務署につとめていた父は数年前になくなり母も子供の頃に失っていた。医師はきいた。

――ご結婚は、
――ひとりです、
――これまでにかかった病気は、
――とくにありません、
――ずっと東京におすまいで、
――いや、東京に住みついたのは就職してからで、学校を出るまでは父の勤めが転勤ばかりなものであちこち……、

男はきかれもしないのにF市、H市、Q市と順に都市の名前をあげた。ある土地に住むのは平均して二年ほどではなかったろうか。ようやく街の様子がのみこめた時分に引っ越さなければならなかった。友人の出来るひまがなかった。年をとるにつれて孤独でいることにも馴れた。

――何か忘れたがっていることがあるんでしょうな、こういう話があります、

医師は記憶を喪失した少女の例を話した。樵夫の娘が山で父親があやまって自分の切り倒した木の下敷きになって絶命するのを見た瞬間、自分が誰であるかを忘れた……

男はあてにしていた専門家がそういう調子だったのでついに夕日のことを持ち出さずじまいだった。樵夫の娘について話をきいても深く心を動かされなかった。男の両親はごく

平凡な病気で世を去っている。今さら夕日のことを問題にしても、それは男の忘れっぽさとどこかで結びついているように思われるのだが、山羊髭を生やし、ねむそうに目をしょぼつかせたこの老医師が親身に取り上げてくれそうには思えなかった。

——あなたは疲れているんですよ、おつとめはK社とかいう所でしたな、忙しいんでしょう、

——ええ、まあ、

くびになったばかりだとはさすがにいいかねた。

——二、三週間、のんびりと休んだらどうです。外国旅行もいいもんです、でなければ釣りをするなりスポーツに打ちこむかして、夜は眠れますか、

——それがあまり……、

——じゃあ睡眠薬を処方してあげましょう、しかし、薬にたよってはいけませんよ、

とどのつまり精神病医が与えたのは適切な助言ではなくて数錠の薬剤だけであった。かくなる上は、と男は考えた。自分で自分の病気に立ち向うしかない。異常に忘れっぽいままで、これから先めぼしい企業に就職してもうまくゆくはずはないのだ。男がG市をえらんだのは首都に近すぎもせず遠すぎもしないという理由のほかに初めて住む土地だから顔見知りもいないからだった。しばらくひとりだけになりたかった。

男は酸とアンモニアの匂いのする暗い部屋で、まんじりともしないで絵を見ている。

真夜中である。

闇の底に横たわっていても絵は見てとれる。網膜にやきついているからだ。崖のはなにたたずんでいる少年、その向うに隆起している丘、丘を巻いて登る坂道、陸橋、くろずんだ夕日、その手前に棘のようにそそり立つ煙突。夜になり部屋が暗くなるとかえって絵の細部はありありと見えてくるようである。陸橋を歩いている人影も男女が見分けられる気がする。丘を埋めた家々の屋根瓦も一枚ずつ数えられる。

男はやがて眠りこむ。眠りの世界でゆるゆると身を起し、壁の絵にはいりこみ、崖の上を歩いている。男は両手を地面と平行にまっすぐ伸ばし、少年めざして歩いて行く。少年は男の足音にも気づかないふうで、黙然と夕日を見ている。男の目にも夕日が入る。しかし、どうしたことか絵の中では夕日は現実世界のそれのようにまぶしくもなく怖ろしくもない。ただ血膿色をした円板である。それが少年の小さな肩すれすれにどんよりと光っている。

男は両手を前へ突き出し、一歩一歩、少年の背後へ近づいてゆく。近づくにつれて足が重たくなる。息づかいが荒くなる。胸がしめつけられ、今にも心臓がとまりそうだ。夕日はその間も丘の端へ沈下し、街を燃えたたせる。少年まであと少しという所で男は立ちすくむ。全身に汗をかいて目ざめる。部屋には深夜も操業している工場のにぶい音がとどろいてくる。もうひとつ何やら幅広いベルトをしごくような音がする。気づいてみればそれは男が咽喉の奥からせわしなく洩らしている呼吸音である。

少年の顔、それがわからない。

夢の中ででも振り返ってくれれば？　しかし面と向うのがためらわれる。少年は男が後ろから近づくのを知っているのだろうか。

次の晩も男は絵の中にすべりこんだ。

場所はやはり崖の上である。両手を水平に伸ばしてそろそろと進む。正面に子供がいる。一歩ずつ近づく。たった十歩あまりの距離なのに十キロもの道のりを歩くような気がする。少年の肩ごしに見えるのは充血した獣の目に似た夕日だ。あと五歩、あと四歩、三歩。足の重さはまるで解けたアスファルトの上を歩くようなあんばいだ。自分のおかしな恰好ときたら。両手を突き出して一体なにをしようとしているのだ。

だれかがどこからか自分を見ている……

男は胸を波打たせている。明りを消した部屋でたった今、見た夢を反芻している。自分はあのときだれかに見られていた。初めてそれに気づいた。

——ここはひとまずのんびりと休むことですな、と医師はいったけれども、のんびりどころではない。休んでいるという気持にはなれなかった。記憶の古井戸に沈んでいるものをなんとかして引き揚げようと焦っている。

男は管理人の所へ間代を払いに行った。老人は妙な顔をした。帳面を繰ってみて、「間代ならきのうもらったと思うけどな、ええと……ああ、やっぱり」太い指であるページを押えた。そしていった。

「領収証もあげたでしょう」

男は心の中で舌打ちをした。（また、やった）ポケットをさぐると小さな紙切れが出て来た。領収証の日付はきのうになっている。「おたくさえ差支えなけりゃあ、またいただいてよござんすよ」

老人は嗤った。男は自分の部屋へ戻った。絵が男を迎えた。半びらきのドアに手をかけたまま男は絵に目をすえていた。くるりとまわれ右をして再び階下へ降りて行った。画家はどこへ引っ越したのかと管理人にたずねた。それがわかったらこんながらくたはさっさと引き取らせるのだが、と管理人はいった。所番地をメモした紙片をなくしたのだそうだ。荷物を運んだトラックがどこから来たのかも覚えていない。

「たしか年齢はぼくぐらいといったね」

「ええ、若くてきれいなひとでしたよ」

きれいなひとだって？　男がけげんそうにきき返すと、画家は女だといった。

「あまり身なりにかまわないひとでね、外でスケッチするにもボロのようなものを着て平気でしたよ、絵かきには変り者が多いからこちらも驚きはしないがね」

それで納得した。引っ越して来た日に絵の具だらけの部屋を掃除していると、畳の合せ目から長い髪をひとすじつまみ上げたことがあった。男の髪にしてはしなやかすぎた。部屋によどんでいる空気がにわかになまめかしく感じられたものだ。

画家が残していったものは油絵だけなのだろうか。

男はあらためて袋戸棚をかきまわした。さきに気づかなかったものが手に触れた。数枚のケント紙にかかれたデッサンである。油絵の下がきらしかった。少年だけをかいたのが一枚、丘を精密にかいたのが一枚、崖をいろんな角度からかいたものが三枚あった。男は陸橋を大きく描いたデッサンに惹きつけられた。油絵には夕日があり、したがって陸橋上の人影は逆光をあびて黒い輪郭しか見せていない。しかし、コンテによるデッサンを見ると、陸橋の中央にいるのは女のようだ。崖に突っ立っている少年と同じ年ごろの少女である。欄干にもたれて、こちらの方を眺めている。

男はもう一度、袋戸棚に頭をもぐりこませた。見逃したものがないかを調べた。リンシード油の空壜とすりきれた絵筆がころがっているきりだ。男は今度は押入れを調べた。わずかな身の周りの品をほうりこむとき、内部を念入りに見ていなかったことを思い出したのだ。

衣類とスーツケースを引きずり出し、四つん這いになって懐中電燈ですみずみを照らしてみた。なにもなかった。あきらめて外へ出ようとしたとき、白い筒のようなものが目に映った。ひろげてみるとデッサンをしたと同じケント紙である。二枚が重ねて丸められていた。ひとつは油絵とそっくりで、違っている点は色彩が塗られていないだけだ。もう一枚は……男は茫然となった。崖の少年はこちらを向いている。つまり油絵が少年を後ろから描いているのに、このデッサンをかいた作者は少年の前方に位置する視点から崖を描写したのだ。二点のデッサンはそれぞれおたがいの世界の裏表ともいえる。視点は油絵の中の丘だろうか、そうではなくて……男はデッサンと油絵をかわるがわる見た。すぐにわかった。画家は陸橋から崖を見ているのだ。そうとしか思えない。少年は気を付けの姿勢で前を見ているにもかかわらず目鼻立ちは省略されていて顔は板のようにのっぺらぼうである。

男はその晩、おそくまで目ざめていた。

枕もとにはデッサンが散らかっている。

何かがしだいにはっきりと見えて来る。そんな気がするいっぽう、ますます得体の知れない濃い霧の中にとじこめられるようでもある。油絵の風景はどこかで見たと思う。どうしても最初の印象が消えない。と同時に後ろ向きになった少年の体つきにも見覚えがあると思う。どこで見たかを思い出すのが男には苦痛なのだ。

——自分は知っている。陸橋のある風景も崖も丘も少年も、少年がだれであるかということも……

思い出すのが怖ろしいのはなぜだろうか。


「絵を洗い落す、ですって」

画材店のおやじは変な顔をした。男はかかれた絵の下にあるもうひとつの絵を見たい、と説明した。

「そりゃあ無理です」

おやじは手を横に振った。

「お求めの品があることはありますよ、しかしそれは塗りつけた絵の具を根こそぎ剝がすものでしてね、おたくが考えてるみたいに上の絵だけというのはどうかなあ」

かまわない、と男はいい黄白色の液体をつめた壜を手にした。画材店主は男の熱意にまけたふうで、パレットナイフを買うようにすすめ、ある方法を教えた。

「うまくゆくかどうかわかりませんが、薬品を使うよりはいいでしょう」


表裏一体をなすデッサンが油絵の下がきだとすれば……男はある期待をもって絵を畳におろした、こんな安アパートに住む画家は貧乏にきまっている。一枚のキャンバスに何回も絵をかくことは考えられることだ。この絵の下に少年を前からかいた絵がひそんでいるかもしれない。表面から絵の具の層を洗い流してその下にかかれた絵を見出すことが出来たら、と思った。

男は壜にはられたラベルを何回も読み返した。他人のものである絵を自分が傷めようとしていることは少しも考えなかった。そのとき絵は男のすべてであった。

まずどろりとした液体を空の部分にブラシで厚く塗った。息をつめてしばらく待った。絵の具がかさぶた状に盛りあがったのをナイフでそっと掻き取った。その下はキャンバスである。男はがっかりした。画材店主のいう通りだ。もう一度、別の箇所にためしてみた。

剝離液がさっきは多かったのかもしれない。二枚目のデッサン、少年を前から描いた構図をわきに置いて、少年の下半身が描かれてあると思われる箇所に液を塗りつけ、さっきより短い時間をおいてから、おそるおそるナイフを使った。

半ば失敗し、半ば成功した。

崖の赤土が剝がれたあたりからあらわれたのは少年の下半身である。しかしそれは完全な状態ではなく三分の一は薬品で剝がれてしまっている。

男は画材店主の心配が事実となってあらわれたのを知った。指先で丹念に絵を撫でた。店主が教えた二番目のやりかたをためしてみることにした。薬品をかけて剝がれた絵の具をしらべてみると、上の絵が厚塗りであるのにくらべ下の絵は薄めのようである。

アパートに引っ越して来てこの絵を発見したときテレピン油の匂いが鼻をついたことを思い出した。かかれてからまだ日が浅いのだ。初めの絵が充分に乾いてから次の絵がかかれたのならば、絵の具の収縮具合が異なることを利用して上の絵だけ削り取ることができるのではないか。

電燈の真下に絵を寄せてためつすがめつしながら盛りあがった絵の具に生じたひび割れをさがした。ようやく陸橋のつけねに小さなひびを発見した。ナイフの切先をそこにあてがい、細心の注意を払って力をこめた。絵の具が剝がれた。下から萌黄色の夕空がのぞいた。うまくいく、と男は思った。初めからこうすれば良かった。

　宝石を研磨する職人の用心深さで男は上の絵の具をおもむろに削りつづけた。空があらわれ、崖があらわれ、少年があらわれた。時刻も同じ夕暮のようだ。夕日を背にして描いたもうひとつの絵の中では空に星が出ている。少年の脚から腹、腹から胸へと絵の具を剥いでいった。

　男はナイフを置いて休んだ。そうしなければ長距離を全力で疾走したように疲れが激しいのだ。男はウィスキーを水で割って飲んだ。削っては飲み、飲んでは削った。その間隔がだんだん短くなった。いったん少年の全身像を削り出すのはやめて、崖やそのふもとに生えている木に手を移した。絵で残る所は少年の顔のみだ。水割りを一気に流しこみ、ついに意を決して男はナイフを握りしめた。少年の顔にとりかかった。しかし出来なかった。手が男のいうことをきかず、びくりとも動かないのだ。ナイフがこわばった手から音もなくすべり落ちた。

　男は布団に横たわった。急速に酔いがまわって来た。いつ明りを消したか覚えていない。男は眠った。

　正面に夕日が燃えている。

いつものように男は絵の中に入りこみ崖に立っている。

少年は男に背を向けて夕日と向いあっている。男は両手を前へ上げ一歩二歩と少年に近づいてゆく。男は自分が絵の中に居り、絵はアパートの一室にあることを意識する。男は壁の一箇所から自分の部屋をのぞきこむ。暗い部屋に布団がしかれ、痩せた青年が寝ている。かたわらには半分からになったウイスキー壜があり、ナイフがころがっている。絵の中の男はいつか後ろ向きになっている少年と同じ年頃の子供に変身している。依然として両手を地面と平行に伸ばしている。絵の中の時間は二十年ほど過去に逆行している。男は崖の上からまわりを見渡す。一度どこかで見たことがあると思ったのも道理、そこは男が小学校に入る前くらしていた土地だ。丘と陸橋、遠くに見える煙突、崖とその下を流れる運河、しかし高い塀で囲まれた工場はまだなくて、運河の水も黒く濁ってはいない。いまアパートのたっている所もただの空地である。

男はつき進む。

いつものように、そうだ、崖の上でJ少年と一緒に夕日を見るのがきまりだった。J……といった。それが少年の名前だ。男は思い出した。耐えがたい痛みが体をつらぬいた。

男はまた一歩すすんだ。

あのときの情景が目に浮んだ。土管のかげに身をひそめて後から来たJ少年をおどかそうとしている。「わっ」といってびっくりさせるつもりなのだ。部屋に寝ているように見えた青年は上半身を起して絵をみつめている。あと三歩、二歩、一歩。

手が少年の肩に触れようとする。まだいくらか離れている。いきなり少年は振り返る。目と口を大きくあけて、一歩とびずさろうとする。片足が崖の突端からはずれる。ぐらりと体が傾く。少年の姿はかき消したように見えなくなる。男は突端にかけ寄る。手足を大の字に伸ばした少年が空地に横たわっている。その前に落下する体を見たような気もする。男は目を上げる。だれもいない。あかあかと顔を染める夕日が目に入るだけ。本当にだれもいないのだろうか。彼方に丘があり陸橋がある。その上にたたずんでいる人影が認められるようだがはっきりしない。

男は目ざめた。

あらい息をついて身を起した。明りをつける。真夜中である。汗で濡れた下着をかえて部屋の外に出た。アパートは小高い台地のかげにある。台地へ登った。その道はかつては砂利敷きで舗装されていなかった。崖のはなに男は辿りついた。空には夕日のかわりにチーズ色の月がかかっていた。丘があり陸橋があった。男は痴呆のように口をあけて目の下に拡がる風景をみつめた。G市は初めてのつもりだったがそうではなかったのだ。自分が四、五歳の頃、父はこの街で生活していた。罪を犯した者は必ずその現場へもどるという。鉄片が磁石にひかれるように自分はG市へ帰って来たのだ、と男は思った。二十年という歳月が町の顔をすっかり変えてしまったから気づかなかった。外出するのはいつも夜で、街のたたずまいに目を配ることはなかったから思い出さなかった。この台地に日暮れ方登っていたら、家々がたてこんだといっても自分が昔すんだG市の面影を発見しただろう。そうだろうか？　発見できただろうか。自分がしばしば記憶を喪失するのはあの事件からではないだろうか。崖からJ少年をつき落した瞬間からでは……

ところで果して自分はJ少年を殺したのだろうか。

崖下は今でこそ家がひしめいているが、当時は草の茂る空地であった。崖の斜面もセメントで覆われていずにハゼの木などがあちこちに枝をひろげていた。落ちる途中、体が木の枝にぶつかり木がクッションとなることも考えられる。それに崖は垂直ではないから頂上から身を躍らせてもまっすぐ落下するのはせいぜい五、六メートルだ。J少年はただ傷ついただけなのかもしれない。そこの所が確かめられない。

しかし、すべてを見ていた者がいる。陸橋から崖の出来事を眺めていた少女である。絵をかいたのはその少女ではないだろうか。男はうなだれてアパートへ戻った。腰をおろすとすぐにパレットナイフを手に絵の具を削り始めた。慎重に少年の顔を露わにした。二、三ミリずつの幅で絵の具を除いた。顎、耳、頭、額……

キャンバスにあらわれたのは見も知らぬ少年の顔である。J少年とは似ても似つかない。男はぼんやりと絵に目を当てた。すっかりわからなくなった。

陸橋といい崖の少年といいありふれた構図である。G市に絵をかく女がいても不思議ではない。G市の住人なら土地の風景を写すのが当り前だ。画家が風景を写生するには高台へあがるものだ。だから陸橋と崖は何もあのときの情景を暗示するものとはかぎらない。

しかし、画家が裏表ふたつの絵をかいたのはどう考えたらいいのだろう。

男は壜に残ったウイスキーを飲み干して眠った。窓には朝の光がにじんでいた。


夢の中でまた男は崖の上にいる。

陸橋に目をこらしている。後ろ向きになった少年はいない。男ひとりである。逆光をあびて黒い棒のようにしか見えない人影がしだいにくっきりと見えてくる。

手を伸ばせば届くような所に人影は立っている。いっぱいに見開かれた目、驚きのあまり半ばあけられた口、こわばった体、その少女が何か叫んでいる。

叫んでいるのは男の名前である。

男は答える。自分はここにいる、教えてくれ、あのとき何があったのか、自分のせいでJは落ちたのか、落ちてからどうなったのか、おまえなら知っているはずだ、それさえ告げてくれれば自分が二度と夕日を怖れることはないだろう。

…………………

男は目をあけた。

窓はすっかり明るくなっている。

なおも男の名を呼ぶ声がドアから聞える。管理人の声である。絵をかいた女のひとが忘れ物を取りに来たといっている。

（『月刊プレイボーイ』一九七六年五月号）

敵

いつからそいつのことが気になり始めたのか、どうしても思い出せない。
初めて会ったはずなのに、ずいぶん前から見知っていたような気がする。
そもそも事の起りは、彼が会社からひける途中、私鉄の駅前でバスに乗ったときのことだ。いや、そうではなくて昼休みに会社ちかくのそば屋で向う側のテーブルについている
そいつを見かけたときだ。いや、やはりそうではなくて、ある日曜日に盛り場の映画館に入り、ロビーで次の上映時刻まで待つために所在なく壁のポスターなど眺めているときだった。そいつが斜め前のソファにいて彼の方を見ていた。正しくは彼の後ろに貼ってある
ポスターを見ていた。
（いやなやつ……）
彼はとっさにそう思った。

理由はない。ただ直感的に胸もむかつくほどの嫌悪感を覚えた。そいつはどこででも見かけるありふれたサラリーマンの風体である。年の頃は彼と同じくらい、体のつくりもよく似ている。

いやなやつ……二度と会うはずはないと思ったから、そのときはそれですんだ。三週間後にまた出くわすまで、彼はそいつのことをすっかり忘れていた。昼飯を食べに行くいつものそば屋で男を見かけて、彼はぎくりとした。そいつは彼なんか眼中にない態で、テーブルにかがみこみ口をもぐもぐさせていた。サラリーマンなら近くに会社があるのだろう。彼は注文した天ぷらそばがいつ運ばれてきたか、そして自分がいつそれを平げたかも自覚しなかった。箸を使いながら自分がそいつと映画館で会う前に顔を合せたことがあっただろうか、としきりに考えていた。もの覚えはいい方である。会ったことがあるなら記憶に残っているはずだ。郷里の同級生、学生時代の知友、前につとめていた会社の同僚、取引先の社員たちを次々と思い浮べた。一人としてあてはまるのはいない。それでいていつかどこかで会ったような気がして仕様がない。でなければどうしてこうまで身の毛もよだつほどの不快感を味わうのだろう。そいつは彼の視線には気づかない様子で、食事を終えるとハンカチで軽く口許をぬぐい、勘定をすませて店を出て行った。彼は燃えるような憎しみの目で男の後ろ姿を見送った。男はそれがくせなのか何か考えこむようにやや首を左にかしげ、目立たない程度に右足を引きずって歩いた。

　自分は全くどうかしている、見ず知らずの他人のことがあんなに気になるなんて……

　彼は自分をたしなめた。そいつが彼に何か危害を加えようとしているのではないのだ。ないばかりか、そば屋を出るとき、彼が腰をおろしている椅子の脚にちょっとだけつまずいた男は、「失礼」とあやまりもした。もっとも彼はその声を耳にした刹那、慄えあがるほどの嫌悪感を覚えてしまったのだけれども、一応その男はひとかどの紳士といってさしつかえない。三回目はバスの中だ。残業をして、それに駅前の酒場で飲みもしたので終発バスに間に合うのがやっとだった。彼は酔っていた。座席はあらかたふさがっていたが立っている客はなかった。

（やつがいる……）腰をおろしたとたんに彼はそう思った。見たわけではないが、動物の本能的な嗅覚でそいつの体臭をかぎつけたように思った。彼はうす目をあけて車内を見まわした。すぐに見つかった。最後部の座席でそいつは窓の外に目をやっていた。黒っぽい背広を着てアタッシェケースを膝にのせている。酔いがみるみるさめていった。意識が鮮明になり、どす黒い憎しみが体の底から噴き出して来た。彼がまじまじとそいつをみつめていると、相手も視線に気づいたか、ゆっくりとこちらに顔を向けた。

　目が合った。

とりとめのない顔である。けげんそうに彼を見ている。しかし、それはうわべの表情で、彼がじっとにらみつけていると、さりげなさを装っている表情の裏側にもうひとつ人をバカにしたような表情がひそんでいるように思われる。その証拠に相手は彼のしつこい凝視をしっかりと受けとめ、目をそらそうとしない。

しかし、それはあるいは思いすごしかもしれない。車内燈はうす暗いし、最後部にいるそいつの周辺はもっと暗い。どんな顔付なのかも実ははっきりと見とどけられはしないのだ。気のせいでそう見えるのかもしれない。怒り狂った男はかろうじてそう自分にいいきかせた。

(頭を冷やせ、向うはまるっきりの他人じゃないか)

と一応は反省してみるのだが、その男に対する憎しみはますますつのるばかりだ。色白でのっぺりとした顔にうすい唇、高くも低くもない鼻、やや吊り上り気味の一重瞼、青々とそった顎、その下には流行に先走りもせず遅れもしないネクタイを結んでいる。どうということはない事なのに彼の目に映る男のものは何から何まで気にさわった。

そいつをしょっ中ちらちらとぬすみ見ていたので彼はあやうく降りるべき停留所をやりすごすところだった。降り口で彼はもう一度そいつの方に視線を走らせた。今度こそ気のせいではない。そいつは彼に対して歯をむき出してせせら笑った。うす暗い明りの下で、はっきりとそれが見えた。とはいえ歯をむき出した直後に手で口を覆ったから、見様によってはただのあくびと受けとれないでもなかった。あくびのはずはなかった。彼を嘲笑したのだ。地団駄を踏む思いで彼は去り行くバスを見送った。同行してそいつがどこで降りるかをつきとめるのだった。彼をつけたらそいつの住居もわかるだろう。興信所に頼めば身許を洗えるだろう。

（いっそのこと……）

アパートに帰り、冷たい布団にもぐりこんで彼はつぶやいた。そんなに手間ひまのかかることをしないで、バスの中でそいつに面と向い、お前は一体どこのどいつだ、と詰問すれば良かった。その方が手っとり早い。しかし……彼はまんじりともせずに思いあぐねた。具体的な危険にさらされているわけでもないし、そいつに脅迫されているわけでもないのだ。顔つきが気に喰わないというだけで詰問する理由にはならない。気でも狂ったかといわれるのが落ちだろう。

彼は眠れなかった。そいつの顔を思い浮べるだけで目が冴え、胸苦しくなるまでに気がたかぶった。（もしかしたら……）彼は思った。前世、自分がこの世に生れる前に生きていた遠い過去、もう一つの人生で、そいつと敵同士ではなかったのだろうか。自分はあの男に手ひどく苦しめられたか、殺されでもしたかどちらかだ。そうとでも考えなければ説明がつかない。もろもろの記憶は消えても根深いうらみだけは残った。そうにちがいない。アカの他人に対する奇妙な憎しみもそこに由来するのだ。彼は初めて自分を納得させることができた。

窓が白む頃になってようやく彼は眠った。憎しみが不条理なものと悟ったからにはそいつのことは忘れる他はない。

（あいつめ……）

終発バスで乗り合せてからしばらくあの男と出くわさなかった。一週間たち、十日がすぎた。彼はそいつを忘れようとつとめ、半ば成功したと思っていた。会社の仕事に精一杯うちこもうとした。もともとゆきずりの他人なのだ。肚を立てる方がおかしい。そう自分にいいきかせた。バス内でもそば屋でもあの男を見かけなかった。

ところが今、会社をひけて地下鉄のプラットフォームにおりたとき、まぢかにそいつを見出してぎくりとした。通勤者の肩と肩の間からこちらに横顔を見せてたたずんでいるそいつが見えた。彼はにわかに胸がさわいだ。忘れかけていた憎しみが前よりも強く体内を駆けめぐった。彼はじっと男の横顔に目をそそいだ。気づいているのかいないのか、そいつはぎっしりとプラットフォームを埋めている群衆に立ちまじってぼんやりと向う側フォームの広告などを見ている。あとからあとから階段を降りて来る連中に押されて男はフォームの縁すれすれの所に居る。

（……………）

彼は決心した。気づかれないように人ごみをかき分けてじりじりとそいつの方へ接近した。二人がいるのは階段のきわに近い。電車を待つ人々はたえず揺れ動いている。その動揺に乗じて男の肩をひと押しすれば……

レールが鳴り始めた。

にぶく重い轟音がせまって来た。

彼はぴたりとそいつの背中に貼りつくようにして立った。

彼は待った。

電車があらわれ、急速に大きくなる。依然として男は素知らぬふりである。

彼は待った。電車がすべりこんでくる。そのとき階段を踏み鳴らして駆けおりてくる一団の靴音が聞えた。群衆は大きくゆれた。

叫び声がした。

電車はすべりこんで来た瞬間けたたましくブレーキをきしらせた。群衆はざわめき、何が起ったかを見るために背伸びをした。（人が落ちた）誰かがいった。

男は人垣から抜け出した。事故ゆえ、発車までにはしばらくかかるらしかった。急ぎの用事があるのだ。男はやや首をかしげ、足を引きずりながらゆっくりと階段を登って行った。

（『別冊問題小説』一九七六年夏季号）

まさゆめ

男はころんだ。

地下鉄のプラットフォームへ電車からおりたときのことである。

朝がたのラッシュが、この日はとくにひどかった。ドアからまぢかに見える階段へ急ごうと歩きかけたはずみに、うしろから突きとばされたような気がする。

そうではなくて、ただ自分の足がもつれただけのことかもしれない。あるいは、だれかの足につまずいたとも考えられる。

そこのところがはっきりしない。

男はプラットフォームに倒れ、すぐに身をおこした。

体のどこかを打ったのは確かだ。頭がかすかにしびれている。

男は手からとりおとした鞄をひろい上げ、足早に階段を目ざした。

歩きながら手で頭をかるく叩いた。

よくあることだ。

ごったがえしている駅では、フォームに倒れる通勤人というのはざらに見られる光景である。ふり返って眺める者もありはしない。男は膝の痛みも頭のしびれも間もなく忘れた。たいしたことではなかった。そう思った。

倒れたのがプラットフォームで良かった。これがKのようにフォームから線路の上へであったら……。

一カ月ほどまえに会社の同僚であったKが事故にあった。地下鉄の駅で電車を待っているとき、うしろから押されてレールの上に落ちた。

そこへ電車がはいって来た。彼が知友の死というものを眼前で目撃したのは、それが初めてであった。

階段のすぐ近くに立っていたのがわるかったと思っている。Kが少し酔っていて、足ともおぼつかなかったというのもいけなかった。あっという間の出来事であった。Kはプラットフォームの端すれすれの所にまで押し出されていた。

電車がすべりこんでくると同時に、一団の人間が階段から駆けおりて来た。Kは身をおよがせる寸前、首をねじってうしろを見たようだ。男が手を伸ばしてKの肩をつかもうとしたときは遅かった。

（きょうは膝を打ったくらいで済んだ。しかし……）

男は会社をひけてアパートへ急ぎながら考えた。

（Kの事故もあったことだから用心するにこしたことはない）

三十歳にもならないうちに電車の下になるというのは、ばかばかしい。男は若く、まだ独身で、生きている間にしたいことは沢山あった。

事故現場はすぐ元通りになった。Kの血で濡れたレールを他のレールと見分けることはできなかった。ここで人間が轢かれたことなど憶えているのは何人いるだろう、と男は考えた。

Kの机はしばらくあいていたが、他の部署から社員が回されて、そのあるじとなった。Kと同じ時期に入社した男である。

仕事ちゅうに何気なく彼が目をあげてKの机を占めているその男を認めたり、その男が電話で応答したりしているのを耳にしたりすると、初めからKという男はこの世に存在せず、その男が机の主人であったような錯覚さえ覚えるほどであった。

（おれには超能力があるのではないだろうか……）

男がそう考えたのは地下鉄の駅でころんだ翌日のことである。

あけがた、男は夢を見た。会社の近くにビル建築の工事現場がある。出勤するにはかならずその前を通らなければならない。工事は九分通り進行していて、幌でおおわれた建物の目新しい外壁もあちこちにのぞかれた。鉄パイプで組まれた足場は大半とりはらわれている。

夢のなかで、男は工事現場にさしかかった。見なれた光景なので、ふだんはとりわけて見上げることもしないのに、なんとなく顔を上げた。

そのとき、建物のはるか上階から、鉄パイプが音もなく落下して来て、男の直前の舗道に垂直に突き刺さった。反射的にとびさがったから良かった。だまって見まもったままでいたら、男は地面に串刺しになっていただろう。

夢からさめたとき、男は汗をかいていた。

しかし、いつもの地下鉄をおりて地上へ出、会社へ急ぐとき、男は朝の夢をほとんど忘れていた。午前ちゅうに片づけなければいけない仕事の段どりしか頭にはなかった。

まずA社に電話を入れ、B課に顔を出し、C係長に書類を決裁させ……。気がついたときは工事現場前の道路を歩いていた。男が目を上げたのは、夢のことを思い出したからか、無意識のうちであったか、はっきりしない。いつもなら地面に目をおとしてさっさと通り抜けてしまうのに、その朝は歩度をゆるめて建物の上へ目をやったのだ。

空に細長いものがうかんでいた。

それはゆっくりと傾き、水平から垂直に向きを変えて男の上へ迫った。彼はぽかんと口をあけて鉄パイプをみつめていた。鉛色の空、建物を包んでいる茶色のキャンバス、しだいに速度をはやめて落下してくる鉄パイプ、これらとそっくり同じ情景を、つい今しがたどこかで見たような気がする、いつ、どこで自分は見たのだろう……。

そんなことを考えながら、男は身じろぎもせずに空中の槍を見ていた。

次の瞬間、恐怖が来た。

男はうしろにとびすさった。鉄パイプは舗道に深ぶかと突き刺さった。男の顔から三十センチとへだたっていない場所である。

男は数秒間、茫然と鉄パイプを凝視し、身をひるがえして駆け出した。あのとき、空を見上げなかったら、今ごろは肩先から地面に鉄パイプで縫いつけられていただろう。

男はこのことを会社でだれにも語らなかった。他人に話しても本気にされるはずはなかった。夢のお告げにしては話が出来すぎている。男はそう考えた。

一週間ほど経って、男は競馬場へ出かけた。あれから毎日のように夢を見た。男はなるべく気にしないようにつとめた。夢はあくまで夢である。一度や二度、まさゆめになったからといって、夢を信じるほど不合理なものの存在を認めているわけではない。

ただ、その朝に見た夢はいかにもなまなましくて、にわかに忘れ去ることはむずかしかった。一着と二着になる馬の番号がまざまざと目に入ったのである。男は夢のなかで、競馬場に来ていた。そばにはKがいた。当り馬券を手にして、窓口へ駆け寄るところで目がさめたのだった。

レースが終るまで、男は夢について半信半疑だった。今まで何回も馬券を買ったことはあるのだが、当ったためしなぞありはしない。同じことがKにもいえた。熱心な競馬ファンという点で二人は一致していたといえるけれども、Kはすればするほどムキになって通い、男は足が遠のいたのだった。だから男が馬券を買うのも久しぶりのことなのである。

仕事が忙しく、日曜祝日を返上して出社する日がつづいたので、たまの休日にはなにか派手な気ばらしをする必要があった。夢を見なかったとしても、自分は競馬場へ足を向けていただろう、と男は思った。

予想紙を買い、じっくりと馬を下見して、男は買うべき馬券を思案した。夢で見た番号は信じていなかった。

（あんなものをいちいち気にしていたら身がもたない）

窓口で自分にいいきかせながら男は紙幣をさし出し、自分の数字を口にした。しかし、実際に買ったのは、夢で見た番号である。こうと決めた数字を変更したのだった。

（まあ、一レースくらいは棒に振ってもいいさ）

男はそう考えた。レースは一回とかぎらないのだから。数字の組み合せについていえば、その日、最初にすれちがった自動車のナンバープレートを見て賭けるのもいる、恋人の誕生日からとるのもいる、それにサイコロを振って決める手合もいると聞いている。いい加減に決めても、予想屋のいうことを考えて決めても、どのみちたいした差はあるまい、と男は思った。

レースは終った。

しばらくの間、男は自分の目が信じられなかった。

掲示板に出た数字は男が買った馬券が当ったことを示している。大穴とはいえないが、これまで手にしたことのない倍率であることをそれは示している。男は自分がにぎりしめている馬券と、掲示の数字とを何度も見くらべ、そのうえ念のためわきでぼやいている男にもたずねて数字を確認したのだった。自分は目がわるいからといいわけをして確かめた。

男はあたふたと払いもどしの窓口へ走ってかねを手に入れると、競馬場を出た。

(これは一体どうしたことだ)

と内心つぶやきながら。

しかしながら夢を信じるにせよ信じないにせよ男が受けとった紙幣はれっきとした本物の銀行券であることはまちがいなかった。男は寄り道をせずに自分のアパートへもどった。超能力、ということばがふと頭にうかんだ。同じ超能力でもスプーンを曲げたり古時計を動かしたりするより、こちらの方が数等わりがいい。スプーンを曲げたところで一文のトクにもなりはしないのだ。

(しかし……)

男は腑におちなかった。

どうして自分にこんな能力がそなわったのだろう?

男はあることを思い出した。二、三日まえ夢を見て、宝くじを買った。たしか、五等に当選した夢だったと思う。翌日、会社からひけるとき、駅の売店でたまたまその番号を思い出して一枚、手に入れた。百円の投資である。はずれてもたいしたことはない。当選番号の発表がきょうであることを思い出した。男は宝くじを探した。あてにしないで買ったために、どこへしまったかも忘れている。

ひき出し、戸棚、本の間、台所の棚と探しても見あたらない。無いとなるとますます気がせいた。上衣のポケット、机の下、をさぐり、新聞紙も一枚ずつめくってしらべた。男は自分を嗤った。

たった二回、夢がまさ夢になったからといって本気にするとはおかしな話じゃないか、おい、ほどほどにしろよ。あの宝くじが五等に当るとでも信じているのかね、おまえ。男は部屋じゅうをかき回したあとで、自分の頭をコンコンと手で叩いた。

（まったくおれはどうかしているぞ）

ふと目を上げると、柱時計のわきに下げたカレンダーが見えた。

宝くじはそのカレンダーの余白に、テープで留めてあった。自分がしたくせに男はすっかり忘れていたのだ。男は宝くじをポケットに入れて外へ出た。夕刊が売られている時刻である。

新聞を買いはしたものの、当選番号をすぐに確かめる気になれなかった。はずれているのを知ってがっかりするのがイヤなようでもあるし、万一、当ってでもいたら尚さら気味がわるい。

男はマンガを見、スポーツ欄を読み、映画評に目を通した。舗道のまんなかに突っ立って新聞をひろげていたので、男は乱暴に体をこづかれた。ついに意を決して、彼はおそるおそる宝くじの当選番号を見た。七桁の数字が目にとびこんだ。街路樹の下に身をさけてポケットからくじをとり出し、新聞の数字とくらべた。

一字ずつ何回も照合した。まちがいはない。五等に当選している。男はためいきをついた。意外にも彼の反応は冷静だった。三回も夢が現実になったわけだが、しかし、偶然が三回つづいておこらないということも有り得ない。自分の場合、そのまれな偶然がおこったというだけのことだ。

男はそう考えて自分を納得させた。一等や二等ならともかく、五等一万円というみみっちい金額である。まさ夢になるのならせめて大きく一等の番号を知りたいものだ、と男は考えた。夢にも身分相応の夢というものがあるのだろうか。係長の夢、課長の夢、部長の夢という具合に。

男は係長に昇進したばかりだ。序列でいえばKに約束されたポストである。入社したのはKが一年さきであった。事故にさえあわなかったらKがなっていたであろう。男はしかし自分にはKと同等どころかK以上の能力があると信じていた。したがって、きのう内示があったとき、男はごく当然のこととして人事課長のことばを聞いていたのだった。社としては従来の仕事ぶりよりも、これからの可能性に賭ける、課長はそういう意味のことをいった。

つまり、彼の能力を認めているわけではない、ポストにふさわしい仕事をし、成果をあげないと、いつでも格下げをするぞ、と言外にほのめかされたわけであった。男はすなわち自分で思っているほどには会社において高く評価されてはいなかったのだ。課長はそのことを隠そうともしなかった。ほんらいならKがなるはずであった、とわざわざ名前をあげたくらいである。

引きついだ事務になれるにはしばらくかかった。仕事に没頭すると疲れも格段に甚だしく、アパートへ帰るのは深夜か、どうかすると真夜中をすぎることもめずらしくなかった。夢もめったに見なかった。見たとしても、ごくトリトメのない夢で、宝くじの当選番号や当り馬券という実益のある夢はなかった。いまいましいことに、夢のなかにまで会社があらわれ、自分が未決書類を机の上に山積みして汗を流している、というたわいのない光景である。

事実その通りなので、昇進してふえた給与は、その分だけひどくなった疲れと見合うものではなかった。しかし男は仕事をいとわなかった。責任のあるポストにつけばくたびれるというのは覚悟の上だし、理の当然ともいえる。それに、ヒラから係長に取りたてられるのはかねがね望んでいたことでもあった。男は毎日、根をつめて働いた。

そうやって三カ月が経った。

部長が銚子をとって男に酒をついだ。

課長と三人で食事をし、何軒か銀座の酒場をまわってこの料亭におちついたところである。

「ま、いっぱい……」

「わが社としてもあそこの噂を耳にしないではなかったのだがね、長年の取引でもあるし、今回の契約も大丈夫だろうと考えていたのだったが、ああまで事情が深刻化していると
は」

部長は宵の口からくり返しているせりふをしゃべった。課長がすかさず相槌をうった。

「――君はやると思っていましたよ、ふだんは目立たないが、部長、こういう人物がすみにおけないものでしてね」

「われわれも迂闊だったたな、事前の調査がゆきとどかなかったと責められても仕方がない、あそこが不渡りを出すとは油断もスキもありはしないってことだ」

男は自分の意見を採用した会社上層部の柔軟な姿勢こそほめられるべきで、自分としては職務上、当り前なことをしたまでだ、というにとどめた。

会社とA商事のつきあいはふるい。業界の信用もA商事に関しては大きい。それが不渡

手形を出すなどとは、契約を担当した会社の連中も思っていなかった。業績はかなりの水準で上昇する一途であり、だれが見ても契約に不都合な点はないようであった。

契約書をとりかわすまぎわに男は異議を申し立てた。もっとも、そういう契約は部長クラスの職分であって、係長ごときが口をさしはさむすじあいではない。当然、男のいい分を聞いた課長は不審と当惑をあらわに示した表情で反問した。A商事の内情をどうして知りえたのかね、と。ほとんど嘲笑せんばかりであった。まさか夢の中でA商事の不渡手形を見たとはいいかねた。かえってバカにされるのがオチというものである。

男は夢を見た日から不渡手形の出る日まで三日のゆとりがあることを知り、全力をあげてA商事に関する情報をあさりにかかった。経済新聞の記者である友人をたずね、兜町の情報屋からデータを買い、会社の情報組織も動かしてA商事を洗った。夢のなかで耳にしたいくつかの単語をもとに資料を分析してゆくと、部長のもとに提出してもおかしくない証拠を構成することができた。

不渡りを出すという確証にまでは至らなかったが、会社が契約書を手交する前に再調査をしてみる気をおこさせるには充分なデータであった。会議がひらかれ、再考するという結論が出た日の夕刊に、A商事の不渡手形が報じられた。男がさしとめを要求しなかったら契約はかわされていたはずであった。

「こうした事件も今まであながちなかったわけではないがね、A商事の噂が二、三わしの耳に入らなかったというんじゃない、商売に危険はつきものだし、それでこそつねに万全の手を打ってだな……」

部長はくどくどと同じ話をした。

(そうだろう、おれがいなかったら、おれが再調査を緊急提案しなかったら、今ごろはおまえのクビなどつながっちゃいなかったんだ)

男は心の中でつぶやいた。

「彼は見所のある青年だと思っていましたよ部長、だからこそ彼の意見具申をすぐさま考慮したわけでしてね」

課長は旨そうに盃をほした。

(あんなことをいってやがる、へん、係長の辞令を示して恩着せがましいせりふを十ぺんもくり返したくせに)

男は課長に笑顔を向けて酒をすすめた。

「B社もやられた、C社もだまされた、D社の損害はひどいものだっていうぜ」

部長は指を折って業界の競争相手をかぞえた。

「E社のP君がね、おたくはどうやって未然に契約を解除したんだっていうから、解除もなにもそもそも初めから契約はかわしていなかったんだといってやったら、なぜ情報をうちにも回さなかったんだとうらまれたぞ」

「そんなことをいわれましてもねえ部長、これぱかりは」

「そうだよ、百パーセント自信があったわけじゃない」

部長は上機嫌だった。自分の会社が損をしなかったというだけでは充分ではない。他社が手きびしい赤字を出してこそ初めて酒は旨くなるというものである。埋れた人材だ、と部長は男のことをほめあげた。しかし、才能はいつかはあらわれるものだとも部長は断言した。

すすめられるままに男は二人から盃をうけたが、どうしたことか酔いつぶれるほど飲む気にはなれなかった。話がうますぎる……心の片すみでささやかれるそんな声を耳にしたように思ったからである。

男の見る夢が一つ残らずまさ夢になったわけではない。

それに毎日きまってタメになる夢を見たのでもない。現実となる夢もありはしたが、ほとんどは前後の脈絡もない上につかみどころのない夢であった。男が手っとり早くかねになるという意味で、見たいと思った一等の宝くじ番号の夢にはついぞ出会わないのはくやしいことだった。せめて半年先の株式市況でも見られたら、と願ったがそれもかなわなかった。

かわりに、夢は何回か男の生命を救った。出張旅行の途中、手に入れた汽車弁を男は食べなかった。黄色い包紙は見おぼえがあった。夢でこの弁当を食べて食中毒にかかった乗客があったことを、箸を取ってから思い出して、食堂車へたったのだ。

事実、その通りになった。

また、タクシーに手を上げて、目の前で止ったそれに背を向け、やりすごしたことがあった。赤と白の車体は前夜、夢で見たのである。踏切で電車にはねられて、紙箱のようにつぶれたタクシーの色がそうであった。いつのまにか男は自分の夢を信じていた。

案の定、交通事故の記事に男はそのタクシーが夢で見た通りの状況で、運転手と客もろとも押しつぶされたことを確かめた。

（おれにはある種の超能力がさずかっているのではあるまいか）

男は自分にたずね、自分で答えた。百万人に一人か千万人に一人の割合で、ああした不思議な力は人間にそなわっているものなのだ、評判にならないのは本人が自分の能力を隠しているからにすぎない……

これが男の下した結論だった。

超能力をひけらかしてトクになることは何ひとつとしてありはしない。スプーン曲げくらいなら吹聴してもいいが、夢で未来を透視するといっても本気にされるはずはないのだ。会社における彼の地位は着々と上っていった。A商事不渡手形事件のあとも、部外との交渉で何度か男が頭角をあらわす機会があった。B社の新型クーラー、C社の株、D社の増資など、いずれも男の会社にとっては重要な調査事項であり、業務の上でかかわりがあった。

売るべき株があり、買うべき株があった。

決定を下す前日になって男は夢を見た。男は控え目に会議の席上で自分の意見を匂わせた。億という単位で動く金額であるから、万一、はずれでもしたらコトである。それとなくほのめかすだけであったが、部長は男の意見をあれ以来、軽んじなかった。もともと、そういう席に係長クラスの男が出席を求められるのも異例のことであった。

部長のさしがねである。課長は内心、おもしろくなさそうであったが、男の予想や情勢判断が一つ一つ的中するうちに、何もいわなくなった。課長をさしおいてじかに男へ部長自身が意見を求めに来るのもめずらしいことではなかった。

夢を見て、意見を前もって用意しておける場合はいいが、その社について夢を見ない日もあった。彼はしかつめらしくあたりさわりのない意見をのべ立て（充分に考慮して）とか(状況がかくなる上は)とか、どちらともとれる意見を開陳した。部長は彼のあいまいさを思慮の深さと勘ちがいしたようである。事がすんでから彼は部長に「読ミ」の鋭さをほめられどぎまぎしたものだった。

（きみのいう通りに動いて良かったよ、さすがだな、そろそろ責任のあるポストについてもらいたいものだ）

社長室によばれて社長を前に彼は部長からこういわれ、途方にくれた。

責任のあるポストとは課長の椅子をさしていっているとしか考えられない。ありがたい話ではあるが、自分の超能力がいつまでもつづくという保証はない。課長となったあかつき例のけっこうな夢を見なくなったらどうしよう。

ゆきあたりばったりに、いい加減な判断で仕事に決定を下し、それがミスであって会社に損害を与えたら、と思うと手ばなしで喜ぶ気にはなれないのである。

しかし、内心のためらいとは関係なく男の口からは部長のことばを喜んで受けいれる意味のせりふがとび出してしまった。寝てもさめても昇進のことを忘れたことはなかったのだ。礼をいってからくやんでも、あとの祭りというものであった。

正式の辞令は数カ月後、ということになり、さしあたっては給与だけ課長待遇ということになった。なんといっても係長に上ってから一年とたっていないのが社内人事のつりあいを配慮する上層部には気になったのである。実力による昇進と自他ともに認めたことであるにしても、まず破格の処遇といえた。

（旅行に出たい……）

残業を終えて会社から出たのは終電車も間もない時刻であった。

男は酒場でグラスをあけながらにわかに旅をしたいと思った。へんぴな田舎がいい。都会の毒で汚されていない山奥か漁村。アルコールが体のすみずみまでしみわたり、一日の疲労が酔いにとけこんで、いくらも飲まないうちに体の芯から火照ってくるようである。高架線をゆるがしてすぎる電車があり、街路はビルの壁にこだまする乗り物の騒音でいっぱいだ。

男はたてつづけにグラスをほした。

こんなはずではなかった、そう思った。男が決定を下す問題について、事前に夢を見ることはすくなかった。今では重要な懸案は課長を素通りして男のデスクにまわされてくるようになった。課長もどちらかといえばそれを喜んでいるふうに見えた。夢のお告げがあれば、その通りに決裁してさしつかえないが、夢を見ない場合、やけのやんぱちで判断を下した。

おかしなことにその判断がきまって的中するのだった。男はしだいに自信を持った。考えてみれば、夢も自分が抱えている無意識のあらわれと見なしていい。短い期間でのし上ったのも、してみると自分の潜在的な予知能力のゆえと思えなくもない。夢をアテにする必要もそんなになくなったようだ、と男は考えた。

奇妙な夢を見ることもあった。

出社してみると、自分のデスクにだれかがすわっている。背中を向けているので急に誰とわかりかね、たちすくんでいる彼の方へ、その人物はおもむろに顔をめぐらす。Kであった。

呻きながら彼は目をさました。全身がつめたいもので濡れていた。右手を彼はさしのべていた。あのとき、プラットフォームでKの肩をつかもうとしたときのように。目をさまして彼は空にのばしたその手を他人の手でもあるかのようにまじまじとみつめているのだった。しばらく東京を離れたい、いやな夢を見た日に彼は思った。休暇も長い間とらずにいたからたまっている。会社の仕事は一段落しているので許可してくれるだろう。このままでいたらどうかなってしまう……。

男はガラス越しに街を眺めた。まばゆく明滅するネオンサインやイルミネイションで、夜は押しやられ、街路には光が氾濫していた。

（疲れた……）

男は思わずひとりごとをいった。酒場の喧騒にその声はかき消された。だれも男のことばを聞いたようではなかった。出かけるとしたら今まで足を向けたことのない土地がいい。外国、たとえばハワイとかロサンゼルス、パリというのもわるくないが手続きが面倒である。国内でも行ったことのない土地は無数にある。

飛騨、伊勢、松江、秋芳洞、阿蘇、長崎、平戸、天草、男はウィスキーをあおりながら考えた。愉悦に似たものが体の底からじわじわと湧いて来た。計算してみると、たっぷり七日間は休暇がとれそうである。あれこれと旅の目的地を考えるのは気持の慰めになった。Kの死以来、心の底からくつろぎを覚えたことは一度もなかったように思う。

（遠くへ行きたい、ここでなければどこでもいい……）

男は勘定をすませた。そのときになって昨夜の夢を思い出した。旅行をしている夢である。列車の窓から見える風景は渓谷があるかと思えば海岸もある。山奥を走っているうちに不意に高層ビルの林立する都会を抜けることもある。

（奇妙な夢を見たものだ）

男は酒場のドアから街路へ出て、地下鉄駅へ向った。長い階段をもの思いに沈みながら降りた。夢がまさ夢になるとすれば、ゆうべのそれで見た風景、あの車窓からのぞまれた夢の国へ自分は旅することになるのだろう。

列車は旧式の蒸気機関車で引かれているらしかった。いがらっぽい煤煙が男を咳きこませたものだ。思い返せば、窓外の風景は一度も見たことのないたたずまいであった。絵葉書や観光案内のパンフレットでさえも。時おり、列車は駅にすべりこむことがあった。広い構内には赤錆びた車輛があった。プラットフォームに人影はなかった。制服の職員も見かけなかった。男は窓をあけて首をつき出し、乗降する客を見ようとした。電燈だけがあかあかとプラットフォームをてらしていて、そこでは靴音ひとつ聞えはしないのだった。ベルが鳴り、列車は動き出した。

男は駅名表示板をさがした。

プラットフォームのはずれに、白ペンキ塗りのそれは立っていたが、ようやくスピードを増した列車の窓からは、はっきりと読みとれない。文字がしるしてあるかどうかも不確かである。まっ白な表示板はペンキをたった今、塗りかえたという感じである。

次の駅で見とどけよう、と男は考えた。その車輛には、気がついてみると乗客は男ひとりである。

男は地下鉄のプラットフォームにたたずんだ。身動きもままならないほどのこみようである。男はしだいにフォームの端に押し出された。

（この辺りだったな……）

Kが落ちて轢かれたレールの位置にかすかな見覚えがあった。男は目をとじて夢のつづきをたどった。砂漠のような荒地をぬけ、廃墟と化した都会を地平に見て列車は走った。夕方のような灰白色の微光が地上に漂っていた。曇っているのか晴れているのか見当のつきかねる空模様である。いつまでも明るくならず、かといって暗くなりもしない。

やがて列車はおもむろに速度をおとし始めた。男は窓ガラスにひたと顔をあてた。プラットフォームが見え、駅の表示板がだんだんに大きくなって近づいてくる。

そして、その表示板も白いままで、文字は書きしるされていない。表示板の向うに男が一人、こちらに背を向けて立っている。どこかで見たような人物である。旅行に出て初めて見かける人間だ。男は声にならない声をあげた。プラットフォームの男はゆっくりと列車の方をふりむいた。Kであった。

地下鉄の電車がはいって来た。男はほとんどフォームの縁すれすれの所にまで押し出されていた。夢で見た男を彼がKと認めたせつな、階段をひとかたまりの男たちが駆けおりて来た。人ごみは大きく揺れた。

（『カッパまがじん』一九七七年一月）

「どうも……」

　患者は椅子から立ちあがって、いつものように深々と頭を下げた。

「先生に話を聞いていただくだけで、気持が休まります」

「それは大事なことです。よく眠れる薬を処方していますが、のみすぎないように規定の分量を守って下さい」

「しかしですね」

　患者はいいにくそうに口ごもった。この前、三日分として渡された薬を一日でのんでしまったという。

「ですから次は分量をふやしてもらいたいんですが。いけませんか」

「いけないことはないが、睡眠薬には習慣性になるという副作用がありますからね」

「寝つきが悪いのは苦しいものです。眠りが浅いと例の夢をみます。わたしはただぐっすり眠りたいだけなんです。いけないとわかっていても一服ではきかないものですからつい二服、それでも眠れないので三服まとめてのんでしまうような有り様で」

「まあ、いいでしょう。少し分量をふやしてあげます」

「ありがとうございます」

患者はまたていねいにおじぎをしてドアの外に消えた。医師の中尾昭介はカルテに新しい数字を記入した。となりの調剤室に這入って看護婦にそれを渡した。

中尾昭介は革張り椅子に腰をおちつけてパイプを取り出し、ぼんやりとした目つきで火皿に煙草の葉をつめた。ドアごしに患者と佐藤ユキ子がかわす言葉がかすかに聞えた。

「お大事に」「どうも」。足音が廊下の向うに遠ざかってゆく。

中尾昭介は八階にある窓から下をのぞいた。

患者はすぐに出て来た。手を上げてタクシーを止めようとしている。空車はなかなか通らない。ポケットから煙草の袋を出して一本くわえ、ライターを近づけた。背をかがめて煙草に火をつけ、首をねじって中尾クリニックのある窓を見上げた。

中尾昭介はあわてて窓から一歩しりぞいた。白いレースのカーテンで覆われた窓は、患者が道路から眺めても内側にたたずんでいる人影は認められないはずである。そうとわかってはいたが中尾昭介は反射的に患者の視線をさけた。タクシーが来て止まった。患者は煙草を横くわえにして身がるに乗りこんだ。

「佐藤君、もう帰っていいよ」

昭介は調剤室の看護婦に声をかけた。

「ですが、先生」

佐藤ユキ子は半開きにしたドアから顔をのぞかせけげんそうな表情でたずねた。次の患者の予約が五時になっている。平日の診療時間は午前十時から午後六時までである。壁の電気時計は四時五分前をさしている。午後六時以前にクリニックを閉ざすのはかつてなかったことだと、佐藤ユキ子はいった。もっとも彼女はこのクリニックに就職して一ヵ月とたっていない。

「いいんだ。予約した患者には電話で連絡して取り消してくれたまえ。もし出来たら明日の午前ちゅうに来てもらいなさい。明日は土曜日だからふつうは休診日なんだが、特別にみることにするって」

「わかりました。そう伝えます」

中尾昭介はパイプ煙草に火をつけてくゆらした。佐藤ユキ子が予約者に診療日を変更する声が聞えた。タクシーのドアがあいたとき、すばやい身ごなしで体を座席にすべりこませた患者の様子が目から離れなかった。ぼんやりと天井の一角に目をやって中尾昭介は考えこんだ。帰り支度をすませた佐藤ユキ子が、「お先に失礼します」と挨拶したときも、「ああ」とそっけない返事をしただけだ。

パイプの火皿が消えてしまうまで彼は身じろぎもせずに椅子にかけていた。午後五時になった。医師はのろのろと立ちあがって調剤と受付を兼ねた小部屋に這入り、キャビネットからカルテを抜き出した。診療室のデスクにそれを置いて読み返した。先ほどここから立ち去った患者のものである。

多治見隆、四十三歳。新宿区砂土原町×番地三ノ六ノ一。職業は会社員となっている。書籍の外販、ひらたくいえばアメリカの百科事典を売り歩くのが仕事だと本人が説明した。つとめ先の会社もわかっている。中尾昭介はデスクの抽出しをあけて黒表紙の手紙を取り出した。新宿の矢来町にある「K・Kニューライフ」とかいう社名からしていかがわしいが、電話番号は中尾昭介が確かめたとき、すらすらと答えたものだ。

彼はデスクの電話器に手をのばし、ややためらったのちダイヤルをまわした。多治見という人物が在籍しているかどうかをきいた。

「いま出かけておりますが、どちら様でしょう。ご用件は」

若い女の声が返って来た。ひっきりなしに電話のベルが鳴りひびいている。男たちの話し声も聞える。昔の友人なのだが、偶然に消息を聞いたものでと告げて中尾昭介は電話を切った。

多治見隆が初めてクリニックに現われたのは二週間ほど前のことだ。浅黒い皮膚をした中肉中背の男である。神経科の看板をかかげた医院に訪れる患者らしくなかった。肌の艶は悪くないし、瞳孔にも異常は認められない。

「眠れないんです」

と多治見はいった。椅子にかけるなりそういった。

「眠れないだけならどうということはないんですが、奇妙な夢を見るんです」

「ほう、どんな夢を」

「それが……」

多治見隆は話そうか話すまいかと迷っているように見えた。夢をみてうなされるので眠りが浅い。熟睡できないから翌日も仕事の疲れがとれないと訴えた。医師はいった。

「よくあることですよ。かるいノイローゼかもしれませんな」

「わたしもそう思います。ただ、例の夢が気になって仕事も手につかないから困るんです」

「例の夢というと」

「島のような場所です、海岸の一部かもしれません。そこの所が夢ですからはっきりしません。まわりに濃い霧がたちこめているようで。わたしはその島にいるんです」

「島にいつか旅行したことがあるんでしょう。何か厭な経験があった。あるいは子供のころにでも。ふだんは忘れていて意識にのぼらない記憶が、夢に現われることがあるものですよ」

「わたしはこの齢になるまで、島と名のつく所には一度も行ったことはないんです」

「岬のような所といわれた？」

「ええ、岬の突端にも似ているし、島のようでもある。そこがはっきりしないんです。ただ……」

　患者はごくりと唾液をのみこんだ。

「ただ？」

　中尾昭介は先を促した。

「海岸であることは確かです。黒っぽい荒れ模様の海が見えます」

「それだけですか。でも、なぜ島のような所を夢にみてうなされるのかな」

「きまって同じ夢なんです先生」

　多治見隆はすがりつくような目つきで医師を見た。

「会社のお仕事はうまく行ってますか。過労がたたって心のバランスを失うことがあります。その夢のことをあまり気にかけないことですな」

「あの夢さえみなければ、仕事は順調に運んでたんですがねえ。わたしの口から申し上げるのもなんですが、セールスのチーフマネージャーという役をつとめています。つまり外まわりをするセールスマンの指導と監督です。夢でうなされるようになってから対人関係もうまくゆかなくなって、部下のちょっとしたミスもどなりつけるし、大事なおとくいとのアポイントメントもど忘れするし、それでこちらにうかがったわけです」

多治見は憔悴した顔になって溜め息をついた。よくあることだと中尾昭介はいった。

「あなたのような患者さんが近ごろはふえましたよ。仕事熱心な方にかぎって責任感が強いからストレスが昂じるのです。薬を処方しておきます。……島の夢ね」

「島を見ると、とてもこわいんです」

脳波、心電図、血液と尿。中尾はひと通りおきまりの検査をすませてから多治見にまた来るように告げて医院から送り出した。それが十一月五日のことだ。次に訪れたのは三日後である。中尾は電気スタンドの下でカルテを読み直した。パイプの灰を捨て、新しい煙草の葉を火皿につめた。

「主訴、不眠、島あるいは岬の夢」。第一日めにはそれだけしか書いていない。二回めに訪れたときは「恐怖もしくは不快感」と書きつけている。

最初の診察ではあまり気にとめなかった症状である。

「とてもこわいんです」と語気を強めて多治見はその日もいった。

「安心なさっていいですよ。尿には蛋白も糖も出ていません。血液のコレステロール値も正常だし、心電図と脳波にも異常は認められません」

「そうですか」

多治見は浮かない顔つきで首をかしげた。

「しばらく休みをとるわけにはゆきませんか。好きなことでもして何日間かぶらぶらしてみては。お忙しいことはわかっていますが、趣味はどんなものを」

「将棋も囲碁もやりません。マージャンのパイを握ったこともないし、わたしは無風流な人間でしてね」

「まったく趣味がないというわけでもないでしょう。パチンコをやるとか水彩画を描くとか、仕事以外のことならなんでも気が紛れるものです」

「そうですね、釣りくらいですかな」

「けっこうじゃないですか。伊豆あたりのひなびた温泉宿に泊って、のんびりと糸を垂れるのはどうです。よく眠れるんじゃないかな」

「海岸はどうもね。例の夢があるもんですから」

「夢にこだわるんですね」

「自分が行ったことのない場所だというのは確かなんです。そりゃあ、島なんて日本にはざらにあります。友達がくれた絵葉書に島の写真があったかもしれません。テレビや映画で見たのかもしれない。しかし、夢のなかで先生、ここは以前に来たことがあるとわたしは考えているんです。夢を見ていて、これは夢なんだなと、自分にいい聞かせていることもあります。そして肝腎なことは、島にいるわたしは」

　多治見は舌先で乾いた唇をなめた。患者のただならぬ様子を見て、中尾も思わずそうした。

「こちらへうかがうまでわたしはあちこちの神経科をまわりました。いわれることはたいてい同じです。仕事による過労だ、一時的なものだと、休暇をとって好きなことをしていたら元通り働けるようになると。先生もそうです。わたしのいうことを本気になってきいて下さらない」

　多治見はうらめしそうに下を向いた。そんなことはない、患者を治療するのは医師の役目だと中尾昭介はいった。多治見はきっと医師を見すえてたずねた。

「先生、わたしは気がふれているんじゃないでしょうか」

中尾昭介はあっさりと打ち消した。医師として断言してもいい、あなたは正常だといった。ノイローゼと精神病はちがう。現代人は程度の差はあれ、多少ともノイローゼ気味なのだ。自分はおかしいのではないかと疑う人に限って精神的に正常である。本気に気がふれている人は、自分の異常を疑いはしない。先日した検査の結果が多治見隆の正常を証明していると、中尾はいった。

「そういってもらうと少し落着くんですが、でも夜になればきまってあの夢をみるんで」

「いまにみなくなりますよ」

「先生、笑わずにきいて下さいますか」

多治見は身をのり出した。尖った咽喉仏がそのとき上下した。刑事に問いつめられた容疑者がついに犯行を自白しようと決心したかのような表情であった。笑わないと中尾昭介は約束した。

「先生は前世を信じますか」

神経科の医師は患者が口にするとっぴょうしもない妄想にはまず驚かない。白鳥座十二番星の女王であるとか、火星人と交信してＵＦＯを自在に飛行させているのは自分の力だとか、人間が考えつくありとあらゆる想念には慣れっこになっている。インターン時代は面白がりはしたけれど、大学病院で数年間、勤務医をつとめて開業した現在は、「またか」

としか思わない。

　中尾昭介は表情を平静に保った。

「前世とはつまりこの世に自分が生まれる以前の世界ということですか」

「インドでは五、六歳の女の子が自分の村から千キロほども離れた山間の村を詳しく話した例があったそうですね。新聞で読んだことがあります。本人は村から一歩も出ていないし、村人の誰もその山奥に行ったことはないのに、女の子の話を聞いた医師が実際に山奥のその村へ出かけてみたら、話の通りの家や木や井戸があり、女の子が前世はその男だと告げた老人の墓があったそうです。しかも、老人の名前と経歴は女の子の話とぴたり一致したというんです」

「その話はわたしも聞いたことがあるような気がします。何度もね。インドでは珍しい話じゃありませんよ。輪廻転生という思想が生まれた土地ですから、そういう話があってもふしぎではないと思っています。しかし、あなたが新聞で読まれた記事は、実際の出来事が活字になるまでに、何人もの人間の口から口へ伝わったあげくのことですから、話が誇張されることもあるわけです」

「すると先生は前世を信じないとおっしゃる」

　多治見はがっかりしたような声でいった。

「信じないとはいっていません。前世の記憶という不確実な、実体のないものは科学的な検証が及ばないということです。つまり脳波や血液のように定量的な定性的な分析ができない対象は、存在するかしないかを議論したって仕方がないでしょう。信じる信じないという以前の問題です」

「そういうむずかしい話になると、わたしのように頭の悪い人間にはわからなくなるんですが、わたしが悩んでいるのは例の夢のことなんです。うなされて目がさめたとき、ぐっしょり盗汗(ねあせ)をかいています。心臓がドキドキしていて、ああ、夢でよかったと思うんです」

「わたしも夢をみますよ。それが前世とどんな関係があるのかな」

「わたしは趣味がこれといってない退屈な男でしてね。そのかわり暇があれば本を読みます。夏目漱石に『夢十夜』という作品があるのはご存じですね。高校時代に教科書にのっていたのを思い出して、先日なにげなく再読してみたんです。『こんな夢を見た』という書出しで始まる十篇の小説です。わたしが気味悪くなったのは『第三夜』の話で、六つになる自分の子供を背負って田圃の畦道を歩いて行くと雨が降って来ます。夜のことです。背中の子供がだんだん重たくなる。子供は目が見えない。男は子供のさしずのままに歩くのです」

　多治見は憑かれたようにしゃべり続けた。

　目が異様な光をおびている。

「あなた、お生まれはどちら」

　医師は患者の話をさえぎって出身地をきいた。ふいにある疑惑を覚えたのだ。

「しまいまで聞いて下さい先生。わたしは『夢十夜』のことから、明治の有名な文学者も前世を信じていたのではないかと考えたんです」

　多治見はいら立った。

『夢十夜』なら自分も読んだことがあると、中尾昭介はいった。

「作家はいろいろ考えるものです。で、要点をうかがいましょう」

「実はわたし前世で人を殺したのではないかと思うんです」

　中尾昭介は、まじまじと患者を見つめた。

　多治見は真顔だった。

「だから『夢十夜』の話が気になったんです。盲目のわが子をおぶって暗い森の中を歩く。その子が百年前に殺した男の生まれかわりだとわかる。おそろしい話じゃありませんか」

　待合室につめかけている患者の人数を医師は考えようとした。万年筆で知らず知らずコツコツとカルテを叩いていた。おちつきを失ったときにする中尾昭介の癖である。

多治見が去ったのは気づかなかった。

「先生、どうかなすったんですか」

佐藤ユキ子の白い顔が、彼をのぞきこんでいぶかしげに眉をひそめた。中尾が考えこんでいたときに、多治見は帰ったらしい。我にかえった医師は気をとり直して、次の患者を入れるように命じた。

あとで佐藤ユキ子にそれとなく問いただしてみると、多治見は帰りしなドアのきわで中尾と次の診療日のことで打合せていたという。

「わたしが？　次の診療日の打合せをしたって」

中尾は呆然となった。

ある漠然とした不安のとりこになって、多治見がいつ帰ったのか覚えていなかった。三十秒か四十秒、もの思いにふけっていたような気がする。

「あら、変ですねえ。先生はあの患者さんと今度は釣りに行こうなんておっしゃってましたわ」

「釣りにだって……」

「覚えていらっしゃらないんですか」

「そういえば釣りの話をしたようだ」

中尾はつとめて内心の動揺を表に出すまいとした。

出身地をきいたのに多治見がはぐらかしたことに思い当ったのは、その日の午後六時すぎ、カルテを整理していたときのことである。

多治見の言葉は、ほぼ完全な東京弁になっていたが、九州弁の訛が残っていた。言葉のアクセント、イントネーションは、本人が生まれて六年間すごした土地のそれが、終生消えないという。趣味で日本の方言を研究している医師が、学界の雑誌に短い随筆を書いていた。

中尾も毎日さまざまな患者に接するので、患者の声と使う言葉には敏感になっている。純粋な東京弁や京都弁と地方の言葉は、聞きわけることができると自負している。しかし多治見の出身が九州であるとすると、一つだけ腑に落ちないことがあった。

(盲目のわが子)といったとき、がの音は鼻声音になっていた。九州人はガ行の音をやわらかな鼻声音で発音できない。九州人である中尾昭介も上京して二十年以上になるけれど、まだきれいなガ行の音を口にすることができないでいる。

東京弁をいちばん早くものにするのは、九州出身者であるという。

新劇の舞台で、地方出の俳優にせりふの発声法を教授している男が、中尾にそのことを語った。酒場での知人である。北村とかいう監督の名刺を、中尾は抽出しの中に見つけた。

話の仕方は明らかに九州訛であるのに、ガ行の音だけは九州人のものではない。

中尾はその日の夜、北村の所属する劇団に電話をかけた。（盲目のわが子）といい、（『夢十夜』の話が）と多治見はいった。九州人はけっして「が」をあんなふうに発音しえない。

Kという劇団が、十一月に公演する「桜の園」の切符を買ってくれと北村は酒場で持ちかけた。このところ芝居の観客がテレビにうばわれたと嘆いていたのを思い出した。あの晩はすげなく断ったのだが、自分が知りたい方言についての知識を北村が与えてくれたら、切符を買ってやってもいいと思った。さいわい、北村はいた。

「切符を買ってくれる？　ありがたいな。ええ、二枚でも三枚でもけっこうですよ。あさってが初日なんだ。前評判は上乗なんだ」

「十枚もらいましょう」

「あした、うちの女の子に届けさせます。麻布のクリニックの方がいいかな。それとも青山のご自宅」

「麻布の方がいい。ところで一つあなたに教えてもらいたいことがあるんだけれど、あなたは日本の方言は耳で聴いてすぐにわかるといわれましたね。標準語を使っても」

「そりゃあ北は礼文島から南は西表島まで。というのはいい過ぎだが、まあわたしにかかれば三分以内で当てる自信がありますわな」

　北村の言葉にもかすかな九州訛りが感じられた。銀座の酒場でカウンターにとなりあわせに坐ったとき、少し酔った北村が中尾昭介の言葉から彼を九州出身者といい当てたのだ。それだけでなく九州の長崎市であろうとも指摘した。北村の推測は当たっていた。

　自分は福岡だと、北村はいった。それが親しくなるきっかけだった。二人の近くにいたホステスたちの出身地を、それから北村は一人ずつ正確に当てた。

「おまえさんは福島だな、うん、福島県といっても南の方、南会津郡、どうだ」

「まあ驚いた」

「きみも東北だな、秋田県だ。男鹿半島よりも北だな。能代でなければ大館、えい、大館と行こう。どうだ、当たったろう」

「なんだかうす気味悪くなってきたわ」

「貧乏劇団の一座を引きつれて一年の半分はドサまわりよ。田舎の言葉にも詳しくなるわけだ」

「お耳がいいのねえ」

　ホステスは感心してみせた。

　中尾も傍で北村と女たちのやりとりを聞いていた。耳がいいだけでは出来ない芸当である。天性、言葉に敏感でなければ北村のようには当てられない。

「それで?」

電話器の奥から北村が催促した。「が」の音をきれいな鼻声音で発音する地方が九州にあるかどうかをたずねた。

「うれしいことをきいて下さるねえ。よくぞわたしに、という心境ですよドクター」

北村は陽気な口調でいった。

「するとやはり」

「ええ、ありますよ。たしかに九州人は『ガ行』を鼻声音で発音できません。一ヵ所を除いてはね。ただ一ヵ所」

「それはどこです」

思わず中尾はせきこんだ。

「五島です、長崎県の。五島も上五島と下五島がありましてね。あそこはドクターもご存じのように大小あわせて五十以上の島があります。そのどこかは今は覚えていませんが、五島のなんとかいう島、ええと、前は覚えてたんだが、そうそう、双子島とかいってたな、あのあたりがそうです。これで何か参考になりましたか」

「………」

「もしもし」

「双子島、あの下五島の西にある」

「ええ、ご存じでしたか」

「確かなんですね」

中尾は喘ぎながら念を押した。にわかに北村の声が不きげんになった。

「わたしの記憶に誤りがなければ。なにせ、五島へ巡業したのは七、八年も前のことですから。うちの劇団に五島出身の子がいれば確かめられますが、九州人は福岡生まれのわたし一人だけなんです」

「どうもありがとう」

「こちらこそ」

中尾昭介は切れた送受話器の上に手をおいて、しばらくその場に突っ立っていた。多治見隆が下五島の西に浮ぶ双子島の出身であるとはついぞ思ってもみなかった。冷たい汗がわきの下をぬらしていた。

(彼が……いや……まさか)

中尾はその晩いつまでも寝つかれなかった。

(あれは事故だったのだ。どうしようもなかったんだ。すべては事故というかたちで終っている。今になって……）

湿ったシーツの上で中尾はたびたび寝返りを打った。あけがた短いまどろみに入った。島の夢を見た。黒い海からおし寄せる高波が昭介を包みこむかに思われた。

夢の世界に音はなかった。

獣の牙のように白い波が、ゆるゆるとふくれあがり彼をのみこんだ。しかし、のみこまれたのは彼ではなかった。横にいた伴部晃夫である。大学病院の同じ神経科でインターンをつとめていた男である。下五島へ派遣された巡回医療団の一行に二人は加えられていた。玉の浦、三井楽、岐宿と島の辺地をまわってその年の夏、三週間をすごした。

あすは巡回医療が終って船で長崎市へ帰るという日になって、中尾は磯釣りに伴部を誘った。岐宿町の北に八朔鼻という岬がある。その岬に抱かれた唐船の浦という港で手漕ぎの漁船を借りて沖あいの双子島へ向った。

伴部晃夫はよろこんで誘いに応じた。折りがあれば、五島で磯釣りをたのしみたいと、長崎から出かける前から相談していたのだ。双子島はまわりが三キロにみたない小島である。人家は三十戸あまり。双子島という名前はもう一つ岩だらけの小島が暗礁でつながっていて、遠くから満潮時に眺めると二つの島のように見えるからだった。

潮が干くと、二つの島の間に岩と砂の道が浮かびあがった。

「天気はだいじょうぶかな」

伴部晃夫は西の水平線にわだかまっている暗い雲を見て少し心細そうな声を出した。しかし双子島について、ちょうど干あがった砂の道を昆布島といわれる小島の方へ歩き出したときは浮き浮きと釣りの予想を口にしていた。双子島ではクロダイとチヌが釣れる。釣り竿はぬかりなく二人分を中尾が用意して来ていた。


「眠れますか」

三回めに現われた多治見隆を椅子にかけさせて中尾はきいた。

「それがどうも、あい変らずなんです」

「例の夢を見る？」

「ええ」

多治見は目をぱちぱちさせ、袖口のほころびを指でつまんだ。医師はいった。

「先日、あなたの出身地をおたずねしましたね。九州だとかおっしゃったようだが」

「わたしが九州？　とんでもない。九州には高校時代に熊本の阿蘇まで修学旅行へ行ったきりです。それからは一度も。なぜわたしが九州生まれとおっしゃるんですか」

「ただなんとなく言葉の訛りからそう思っただけなんです。で、実際はどちら」

「東京ですよ、江東区の砂町です。戦災であのあたりはすっかり昔の面影がなくなってしまいました」

二人はしばらく黙りこんだ。

中尾昭介はぎごちなく咳払いした。

「今もあの夢をみますか」

「ええ、きまって同じ島が出てくるんです。ところがきのうは連れがいましてね」

「連れがいる……」

「そいつが誰なのかわたしにはわからないんです。まったくの他人のようでもあり、親しい友達のようでもある。そいつと二人で島の海岸に立っていて釣り糸を垂れている。早く逃げ出したいとわたしは焦ってるんです。よくないことが起りそうな気がしましてね。空はまっ暗で、海は荒れている。わたしはそいつに島から引きあげようじゃないかというんですが、何をいっても聞き入れません。一尾も釣れないうちは帰れないというんですな。たまらなく不安になってそいつに俺は一人で帰るからといったんです」

「…………」

中尾昭介は万年筆の頭でしきりにデスクを叩いていた。

「そいつはわたしの方を振り向きました。目も鼻も口もないのっぺらぼうの顔なんです。何も天候を気にすることはないと、おちつき払って止めるんです。わたしはかっとなって舟が波にさらわれたらどうするといってやりました」

「夢にしては理路整然としていますな」

「でしょう？　だからわたしも厭になっちまう」

多治見は平然としている。夢というものは本来、支離滅裂なものだと中尾昭介は指摘した。

「それから夢はどうなりました」

「それから……」

多治見は舌で唇をなめた。目を閉じて指先で目蓋を押さえた。眉間にたてじわを寄せて夢を思い出そうと努力しているように見える。

「わたしは海に落ちたようです。息が苦しくなってもがきました。泳げないんですな。漁師のくせに」

「漁師……」

「ああ、いい忘れました。わたしは夢のなかで漁師のようななりをしていました。前世のわたしは漁師だったんですよ。それが子供のころ絵本で見た浦島太郎のような腰みのに丸いスゲ笠をかぶってるんですな。二人ともそうでした、ええ」

「あなたのご両親も生まれはこちらでしたか」

「父は東京です。しかし母はどうでしたかねえ。東京だと思っていますが、昭和二十年三月十日の大空襲で二人とも亡くなりました。親類たちもほとんど。戸籍の原本まで焼けちまいましたから、今となっては調べるすべがありません。わたしは新潟の高田に疎開していまして助かりました。学童の集団疎開ということが当時あったでしょう」

「夢の続きをうかがいましょう」

中尾昭介は多治見の顔をまともに見ることができなかった。

「先生、前世に犯した罪は時効ですよねえ」

多治見を調べた脳波の図形を医師は思い浮べた。波形、瞳孔の開き具合、すべて正常だった。中尾は時効という言葉は適切でないといった。前世の罪で裁かれていたら、たまったものじゃないと秘かな微笑を浮べて答えた。

「漁師のわたしがある島で人を殺した。前世での話ですよ。その夢でうなされるというのは、おそらく前世では裁かれずにすんだからではないでしょうか」

「前世にこだわるのはどうですかね。必ずしも罪を犯したとは限らないでしょう。要するにあなたは会社の仕事に追われて神経が参ってるんですよ。かるい運動をおすすめしたいな。朝の十分間、ランニングか縄とびをするとか」

「ランニングか。セールスという仕事は朝から晩まで歩きづめでしてね。それでも運動不足なのかなあ」

「夢の続きをおききしましたね」

「そうでした。わたしは彼を海に突き落したような気がします。落ちる瞬間、彼はわたしを見ました。そのときはのっぺらぼうの顔ではなくて、ちゃんと目も鼻もあるんです」

その男の名前はと、中尾はきいてしまっていた。多治見は呆れ返った表情で医師を見つめた。

「名前ですって先生。夢の話ですよ。そりゃあ確かに目鼻立ちはわかりました。しかし前世の人間の名前を覚えているわけがないでしょう」

「覚えているかもしれない。あなたの記憶は実に鮮明だから。感心する他はありませんよ。症例として実に面白い。しかし、あなたの言葉を使わせてもらえば、それは時効ですよ。仮りに」

と中尾は言葉に力をこめた。「仮りに現世の殺人でも十五年で時効になります。前世の行為を悩むいわれはどこにもないんです」

「きのうの夢は彼を海に突き落とした所までです」

多治見隆はハンケチで額の汗を拭った。夢の続きをみたらまた来るようにといって、中尾は彼を帰した。

いつのまにかまたパイプの火皿は灰になっていた。中尾昭介は詳しくカルテの記録を読み直してキャビネットにしまった。午後七時である。空腹ではあったが妙に食欲がなかった。にぶい疲労を感じた。クリニックのドアに鍵をかけ、エレベーターで地階へ降りてその一画にある行きつけの酒場で水割りを飲んだ。青山のマンションに帰っても、誰もいない。三年前に中尾は妻と別れていた。再婚するまで、かなりの仕送りを長崎市の実家に戻った妻にしなければならない。

クリニックを開業するときに借りた月々の銀行ローンも残っている。

伴部晃夫が水死しなかったら……。

中尾昭介はカウンターの端で水割りを飲みながら双子島での出来事を反芻した。伴部が水死したのであの女を手に入れることができた。それがどうだ。三年以内で別れることになろうとは。泰子は疑っていたのだ。中尾が伴部をわざと海に落としたのではないかと。あからさまに泰子はそのことをいわなかった。結婚してから双子島の一件に触れることを両者は意識的にさけていた。さけることがかえって中尾には負担になった。

離婚するきっかけは、泰子の鏡台に隠してあった伴部の写真を見たときである。青山のマンションへ引っ越すとき、荷造りする作業にかかって鏡台の抽出しがすべり落ちた。

「先生、ご気分でもすぐれないみたい」

酒場のママが寄って来た。

風邪気味なのだと、中尾はいった。ふだんはきわどい冗談をいいあう仲である。今夜は話をする気分になれなかった。

そうそうに酒場を出て、タクシーで青山の自宅に帰った。

熱いシャワーを浴びてから、冷蔵庫のロースハムとチーズを切って皿に盛り、ビールをついだグラスと一緒にトレイにのせて居間兼書斎に腰をおちつけた。ハムとチーズを肴がわりによく冷えたビールを飲んだ。ステレオの音量を低くしてFM放送を聴いた。

流れ出たメロディーを耳にした中尾は愕然とした。ブラームスの弦楽五重奏曲である。甘い官能的な雰囲気をもったこの曲を伴部は愛していた。演奏者の異なるLP盤を三枚もそろえて中尾に自慢したものだ。伴部は自分でヴァイオリンを弾いた。素人にしてはなかなかの腕と思われた。

中尾はチューナーをまわして別の番組をえらんだ。セルジオ・メンデスが編曲したメキシコ民謡が照明を暗くした部屋に反響した。吐息をつくような優しいリズムとメロディーを聴くと、中尾の不安がフライパンで熱せられたバターのように解けてゆくのがわかった。彼は素足で、とり換えたばかりの絨毯の感触を愉しみながらグラス片手にゆっくりと室内を歩きまわった。

奇妙な患者、それだけのことだ。

つとめてそう思いこもうとした。多治見を双子島の出来事に結びつけるものは何もなかった。関連を見出そうとしている自分の方がおかしいのだ。

中尾昭介は本棚の前で立ちどまった。夏目漱石全集の第八巻を抜き出した。グラスに残ったビールを飲み干して、ソファに身を埋めた。多治見が話した『夢十夜』は第八巻に収められている。読んでいるとはいったものの実は読んでいなかった。

中尾は「こんな夢を見た」で始る小品を「第一夜」の章から順に読み始めた。

「第三夜」を読み終えたとき、にぶい音をたてて書物が絨毯にすべり落ちた。彼はそれから半時間あまり石に化したような姿勢でソファにもたれ、うつろな目で壁を見つめていた。

「第三夜」のあらすじはこうである。

六つになる子供をおぶって〝自分〟は田舗の道を歩いている。わが子だと思っている。声は子供でも、言葉つきは大人である。闇の奥に森が見える。あそこで子供を捨てようと思うが見すかされてしまう。別れ道に石が立っているのを子供は予言する。（イモリの腹のように赤い）石には赤い字が彫ってある。左へ行くように子供は指示する。やがて、「ちょうどこんな晩だったな」と子供はつぶやく。〝自分〟もそういわれてみると、こんな晩であったと思う。はっきりとはわからない。漱石は〝自分〟の気持を「その小僧が自分の過去、現在、未来をことごとく照らして、寸分の事実も洩らさない鏡のように光っている」と書いている。ここだ、ちょうどその杉の根の所だと子供がいう。〝自分〟は思わず「うん、そうだ」と答えてしまう。

…………

「文化五年辰年だろう」

なるほど文化五年辰年らしく思われた。

「おまえがおれを殺したのは今からちょうど百年前だね」

自分はこの言葉を聞くやいなや、今から百年前文化五年辰年のこんな闇の晩に、この杉の根で、一人の盲目を殺したという自覚が、こつぜんとして頭の中に起った。おれは人殺しであったんだなと初めて気がついたとたんに、背中の子が急に石地蔵のように重くなった。

…………

「第三夜」の末尾は右のように終っている。

(あれは事故だったんだ)

中尾は呪文のように同じせりふを胸の中でつぶやいた。高波が来ると大声で伴部に警告したとき、彼はふり向いた。そのはずみに海藻で覆われた岩場で足を踏みすべらした。波にさらわれて浮き沈みしながらもがいている伴部の顔が目にやきついている。もしかすると大声で警告しなかったなら伴部は転落しなかったかもしれない。中尾は泳ぐことができた。伴部は泳げなかった。

あのとき、とびこんでいても同じことだったはずだ。午後になって空は雲で埋められ、海に波が立った。早く舟で帰ろうといったのは伴部の方であった。自分はタカをくっていた。夕方までには必ず凪が来る。今、海を渡るのはかえって危いといって伴部に応じなかった。

島の漁師たちや、医療団の一行で、中尾の説明に疑いを抱く者はいなかった。

伴部の屍体は翌朝、双子島の砂浜に打ちあげられた。磯釣りに出て水死する例は毎年ありふれたことであった。事件があった翌年に中尾は泰子と婚約した。

セルジオ・メンデスの歌はニュース解説に変わっていた。

中尾は電話器に手をのばして市外局番の案内を呼び出した。長崎県南松浦郡岐宿町の局番をきいてメモ用紙に番号を記入した。次にその番号のダイヤルをまわした。潮騒に似た雑音が耳を打った。出たのは福江市の電話局である。短い応答に彼は学生時代まで聞き慣れた九州弁の訛りを感じとった。

「岐宿町の北に双子島という小島があるでしょう。そこに多治見という姓があるかどうか調べてもらいたいのですが」

「双子島……少々お待ち下さい」

送受話器を中尾はしっかり握りしめていた。手のひらが汗ばみ、みぞおちに重苦しい痛みを自覚した。待っている時間が、とてつもなく長い時間に感じられた。

「双子島、ですか。ここは現在だれも住んでいませんが」

「昭和三十年代の初めまでは村があったはずです。いつから無人島に」

「岐宿にも多治見さんは見当たりません。無人島になったのは昭和四十一年です」

「福江市にも多治見姓はありませんか」

「お待ち下さい」

「あ、いや、けっこうです」

中尾は電話を切った。かりに多治見なる姓があったとしても、どうなるというものではない。田中や鈴木という姓よりは変っているだけのことで、日本じゅうにこういう姓はそれほど珍しくはないだろう。

中尾はぬるくなったビールを飲み、ハムとチーズをたいらげた。夕方、クリニックの一室で読み返したカルテの文字が執拗にちらついた。二週間のうちほぼ三日か四日おきに多治見は現われている。きょうで五回めになる。来ればきまって夢の話をした。

自分がなぜあんな夢をみるのか、原因がわかりさえすれば安眠できるのだと、四回めにこぼした。

「夢というものの正体は」と中尾は言葉を選びながらいった。医学が進歩した現在でも、ことに夢に関してはあいまいなままだと告げた。

「解釈の仕様で、どんなこともいえるんです。これといった定説はありません。あなたの夢はとりたてて病的とは思えませんな。夢の中で放火したり、人を殺したりしたからといって、くよくよすることはないんです」

「先生のおっしゃることはわかります。若いころは見ず知らずの女を強姦する夢をなんべん見たものです。別に罪の意識はありませんでしたな。目がさめてから、また同じ夢の続きを見たいと願ったりしました。しかし、今度はちがうんです先生。夢だとわかっているくせに現実の世界で人を殺したような罪の意識が消えないから困るんです。忙しい時間をさいて、治療を受けようと思い立ったのは、このままでは気がちがいそうな恐怖を感じるからなんです」

多治見は思いつめた表情で医師の顔をのぞきこんだ。

数秒間、二人はじっとおたがいの顔を見つめた。中尾の方が先に視線をそらした。

「わたしだって先生、好きであんな夢をみているわけじゃないんです。このごろは夜になるのが苦痛ですな。ああまた今夜いつもの怖しい夢をみなければならんのかと思いましてね。ぐっすり眠れば夢なんかみないだろうと、たっぷり睡眠薬をのむ。酒もやります。しかしダメです。島が見えてくる。昨晩は海の上を歩いている夢を見ました。島は二つあって、大きい方の島から歩いてゆけるんです。干潮時には浅くなる瀬のような所があって、そこを二人して歩いている。膝の所まで水につかりながら。遠くからは海の上を歩いているように見えます。そんな島に行ったことはないのにね。話に聞いたこともない。で、わたしは魚籠と釣り竿を持って歩きながら考えているんです。前方には盃を伏せたような恰好の岩場がぽつんと見える。あそこでおれは前を歩いている男を殺すことになるんだなあと。わたしにしてみれば、その男を殺さなければならない理由がはっきりしないんです。岩でできた島にたどりつくのが遅ければ遅いほど、犯行がおくれるわけですから、ゆっくり歩こうとする。餌を忘れただの弁当をなくしただのいってみるんですが、先方は知らん顔で、どんどん歩いてゆく」

「大きい方の島にはどうやって着いたんですか」

「小舟で行ったような気がします。昔の話です。船外機なぞあるわけないでしょう。櫓を漕いでね」

「小さい方の島へじかに漕ぎつければよかったのに」

「あそこは波が荒くて、晴れた凪の日でも舟をやっておくと、波で岩に叩きつけられてばらばらになるんです。海流がそこでは渦を巻いていました」

「先を続けて下さい」

中尾は窓外にたち並ぶ高層ビルに目をやったまま促した。多治見はふうっと息を吐いた。

「ゆうべはこれまでにないものが夢に出て来ました。わたしがそいつを海に突き落としたことは前にも申しましたね。彼は波にさらわれるとき、大声で女の名前を口にしました」

「女の名前……」

「女の名前でしょう、——子と叫びましたから。その名前が思い出せないのです。子がついていたのは覚えていますが、何子だったのか。ただし、わたしの知合いにそういう名前がないことは事実です。いたら覚えていたでしょうからね」

「あなたはどうしました」

　中尾は横目でちらりと多治見の顔をぬすみ見た。

「波がおし寄せたとき、さらわれないように身をかがめておく岩かげにうずくまっていたようです。波の楯になるような形の岩が屏風のように突き出た箇所がありました。前もって下調べをしてたのかもしれません。彼がもがきながら沈んでゆくのを黙って眺めていたようです。わたしは泳げたんですが、彼は泳げなかった」

「それで？」

「ゆうべはそこまでみたとき、盗汗をびっしょりかいて目がさめました」

　そういって多治見は疲れきった表情になり、陰気な笑いを浮かべた。中尾も歪んだ微笑を頬にたたえた。ぽんと万年筆をカルテの上にほうり投げ、眼鏡をはずしてハンケチでレンズの曇りを拭った。

「うちに見える前に多治見さん、あちこちの神経科をまわったといわれた。うちの前はどこでした」

　多治見の目にかすかなうろたえた色が走ったのを中尾は見のがさなかった。すかさず中尾はいった。

「新宿の東川先生はおたくの近くでしょう。あそこですか」

「東川先生、ええ、ええ。しかし東川先生も単なる過労だとしかいってくれませんでした。こちらのように親身になってわたしのバカげた夢の話の相手になってくれる先生は一人もなかったんです。先生だけですよ、わたしの話に興味を持って下さったのは。ではどうも、お世話さまでした。またよろしく」

多治見はもの憂げに立ちあがって腰をかがめ、診療室から出て行った。


ニュース解説は天気予報に変っていた。

中尾はステレオのスイッチを切り、グラスと皿を台所に運んだ。念入りに歯をみがき、睡眠薬の白い錠剤を四粒、ぬるま湯でのみこんでベッドにもぐりこんだ。規定の二倍ものんだのに、薬のききめは小さかった。浅い眠りの底で彼はつづけざまに夢をみた。波に見え隠れする伴部の顔が多治見に変ったり泰子の顔に変ったりした。

かと思えば中尾自身が海面でもがきながら岩かげに身をひそめている伴部に向かって助けてくれと叫んでいるのだった。

自分の声に驚いて中尾はしばしばベッドにはね起きた。窓が白むころ、彼はようやく眠った。多治見隆のカルテをあす、もう一度じっくりと検討しなければならない。どこかに見落としがあるような気がした。住所とつとめ先を確認する必要もある。疲れ果てて寝入る直前に、もうろうとした意識のすみで彼はそう決心した。


「多治見さんのカルテ？　なんのことです」

翌朝、佐藤ユキ子はふしぎそうにきき返した。そんな患者は記憶にないという。

「きみ、どうかしたんじゃないのかい。ほらこのごろ三日おきくらいに来る患者がいるだろう。あいつのカルテだよ。わたしはゆうべ見たんだ」

中尾は看護婦を押しのけて自分でキャビネットをさぐった。カルテは五十音順にファイルしてある。多治見のカルテはなかった。

「先生、どうかなさったんではありませんか。カルテならあたしがみな覚えていますわ。多治見さんて患者が見えたことは一度もありません。梶さんや滝井さんなら見えてますけれど」

佐藤ユキ子はおろおろ声でいった。中尾はあらあらしくキャビネットをしめて診療室に引き返した。両手で頭を抱えてデスクに肘をついた。はじかれたように椅子を立って調剤室のドアをあけた。

「きみ、昨日の午後五時に予約していた患者をとり消しただろう。多治見という患者が帰ったあとだ」

「帰ったあとかどうか覚えていませんが、とり消せとおっしゃいましたからそう致しましたわ」

「本当に多治見は一度もここへ来たことがないというつもりか、きみ」

「先生、お顔の色がまっ青ですよ。多治見さんとかいう人がどうしたんです」

「色の浅黒い目付の鋭い男だ。焦茶色の背広に緑色のネクタイをしめている。きのうは青いネクタイだった。ワイシャツは紺の縞が入ったやつ。ズボンは灰色だったり黒だったり。きみともしゃべってたじゃないか。これでも覚えていないのか」

佐藤ユキ子は目を大きく見開いて、怯えたように体をこわばらせた。中尾昭介は一歩前に踏み出した。

「釣りに行こうと奴を誘ったか奴に誘われたかしたといったのもきみじゃないか。たのむ、本当のことをいってくれ」

中尾が両手をユキ子の肩にかけて激しくゆさぶったとき、ユキ子は金切り声をあげた。

「知らないものは知らないんです」

医師は口許をだらしなくゆるめて後ずさりした。薬戸棚にぶつかって床に倒れそうになった。壁についた手で身を支えながら診療室に戻り、ヴェランダの方へよろよろと歩いて行った。ガラス戸をあけて八階下の路上を見おろした。医師は上半身を前に傾けた。力を失った体は、手すりを支点につかのま静止したかに見え、次の瞬間、石のように落ちて行った。

その日の夕方、陸橋の上に一組の男女がたたずんでいた。目の下を国電が走りすぎてゆく。佐藤ユキ子は白いものを多治見隆に渡した。多治見は自分のカルテを細かく引き裂いて線路に落とした。

「兄さんはこれからどうするの」

「一度、長崎に帰って晃夫の墓まいりをしようかと思ってる。五島にもだいぶ不義理を重ねてるし。無人島になった双子島に行って、晃夫のために花でも流してやろうかな」

「あの人、まさかヴェランダから身投げするとは思わなかったわ」

「おれ、今夜から本当に夢でうなされるかもな」

そんなことはないとユキ子はきっぱりといった。

（『小説推理』一九七九年一月号）

まぼろしの御嶽

大鳥明子がのったパンアメリカン航空機は午後おそく成田空港に着陸した。

ロビーには青木時男が迎えに来ていた。

帰国手続きをすませてロビーにはいった明子の手からスーツケースをうけとると、

「コペンハーゲンの白夜はどうでした」

といって、明子の返事を待たずにさっさと歩きだした。

「疲れたでしょう」

駐車場から出したムスタングに時男は明子をのせて運転席に身を沈め、「時差ってやつは体にこたえるからなあ」とつぶやいた。

「わざわざ彼のことをしらせていただいて」

明子は国際電話をかけてくれた時男に礼をいった。

った」

「当然ですよ。彼からあなたの居場所をきいていましたからね。早めに連絡がとれてよか

青木は車の流れにムスタングをすべりこませながらいった。

「明子さんは仕事をとちゅうで切りあげて帰ってきたのではないかな」

「そうじゃないの。見るべきものは見てしまったから」

大鳥明子はコペンハーゲンで催された家具の展示会を見に行ったのだった。スウェーデン、デンマーク、ノルウェイの三ヵ国で有名なインテリア・デザイナーたちが出品した作品である。今秋、デザイナーとして独立を予定している明子にしてみれば、ぜひ見ておかなければならないものであった。今はあるデザイン工房のスタッフにすぎない。ひとり立ちするのを機に、鷹木孝之と結婚することになっていた。孝之の事故死を明子はコペンハーゲンのホテルで青木からしらされた。

帰りにパリへまわるスケジュールをそうそうにとりやめて帰国したのだ。孝之の命をうばったのはただの交通事故である。タクシーが雨あがりの国道でスリップして、タンクローリーに追突したのだ。板付空港へ急ぐとちゅうである。目撃者の話ではタクシーはかなりスピードをあげていたらしい。板付空港発羽田行の最終便にまにあうために鷹木が急がせたのだろうと、青木はいった。

「そういう説明をうかがっても実感がわかないわ。どうしてかしら」

明子はつぶやくようにいった。孝之がこの世からいなくなったということが信じられないのだ。コペンハーゲンへ発つ日、空港へ見送りに来た孝之の顔がまだ記憶に新しい。

路傍に半旗をかかげた家々があった。

いぶかる明子に、きょうが終戦記念日であることを時男は教えた。ぼんやりと孝之の思い出を反芻していた明子は、黒い喪章をつけた旗が死んだ自分の恋人のために立てられているように初めのうちは感じられたのだ。

四谷のマンションに車がついたときは、夏の日が暮れかかっていた。千駄ヶ谷の自宅より先に鷹木孝之の部屋へつれて行ってくれるよう明子が頼んだのだ。孝之がくれた鍵で、七階にある三LDKの部屋にはいった。明子が日本を発つ前日に一夜をすごしたときのままだった。緑色のカーペットにあわせた濃紺のカーテン、水色の壁紙、テーブルの灰皿には、孝之がすった煙草が四、五本たまっていた。にわかに悲しみにおそわれた。

明子は長椅子に身を埋めて少し泣いた。

青木時男はグラスに二人分の水割りをこしらえて、明子にすすめた。

「なんといったらいいか。でも起ったことは起ったことなんだ。明子さんの気持はお察ししますよ」

「ごめんなさい、泣いたりして」

明子は水割りをのんだ。

「あやまることはないでしょう」

「これからどうやって生きたらいいか、あたしわからなくなった」

「明子さんはまだ若いんだから」

「若くないわ。もう二十七よ」

「当分はつらいでしょうがね。でもいつまでも悲しんでいられるもんじゃない」

青木時男は雑誌社につとめるカメラマンである。鷹木孝之は陶磁器の研究家で、その世界ではかなり名が知られている。著書も十冊ほどあった。大学で講師をつとめるかたわら雑誌に寄稿していた。明子と知りあったのは三年前で、あるインテリア専門の雑誌が磁器の特集をしたときだ。孝之は三十歳で離婚して三年たっていた。二人は急速に親しくなった。

『とらべる日本』というのが、青木のぞくする月刊誌である。この夏〝白磁のふるさとを訪ねて〟という特集を企画し、記事を孝之が書くことになった。明子を成田空港へ見送った孝之はその足で羽田へ向い、青木時男とおちあって長崎空港へ飛んだ。佐賀県と長崎県の境に位置する有田町は、白磁発祥の地である。文禄、慶長年間に朝鮮からつれてこられた陶工がこの山間で初めて磁器を焼いたのだった。有田と伊万里の窯元を訪ね、周辺の三河内、波佐見なども取材して博多へ戻り、翌日の便で東京へ戻ろうとする日に奇妙なことが起った。

「炎天下で山奥の窯元から窯元へと歩きまわったでしょう。取材が終ってほっとしてぼくは撮影記録を整理してたわけ。ホテルではあいにくシングルが満室でね、ツインルームに入れられて、ぼくはベッドにあぐらをかいて明日の今頃は新宿で飲めるぞと思いながらノートをつけてた。鷹木さんは罐ビールを飲み飲みテレビを見てましたよ。すると突然、鷹木さんがアッと叫んだ。テレビを喰い入るように見つめているんです。ぼくが膝の上にのっけていたカメラをひったくって、テレビの画面に向け、たてつづけにシャッターを切りました。いったい何が起ったのかぼくにはさっぱりわからない。鷹木さんはむやみに昂奮してましてね。あちこちに電話をかけたあげく、ぼくに自分はチェックアウトするから、きみは予定通り先に帰ってくれというじゃないですか。どこへ行くのか、何があったのだとたずねても、いずれ、東京で再会したときに話すといって教えてくれなかった」

「そのテレビではどんな番組が放送されてたの」

「なんということもないローカルニュースのようでしたね。ぼくもメモを整理しながらアナウンサーの声だけはぼんやり聞いてたから」

「ローカルニュース……」

「民放のやつね。ＣＭが入ってたから覚えてる」

「つまり、彼がそのニュースを見なかったら、急にチェックアウトすることはなかったわけなのね」

青木時男は明子に封筒を手渡した。孝之が撮影したテレビニュースを帰京してから焼いたものだという。五枚の写真を明子はテーブルに並べた。一枚めは画面の中央に小高い山が写っておりその下は海である。二枚めは海をゆく漁船、三枚めは漁民たちの集会、四枚めは漁民たちが工場の中庭らしい所で団体交渉をしている場面、五枚めはまた海で、水平線に夕日が没するところであった。

「ここはどこなのかしら」

「彼は気まぐれな男ですからね、ぼくはまた始ったと思って、あまり詮策しなかったんです。でも、事故の後で、彼はテレビニュースを見てなぜ叫び声をあげるほど驚いたのだろうと思って、とりあえずフィルムを焼いてみたってわけ。しかし、ごらんの通り、どうということもない画面でしょう。場所だって日本のどこにでもある海だしね」

孝之が予定を変更してあわただしくホテルを引払う原因となったテレビの写真を明子は一枚ずつていねいに眺めた。海と漁民たちとまた海、なんの変哲もない画面である。孝之の手もとが定まっていなかったからか、映像はややぶれて不鮮明であった。もう少しはっきりしていたら漁民が肩にかけているタスキの文字を読みとれたかもしれない。漁民たちの顔も文字も二重になっていた。

「彼はそわそわして落着きがありませんでしたよ。妙にうれしそうでもあったな。口の中でぶつぶつつぶやいたりしてね。長い間の疑問がこれで解決しそうだとかいって」

「解決しそうだといったの」

「ええ、明子さんが帰ったらびっくりさせてやるともいってましたよ。何はともあれ現地へ行って確かめてくるというのが、さいごにぼくの聞いた言葉でした」

一つの記憶が明子に閃いた。孝之の疑問というのは知っていたのだ。この頃、会えば必ずそのことを話したから。

「ぼくもこの写真が唯一の手がかりだと思って、博多にある民放局をリストアップしてみましたよ。RKB毎日放送、KBC九州朝日放送、TNCテレビ西日本、FBS福岡、この四局のどれかが放送したニュースであることはまちがいありません。しかし電話で写真だけ説明してもさっぱり要領をえませんでね。あちらだって忙しいし、五日前のローカルニュースを覚えてる記者を探しだせるものじゃない」

爆発炎上したタクシーの中で、運転手と孝之は瞬時に黒焦げになった。検視官が見たのは二体の白骨にすぎなかった。身もとがわかったのはタクシーのナンバープレートからである。空港行きの客をのせたことが本社に無線電話で通報されていた。その時刻に該当する東京行航空便の予約者リストに、鷹木孝之の名前があり、燃えくずれた車内から発見されたライカや安全剃刀の破片を、青木時男は孝之のものと確認した。遺体を計測して年齢、身長、体重も推定された。福岡市内のホテルや旅館をしらみつぶしにあたった刑事が、あるビジネスホテルでその朝チェックアウトした客の中に鷹木孝之の名前を発見した。ホテルの従業員は板付空港の時刻表をフロントで調べていた鷹木の顔を覚えていた。タクシーを呼んだのはその従業員である。すべてが判明するまでに二日しかかからなかった。孝之に身寄りはなかったから、葬儀をとりしきったのは青木時男であった。

「明子さんが帰るまではと、思ったんだけれど、ぼくらは時間に追われる商売なんで仕方がなかったんだ」

つつましい内わだけの葬式であったにもかかわらず、事故死が新聞で報道されたせいか、かなりの参列者があったという。

「青木さん、明日、博多へ行ってみるわ」

「博多へ？　ぼくもご一緒したいけれど、このところ仕事がたまってるんでねえ」

「いいの、一人の方が。孝之さんが発見したことをつきとめてみたい。このままでは彼も浮かばれない気がするわ。心あたりがないでもない」

「すると今夜はここに」

「ええ、千駄ヶ谷には戻らずにここで寝ます。いろいろ考えたいこともあるし」

青木時男が帰ったあと、明子は自分で水割りをこしらえ、もう一度じっくりと写真を見つめた。初めの一枚、海と山を写したものがなんとなく心にひっかかったのだ。どこかで見たことがあるような気がして仕方がないのである。比較するものがないから標高を推測することはできないが、高い山ではない。せいぜい海抜五十メートルか百メートルの円錐状をした小山である。その山裾を海が洗っている。小山の背後にはずっと遠くに青い影をおびた山がそびえている。海岸にはまばらな民家が認められる。ただそれだけの写真である。

Déjà-vu（デジャ・ヴュー）というフランス語がある。既視感と訳されている。初めて見る物とわかっているのに、それをどこかで一度、見たことがあるような気になる。明子は写真に写っている円錐状の小山をどこかで見たか思い出そうとした。博多で放送されたローカルニュースなら九州のどこかであるにちがいないが、明子は九州へ行ったことは一度もないのだ。九州どころか、日本という国は大阪より西へ足を踏み入れたことがない。烏帽子の形に似ている山に目をそそいで、明子は考えこんだ。居間をぐるぐる歩きまわった。

部屋の窓に面したデスクに孝之の写真が飾られ、白菊をいけた花瓶がそえてある。遺品を整理するのは自分の役目だと、明子は思った。孝之は孤児なのである。昭和二十年三月十日のB29による東京大空襲で、深川の生家を焼かれたとき孝之は二歳だった。父親は軍人で応召しており、母親は孝之をつれて着のみ着のままで火の渦の中を逃げまどったという。八月十五日を孝之は戦災孤児収容施設で迎えた。母親は三月の終りに病院で亡くなっていた。火傷と栄養失調が死因である。過去を語りたがらなかった孝之が、明子と知りあって二年以上もたってからようやく話してくれた生立ちであった。

（ざらにある話さ）

孝之はベッドの中で明子の髪をまさぐりながらいった。応召した父親は復員しなかったのかと、明子はたずねた。

（死んだことは確かなんだ。施設の職員から子供のときにおやじのことを聞いた覚えがある。九州のどこかで山中に逃げこんだ脱走兵を捜索ちゅうに猟銃で射たれたらしい。おやじは憲兵曹長だったのさ。不名誉な死に方だよね。昭和二十年の三月か四月頃じゃなかったかな。公報とか何とか一件書類を施設はあずかっていたんだが、火事で焼けちまった。おやじの話を聞いたのは、小学校に入学してからだ。でもね、子供には父親がどこでどのようにして死のうとあまり関心がないものでね、食糧不足の当時は、自分一人生きることで精一杯だった。ところが、ある日、気がついてみると、ぼくはおやじが死んだ齢になっている。三十五歳だ。それまで考えないでもなかったんだが、急におやじのことが気になっていろいろ調べてみた。しかし、書類が灰になってるから、どうしようもない。姓名と階級だけでは厚生省の復員援護局は受付けてくれないんだ。二百五十万もの日本人が今度の太平洋戦争では戦死している。所属部隊名がわからないと手のつけようがない。ケンもホロロの挨拶だったよ）

孝之は父親のことを話すとき饒舌になった。

（初めはごもっともと引き下ったよ。そりゃあそうだろう。二百五十万枚ものカードを一枚ずつめくるほどお役人もヒマじゃあるまいし。しかし、かいもく見当がつかないとなるとがぜん闘志が湧いてね。何がなんでもつきとめてやりたくなった。元憲兵の組織があるらしいが、連中は噂によると部外者に接触するのをさけてるらしい。青木から聞いた話ではね。それに、憲兵といったってタカが曹長クラスでは仕方がない。ぼくはおふくろの形見に写真を一枚、持ってた。これだけは肌身はなさずに。昭和十年に新婚旅行に行った記念写真らしい）

明子は長椅子からすばやく身を起した。手札版のセピア色に変色した写真を孝之があのとき机の抽出しから取りだして見せてくれたのだ。ふるえる手で抽出しをあけて明子はぎくりとした。封筒や便箋、メモ帳などが雑多につめこまれた抽出しのまん中にそれはのっていたのだ。明子に見出されるのを待ちかねてでもいたかのように。

写真は四隅が手ずれで丸くなっている。孝之とそっくりの青年が黒っぽい中折れ帽子をかぶり、若い女とよりそって微笑していた。二人の後ろに小山がそびえている。

「これだったんだわ」

明子は孝之が写したテレビの写真と見くらべた。同じ角度から撮影したらしく山の形がよく似ている。ただ、新婚旅行の写真はややアップぎみにレンズを向けているので、山はずいぶん高く見えるのだが、烏帽子を連想させる稜線は一致していた。山頂に生えた一本の樹木が何よりの目じるしだった。明子は二枚の写真をテーブルに並べて、ゆっくりとソファに腰をおろした。孝之はついに探し求めていた「オンタケ」をたずねあてたのだ。

(残念ながらこの写真がどこで撮影されたかわからない。裏に鉛筆で書かれた文字があったんだが、おふくろが空襲の晩、火傷をおったとき、着物をぬがされてもう少しの所で、一緒くたにすてられるはずだったのさ。血と軟膏で鉛筆の痕が薄れちまって読みにくくなってる。明ちゃん、読んでみなよ)

明子はサイドテーブルのスタンドに写真の裏面を近づけて目をこらした。

(わが遠き祖先生誕の地、まではわかるわね。ええと、それから○○之国○○郡○○郷にて御嶽を背景に。昭和十年九月二十日……）

（御嶽といえばすぐに木曽の御岳山を思い浮かべたさ。しかしちがうんだな。ぼくは施設にいた当時、おふくろのことをいくらか知ってる職員から、君のおやじさんの里は福井だといわれた覚えがある。おふくろは東京の深川うまれだけれどね。新婚旅行に福井へ帰ったのだろうか。福井にはおやじがうまれた家があるのかもね。とりあえず仕事のヒマをみて出かけてみた。ワラをもつかむ気持でね。結果を先にいえば、行っただけのことはあったわけだ）


孝之は福井市の地方新聞社をたずね、戦前この土地の連隊司令部につとめていた旧軍人の住所を教えてもらった。もし孝之の父高介の本籍が福井であれば、何かの記録が残っているはずだからだ。帝国陸軍は兵士たちを本籍のある地区で召集し編成したからである。その老人はさいわい地方紙に福井の郷土部隊戦記を連載していた所で、孝之の話をねっしんにきいてくれた。高介が明治四十三年うまれであることを確かめると、書庫に孝之を招き入れてうず高くつみ重ねた帳簿のような資料を一冊ずつあらためた。戦災で焼失した兵籍名簿を老人が苦心して復元したものだという。

（陸軍省の大バカモノ共め。何もかも焼いてしまいやがってと、爺さんはたいした鼻息だったよ。つまりこういうことだ。戦前の日本では二十歳になれば男子はみな兵役に服する義務がある。当時、ぼくのおやじが本籍を東京に移さず福井においたままだったら、昭和五年に福井で入営した計算になる。爺さんが復元したのはその名簿なんだよ。いや、おそろしい執念だ）

旧軍人の好意は、孝之がそのような場合を考えて土産に用意した古九谷焼の小鉢に由来したのかもしれなかった。ある化粧品会社の常務から鑑定をたのまれた古伊万里がニセであることを見ぬいた謝礼にゆずりうけた品物で、かなり高価なしろものであった。

（で、お父さんの名前はあったの）

（あった。出身地がわかった。福井市の北西にある坂井郡の丸岡町なんだ。昔の城下町だよ。そのとき、元中尉どのはしきりに首をかしげてね、鷹木という姓は丸岡に少ないというのだ。少ないかわりに由緒のある姓で、幕末まで丸岡城の主であった有馬氏の家老だったそうだ）

有馬氏というのはどこかで聞いた覚えがあると、明子はつぶやいた。

（そりゃあそうだろう。戦国時代の有名なキリシタン大名だもの。福井市から丸岡町まで十四、五キロしか離れていない。国道八号線をタクシーをとばして急いだよ。元中尉どのに丸岡町の郷土史家を紹介してもらってね）

丸岡町は人口二万二千、城は天正年間に柴田勝豊が築いたものである。東に浄法寺山と富士写ヶ岳がせりあがっている。町はその山裾に位置する。鷹木孝之は町の文化財保護委員である郷土史家に会うことができた。八十歳になる老人は耳が遠かったけれども、鷹木という姓を聞いて膝をのりだした。

（あなたが鷹木家の子孫かな。わしは明治初年に家系がとだえたと思うとったのだが。うん、これは珍しい。鷹木家は丸岡五万石の主有馬氏の家老だったのだ）

郷土史家は中風の後遺症なのかぶるぶるふるえる指で、紙魚にくわれた和綴じ本をめくった。「有馬藩士分限帳」と題された厚い和本である。（見なさい）と指さされた箇所に目をそそぐと、安政二年（一八五五）の項に鷹木高之進なる藩士が登録されており、二千石を与えられていた。五万石の家中にしては高額の知行である。

（ご維新によって鷹木家は新政府から支給されたわずかな金をもとでに製紙業を始め、たちまち失敗しておる。士族の商法というものだ。さいわい土地があったから百姓になったけれども高利貸にだまされて取りあげられたらしい。そこまではわかっておるのだが、以後はあらゆる記録に顔を出さなくなった。うむ、なるほど、明治四十三年に鷹木高介氏という人物が丸岡町に誕生したとすれば、家系は絶えていなかったわけだ。そして、あなたが高介氏のご長男か。なに？　東京うまれ？　すると高介氏は東京へ出たのだな。没落した士族で東京へ出たのは多いよ）

有馬氏というのは、九州のキリシタン大名ではないか。それがどうして福井の丸岡城に移ったのかと、孝之は質問した。

(お若い方、よくぞきいて下さった。キリシタン大名で有名なのは豊後の大友宗麟、肥前の大村純忠、同じく有馬晴信がいる。他にも小西行長とか高山右近があげられるけれども、さしあたり有馬氏についていえば、丸岡城に移る前は越後の糸魚川におった。短期間だがね。その前は日向の、おわかりか今の宮崎県の延岡五万三千石の主だったのだ。慶長十九年(一六一四)のことだから家康はまだ生きとった。関ヶ原役の戦後処理で、幕府は大名をあちこちに移したのだよ。いってみればサラリーマンの転勤みたいなものだ。日向から越後へとばされたときは辛い思いをしただろうよ。今のサラリーマン並に赴任手当がつくじゃなし、経費はいっさい自弁だからな。わしの家系をさかのぼると日向の地頭職として鎌倉から下向して土着した侍で、そもそも……)

郷土史家は有馬氏の系譜をそれて一時間あまりえんえんと先祖の由緒を説きおこし、孝之をいらいらさせた。

(というわけだ。わしは越前の人間だが、元をたどれば日向の者ということになる。あの国には遠い遠い親類がいるだろうな。そうだった、鷹木氏の話をしとったな。失礼した。分限帳によれば、鷹木氏は有馬氏が延岡を領していた当時すでに名前をつらねておる。物頭格でな。その頃はまだ家老にまでとり立てられてはおらん。物頭格というてもぴんとこんだろう。大隊長クラス、といいかえてもわからないか。課長クラス、これならおわかりだろう。家老なら専務、常務ということになる）

一六一四年、日向に転封される前、有馬氏はどこにいたのかと、孝之はきいた。

（だからいうたろう、肥前だよ。肥前の島原一帯。中世期からあの地を治めていた豪族だったのだ。しかし、残念ながらその当時の分限帳は保存されておらん。あっても江戸時代にでっちあげたニセモノが多くてな。格式を飾るためだ。あてにはならんよ。だから、鷹木氏がわしの先祖と同じように日向で採用された武士か、島原時代に仕えていた武士かは確かめようがない）

丸岡町あるいは福井県内に御嶽という山があるだろうかと、孝之は質問した。

（御嶽？　さあて、そういう山はきいたことがないな。わしが知ってるのは木曽の御岳山と三河の御岳山だけだな。待ちなさい。越前の古地図を調べてみよう）

郷土史家は畳一枚ほどもある色褪せた和紙をひろげた。山にはぜんぶ名前が記されている。御嶽はなかった。

孝之は老人に礼をいって、その日のうちに東京へ帰った。

明子は眠れなかった。

いったんベッドに横になったのだが、目が冴えて仕方がない。枕には孝之が日頃つかっていたヘアトニックの匂いがしみついていた。シーツにはうっすらと彼の体臭がこもっているように感じられた。タクシー内にとじこめられて焼死した人物は、警察のめんみつな調べで鷹木孝之であることが証明されており、事故そのものも偶発的なできごとで犯罪の影はなかった。

働きざかりの男が一人、交通事故で死んだ、ただ、それだけのことだ。しかし、その男というのは、明子にしてみれば他にかけがえのない恋人だったのである。彼が探し求めてついにたずねあてた先祖の土地がどこなのか、自分も知りたいと、明子は思った。

孝之は博多からどこへ行ったのか、宮崎へか、それとも長崎県の島原へか。

眠れないままに明子はベッドからぬけだし、孝之の部屋を片づけた。書斎は三方の壁が本棚になっている。床に山づみになった書物を本棚におしこんだ。整理好きの孝之が、こうして床に書物をとりちらかしたままにしているのは、旅に出る直前まで調べものをしていたからにちがいない。

明子は本棚のすきまに一冊ずつさし入れながら、ふと手にした書物の背文字に目をとめた。

「日向国誌」と題された菊判五百ページほどの大冊である。奥付をみると、大正十三年刊行の初版本で、古本屋から買ったらしい。目次をあらためてみた。地誌篇に「日向の山嶽信仰」という項目があり、山の名前が列記してある。明子はスタンドの下で注意ぶかく調べた。御嶽の二字はなかった。宮崎県の地図もあった。戦前に売られていた陸軍参謀本部測量の五万分の一地図である。孝之はこの地図によって御嶽を探したらしい。延岡市には赤いサインペンで丸印が記入されていた。

おびただしい陶磁器の研究書にまざって、「有馬藩史」「日本の切支丹大名」「有馬晴信伝」「福井県史」「天正遣欧少年使節」「宮崎県史」「長崎県史」「島原半島史」「丸岡町史」「日本の山岳」「東京大空襲記録」などといった郷土史をおもにした書物の堆積が、明子の目をひいた。

忘れていたことを、明子は少しずつ思いだした。

実をいえば、明子は孝之の先祖さがしについては熱心に耳を傾けるふりを装いながら、半ばはうわの空だったのだ。二十七歳のインテリア・デザイナーは歴史というものに通りいっぺんの興味しかもちあわせていなかった。いちばん興味があったのは、鷹木孝之という男であって、彼が明子のことをどう思っているか、愛しているならどのていどなのかという女らしい思案で胸が一杯だったのだ。

明子はウイスキーをグラスにつぎ、氷と水を加えて孝之の椅子にすわった。バルコニイに面したガラス戸のカーテンをあけた。新宿かいわいの灯が暗い夜空の下にひろがり、赤い砂を撒いたように見えた。自分はいずれ別の男と結婚することになるだろうと、明子は思った。それはいつになるかわからないが、新しい男が現われて自分を妻にしたいというにちがいない。その前に孝之が調査していたことを理解しておかなければ、気持の区切りがつかない。

明子は水割りをゆっくりとすすった。

孝之から旅行の前夜、聞いたことを今になって思いだした。

〈福井市の元中尉どのが電話をかけてよこしてね。高介氏の消息を知ってる者が現われたから紹介したいというのだ。半年ばかり前のことだ。書きかけの原稿をうっちゃって、福井へとんで行ったよ。公民館の元館長で、六十九歳、つまりおやじが生きてたらこの齢だから同じ一九一〇年うまれということになる。彼は齢のせいかややぼけてて、記憶があいまいだったけれど、初年兵時代におやじと同じ班にいたんだそうだ。元中尉どのの友人でね、先日、碁会所でぼくの話になって、鷹木高介の名前が出たところ、それはわしの戦友じゃということになった。で、わざわざ教えてくれたわけ。元館長はね、ぼくが二十歳当時のすなわち初年兵であった鷹木高介とウリ二つだといってびっくりしてたよ。
彼は現役兵として二年間、ぼくのおやじと一緒に勤務したのだが、予備役と後備役は所属がちがってた。しかしね、昭和二十年に彼は九州でおやじと出くわしてるんだ。博多の街頭で。彼は高射砲部隊の中隊長だった。あわただしく立話をして別れたきりというんだ。おやじはこれから撃墜したB29のパイロットを引きとりにゆくといったそうだ。どこへゆくかも告げているんだが、彼はその土地の名前を忘れたというんだよ。ただ一つ覚えてるのはオンタケという地名なんだ。いいかい、あの御嶽だよ。おやじは元館長によると、博多にあった陸軍の西部軍司令部付の憲兵だったそうだ。捕虜は憲兵の管轄だからね。まもなく彼は司令部の将校から、おやじが職務すいこう中に不慮の死をとげたことを聞くことになる)
(おかしいわね。脱走兵をつかまえようとしてじゃなかったの)
(ぼくも変だと思ったさ。だからきいてみた。子供のころ軍から通知された話では、脱走兵を逮捕しようとして猟銃で射たれたということになっているると、ぼくがいうと彼はとたんに心細そうな顔になって、じゃあ、そうかもしれん。自分は高射砲を指揮して毎日B29と戦闘しとったから、鷹木曹長が脱走兵というたのをB29のパイロットと記憶ちがいしたのかもしれないというのだ。事実、うちおとされたB29のパイロットが落下傘であちこち

に降りてたからね)

(でも孝之さんのお父さんがどこへ行ったのか調べるのは簡単じゃない。日向と肥前の地図で御嶽という山をさがせばいいもの)

(もちろん、それはぼくも考えた。宮崎県と長崎県の地図をしらみつぶしにあたって御嶽という山を血まなこで探したさ。どこにもない。だから明日、九州へ旅行するのをチャンスに時間を作って現地の人にたずねてみるよ。地図で呼ばれる名前と別の名前があるかもしれないからね)

孝之は明子の乳房に触れた。その手が明子のわき腹に移り、下腹部へおりた。

白磁のふるさとを取材するのに追われて、孝之はけっきょく御嶽さがしをするゆとりがなかったのだろう。青木によれば伊万里からまっすぐ博多へ戻っている。

明子は水割りを飲みほしてからも、ソファに深く体を埋めて孝之の話をこまかく思いだそうとした。彼が九州へ発つまで、どれだけの手がかりをつかんでいたか、知っておくことが大事なのだ。明子はグッチの手帳に一つずつわかっていることを記入した。百科事典をめくると、有馬氏の簡単な歴史がのっていた。

有馬氏は肥前有馬氏と摂津有馬氏の二家がある。明子は摂津有馬氏の方は除外して、肥前有馬氏の説明をメモした。

有馬氏は平直純の子孫と称し、経純の代に鎌倉幕府から肥前有馬郡高来庄の地頭に補され、東国から着任している。有馬姓を名のるようになったのはこのとき以後である。晴純の代に足利十二代将軍義晴につかえ、戦国大名に成長し、やがてキリシタン大名として豊臣秀吉の家来となる。

日向に転封された時期は孝之が語った通りだった。糸魚川から越前の丸岡へ移ったのは元禄八年（一六九五）である。以後、幕末まで丸岡城主として続く。

明子が手帳を閉じたとき、時計の針は午前二時をまわっていた。ようやくねむけが訪れた。明子は孝之の残り香をかぎながら眠りにおちた。

翌朝、明子はけたたましい電話のベルで目をさました。青木時男の声である。

「やっぱり一緒に九州へ行くことにしたよ。女ひとりでは何かと不便だろうからね。今、自宅からかけてる。羽田でおちあおう。明子さんがどうしてもイヤならムリにとはいわないがね」

「そんなことないわ。お仕事のつごうを考えてああいっただけのことよ。ええ、羽田には何時に？　午前九時半。いいわ」

明子はシャワーをあび、手ばやく身支度した。小型のスーツケースに着がえをつめた。

孝之がとった写真と高介夫妻の記念写真をハンドバッグにおさめた。約束の時刻に、明子は空港のロビーで青木時男と会った。

「ぐっすり眠れた?」

「まあね。そのことよりお仕事はいいの」

「ちょっとした取材があるんだが、友達にかわってもらった。ぼくが九州行きを思いたったのは、博多の民放局でニュースフィルムを見せてもらうように交渉するのは、ただのデザイナーではダメだからさ。ちゃんとした紹介がなければね。ぼくの友人がKBCにいる。大学時代の飲み仲間なんだ。彼にたのんで他の局にも声をかけさせよう。案外にうまくとりはからってくれると思うよ」

二人は板付空港へ直行する全日空機のシートにすわって話をつづけた。

青木時男は明子が説明するまでもなく、孝之から先祖さがしの話を聞いていた。

「彼がどこへ電話をかけてたかそばで聞いてたら言葉のやりとりでわかっただろう。しかし、あのあとぼくはバスに湯を入れてて、彼がしゃべってる間、のんびりと湯に浸ってたんだ。まさか彼が予定をキャンセルしてホテルからとびだすとは思わなかったからね。バスルームの外へでると、彼はきちんと身支度して地図なんか旅行鞄につめてるじゃない。説明してるヒマはないといって大急ぎで部屋から出て行ったんだ」

「旅行ちゅうに彼は御嶽のことを口に出しませんでした?」

「耳にタコができるほど聞かされたよ。有田や伊万里の窯元でね。磁器について取材が終ると、肥前の国に御嶽という山があるかないか、しつこくきいてた。またかと思ってぼくはうんざりしちまったもんだ」

窓の外は快晴で、下界がくっきりとのぞかれた。海面を航行する船の白い水脈があざやかだった。飛行機は高度をあげて雲の上に出た。しばらく時男はだまりこんだ。

「まるでこれはちょいとしたミステリになるじゃないか。フィアンセが謎の事故死をとげる。有力な容疑者はそのとき東京にいてアリバイがある。死者がつきとめた秘密とは何か」

「あら、時男さんがどうして容疑者なの」

「それは……」

青木時男は間のわるそうな顔で、タバコをくわえた。明子は自分のライターで火をつけてやった。

「ねえ、どうして時男さんが彼を事故に見せかけて殺さなきゃならないのよ」

通路をへだてた隣席の中年男が妙な目付で二人の方をうかがった。「おいおい、明子さん、殺すとか穏かでない言葉を使わないでくれよ。変な目で見られるじゃないか」

明子は声をひそめて同じ質問をくり返した。

「あとで話すよ」

「だめ、今、教えて」

「困ったな。つまり、そのう……」

時男は目をパチパチさせ、ハンカチでしきりに顔をぬぐった。

「よし、いってしまおう。怒らないで聞いてくれよ。一人の女しかも若くて美しい女がいる。二人の男がいる。AとBということにしよう。Aは三十六歳、離婚歴一回、有名な陶磁器研究家という地位があり、才能にもめぐまれている。Bは三十二歳、独身、三流出版社のヒラ社員、カメラマンとしての才能もまあ素人に毛の生えたていどだ。Bはひそかに女を愛している。Aさえいなくなれば女を自分のものにできるのではないかと機会をねらってた、というわけだ。BはAを事故死させ鉄壁のアリバイを作りあげる。警察はBを疑うけれど、アリバイには歯がたたない」

「……まあ、呆れた。時男さん、本気でそんなこと考えてたの」

「よしましょう、こんな話。冗談にきまってるでしょう」

青木時男はキマリわるそうにタバコをふかした。明子はシートに体重をあずけて目を閉じた。昨夜、充分に眠っていなかったので、吸いこまれるように寝入ってしまった。青木が独り者であることを知らないではなかったのだが、その事実がにわかに前へ大きく立ち現われたような気がした。

午後二時、二人はKBC九州朝日放送の一階喫茶室で、制作部の枝光という男と向いあっていた。事情を聞きおわると枝光は当日の番組編成表を持って来させた。

「午後六時半から七時までの間というのだな。漁民が出たのなら調べがつく。ええと、うちのニュースは放送後二週間は保管することになってる。見てみるか」

三人はエレベーターで五階へあがった。時男は（どうだ、ぼくのいった通りだろう）とでもいうように、明子へ片目をつぶって見せた。うす暗い小部屋に二人を案内した枝光は機械類がひしめいている隣室へ消えて、すぐに戻って来た。

「昔とちがって今はほとんどテープになってるんでね。画像は鮮明だよ。あの写真のようにぼやけていたら、御嶽がどこかわかりゃしないが、まあ見てくれ」

部屋のすみに受像機があった。

明子は緊張した。まず映ったのは全国向けのニュースである。自民党の内輪もめ、スモン病、国鉄の赤字、米価問題、石油不足、おきまりのニュースに続いてローカルものが始った。女子大生の人形劇団が養老院で慰問上演、海水浴場で水死した小学生、連日の旱天でダムの水位が下った、シンナー中毒の高校生が焼身自殺……ありふれたニュースばかりであった。

「というわけだ。せっかくだがうちのニュースじゃないようだな。ＴＮＣとＲＫＢとＦＢＳの知りあいに電話をかけとくよ。テープはとってあるはずだ」

二人ははげしい日射しに照らされた夏の街に出た。冷房のきいた建物の外にふみだすと熱気の膜に包みこまれ、たちまち汗がにじんだ。ＲＫＢまでそれほど遠くなかった。連絡を枝光からうけていた担当者が、イヤな顔をせずにテープをかけてくれた。ＫＢＣのローカルニュースと似たりよったりである。

「がっかりしちゃあいけないよ。まだＦＢＳとＴＮＣがある」

放送局の外へ出た青木時男は明子をはげました。ＲＫＢからＦＢＳまで、歩いて十分とかからなかった。ここでも二人は失望を味わわなければならなかった。しかし、これで孝之が見ていたのはＴＮＣのローカルニュースとわかったことになる。半時間後に二人はテレビ西日本の編集室で、喰い入るように受像機を見つめていた。

水不足、高校生の焼身自殺の次に「南総開発に漁民反対デモ」というタイトルが映った。時男はかるく肘で明子のわき腹をこづいた。

まず、山が現われ、カメラがパンして海を写した。

「これだ」

　時男は低い声で叫んだ。

「しいっ」

　明子は時男を制した。アナウンサーがしゃべり始めたのだ。

「長崎県南部地域総合開発すなわち南総開発に反対する有明海周辺の漁協は、湾奥の福岡県漁民が長崎県久保知事に対し、諫早湾を埋立てることによって生じる有明海の汚染は湾外の漁民にも脅威的な影響を与えるという理由で、反対の海上デモをおこないました。きょう午後一時、諫早湾口にせいぞろいした福岡と佐賀の漁船団は、諫早の一部反対漁民の船団と共に……」

　ニュースは短いものだった。三分ほどで終った。冒頭に映った山はアナウンサーの説明によれば、諫早湾口にあるらしいが、山の名前はきかれなかった。

「このニュースを撮影した記者に会いたいのですが」

　青木はねむそうな顔をしたディレクターにたのんだ。まもなく小柄な長髪の青年がやってきた。明子は事情を説明した。

「山の名前ですか。さあてね、漁船団があの山を目標に有明海のあちこちから集まると聞いたもので、なんとなく撮ってみたわけ。御嶽ですって？　いや、そういう名前じゃなかったようですよ。あ、思い出した。灯台山、そうだ、灯台山、まちがいないすよ。佐賀から諫早へ江戸時代に舟行してたとき、あの山頂で目印に火を焚いてたというから。山の裾にあたる海岸は潮流がはげしくておまけに暗礁まであるんで、漁船は今もあそこでよく難破するそうです。ふうん、この写真ですか。確かに灯台山ですな」

若いカメラマンは明子が示した写真をのぞきこんで、孝之が撮影したのは灯台山だと認めた。高介夫妻が背景にしている山も灯台山にちがいないと断言した。

「あの山のてっぺんには、樹齢千年といわれる大楠が生えてましてね、この枝の張りぐあいはそっくりですよ。いってみればわかります。じゃあ、ぼくは仕事がありますからこれで」

カメラマンはそそくさと部屋を後にした。明子と時男はディレクターに礼をいって、放送局の外に出た。渡辺通りに面したホテルまで歩いて帰った。時男はフロントで鍵をうけとって明子にいった。

「これで御嶽が灯台山だとつきとめられたわけだ。なぜ、名前が変ったかは現地で調べてみなければわからない。きょうは疲れたからバスでもつかってひとまず休むことにしようよ」

明子も異論がなかった。

二人がエレベーターの方へ歩きかけたとき、「青木様」とフロントの男が呼びかけた。白い紙片を手にひらひらさせて、「メッセージが届いております」といった。青木はそれをうけとってすばやく目を走らせた。

「東京のお友達からじゃなかったの。忙しいから早く戻ってこいって」

エレベーターの中で明子はいった。

「そうじゃない。枝光という男、KBCの。彼がね、鷹木憲兵曹長について何か参考になるかもしれないある事実を話してやるというのだ。くわしいことは今夜。枝光は七時にホテルへやってくる。彼は有能なディレクターだからね。ぼくらが帰った後で思い出したことがあるんだろう。連中は地方のできごとに通じているのさ」

午後七時にロビーで会うことにして明子は時男と別れた。それまで一時間と少ししかなかった。シャワーをあびるなり、ベッドに体を投げだした。疲れが体の深い所から、どっとわいてくるようだ。枝光は何を知っているのだろうと考えながら明子はいつのまにか眠っていた。

ホテルのラウンジで食後のコーヒーをのみながら枝光はしゃべり始めた。

「きみたちが帰ってから、なんとなく鷹木という姓が気になってね、どこかで耳にしたように思ったんだ。それも、つい最近ね。気になりだすと当面の仕事が手につかない。あれこれ考えてるうちにやっと思い出したよ。八月十日に放送したうちの終戦記念番組に登場した人物じゃないか」

明子はコーヒーカップを手からおとしそうになった。

「まあまあ、そんなに驚かないで。鷹木といっても、事故で亡くなったあの鷹木先生の父親とはまるで別人なんですから。鷹木省平、南総開発反対連盟の役員です」

枝光はポケットから新聞の切抜きをとりだしてテーブルにのせた。日付は一昨日のものである。「ひろがる汚染、漁民、久保知事へ抗議」という見出しのついた四段組みの記事に写真がついている。七十代の男が鉢巻をして知事と向いあっていた。明子は記事に目を通して、この老人が鷹木省平と知った。

「枝光さん、南総開発と終戦記念番組とどういう関係がおありですの」

「大鳥さん、その写真をもう一度よく見て下さい。あなたは鷹木省平氏を初めて見るわけじゃないのですよ」

明子ははっとした。新聞切抜きの写真はぼやけているが、そういわれてみると、老人の口もとや鼻筋に見覚えがあったのだ。わきからのぞきこんでいた時男が、「あれ、この人は写真に写ってたじゃないの」と、とんきょうな声をあげた。孝之が撮影した五枚の写真のうち一枚に、アップで鷹木省平は写されていた。

枝光はおもむろにコーヒーをすすって咳ばらいした。

「鷹木高介氏は脱走兵に射たれたという説とB29のパイロットを引きとりに行って死んだという説と、二つあるんでしたね。その話を聞いて、どこかで似たような話を聞いたと思ったんです。考えてみると、うちの社員が制作した記念番組じゃないですか。昭和二十年三月、博多を空襲したB29の編隊がひきあげるとき、陸軍戦闘機が追いすがって、有明海上空で体当りしたんです。その〝隼〟のパイロットが鷹木省平氏、当時は大尉でした。ヴェテランはやるもんですね。プロペラでB29の垂直尾翼をちぎりとって、落下傘でとびおりた。彼は二度めだったそうです。安定を失ったB29の搭乗員も次々と落下傘でおりた。大部分は有明海に着水することになって溺死したんですが、一人だけ長崎県北高来郡の山中に降下したのがいるんです。機長のリチャド・ワグナー中尉。そして鷹木大尉は着地したショックで脚をくじいて動けなくなっていた。体当りのショックで眼をやられ、鼻を砕かれ、体じゅう傷だらけだった。操縦席から脱出できたのが奇蹟みたいなもんです。ワグナー中尉が山の中をうろついているとき、やぶのかげで呻いている鷹木大尉を発見した。ワグナー中尉は自分が持ちあわせていた救急用の止血剤と抗生物質で、鷹木大尉に手当てをほどこした。あのままうっちゃっておかれたら、出血多量で大尉は絶命してたでしょうね」

明子が言葉をはさんだ。どうしてもきかずにはいられなかったのである。

「鷹木大尉は山の中に落下傘で降下したとおっしゃいましたわね。そこが御嶽という所ではなかったんですの」

枝光はゆっくりと頭を左右にふった。

「多良岳の七合めあたりです。深い森林地帯がありましてね。鷹木氏はくわしい地名は覚えていませんでした。ただ七合めあたりとだけ。いい忘れましたが、鷹木大尉は北高来郡の出身です。高来という地名は景行天皇が九州を巡幸したときすでにあったらしい。景行天皇はヤマトタケルの父ですから、かなり古い地名です。鷹木家は高来郡に土着していた大昔の豪族で、かつては高木姓を名のってたそうです。スタジオで録画どりがすんでから鷹木氏はそう語ったと、番組を担当したディレクターがいってました」

青木時男はボーイに三人分の水割りをたのんだ。

「すると、鷹木大尉はご自分の先祖が眠っている土地の上空で戦ったわけですね」

と明子はいった。

「先祖の土地でもあり今でも鷹木氏の土地であるわけです。海苔養殖をしながら、かなり広い田畑の地主として生計をたててますから。あの辺の実力者ですよ。それで、どこまでしゃべったんだっけ。ワグナー中尉が手当てをした所までね。……B29の搭乗員はふつう十一人から十二人です。大部分が有明海で溺死したんですが、天草の海岸に降下して捕虜になった通信手(オペレーター)がいました。彼の口から多良岳に降りたB29の生存者がいるらしいと判断した西部軍司令部が、鷹木曹長を派遣したのでしょう。同じ鷹木姓でもこの二人はおたがいに知りません。しかし、さしあたって番組の内容を先に話すことにします。博多から来た憲兵の名前を覚えていた人物はいませんから」

八月十日に放送されたというその番組のテープを見せてもらう方が早いのではないだろうかと、明子は枝光に向って控えめにほのめかした。「残念ながら」と枝光はにがにがしげに「係のちょっとした手違いから、あのテープは消去しちまったんです。残っていたらお二人を局へ呼んで、見せてあげますとも」といった。こんどは時男がたずねた。

「脱走兵はその話に関係がないのですか」

「まあ、そうせかさないで」

枝光は水割りをひとくち飲んで旨そうにタバコをふかした。

「当時の日本は本土決戦をまじめに考えてましたからね。銃後の国民も竹槍訓練などして、米軍が上陸したら突き殺すつもりだった。そこへ上空から落下傘が二つも降りてきた。てっきり二人ともB29の搭乗員だと大さわぎになって、村々の男どもといっても大半は老人なんだが、男どもが竹槍から鎌やら猟銃を持って山狩りをおこなったんです。しかし多良岳は佐賀県と長崎県の境をなす広大な山地ですからね、やすやすと落下傘の降下地点をつきとめられない。二人を発見したのは、山狩りを開始して三日めです。二人じゃない、正確にいえば三人ですな」

鷹木家の先祖は日向にいたのではなくて、肥前であったことがわかった。明子は息をつめて枝光の話に聞き入った。三人めの男が脱走兵である。ワグナー中尉は咽喉の渇きを訴える鷹木大尉を背負って谷間に降りた。負傷すると出血のため水が飲みたくなるものである。二日間、山の中を彷徨したあげく、やっとのことで小さな渓谷にゆき当り、よろめきながら水辺へたどりついたのだ。渓谷には先客がいた。熊本の歩兵師団から脱走した兵隊が洞窟にひそんでいた。ろくに食物も与えられず毎日の猛訓練にやる気をなくした四十歳の応召兵である。

彼は投降するつもりでいたワグナー中尉のピストルをとりあげた。相手を脱走兵と知らないワグナー中尉は、何の疑いもなくピストルをさしだしたという。全身打撲で抵抗できない鷹木大尉からも脱走兵はピストルをとりあげた。脱走兵は安全な隠れ処から二人を追っぱらうつもりだった。いずれ山狩りの連中が捜索の輪をちぢめるだろう。脱走兵はワグナー中尉に銃口を向けて、さっさと立ち去るよう命じた。ワグナー中尉はそのときになって相手が部隊を離れた日本兵であることに気づいた。しかし疲れている上に水も飲みたいし空腹でもある。ピストルでおどかされても、ただちにその場から移動するわけにはゆかなかった。

いらだった脱走兵は、ワグナー中尉の足もとを射った。谷間にせまっていた捜索隊は銃声を聞いた。鷹木曹長も銃声を聞いた一人である。二つの落下傘が山奥に降下するのを目撃していた村人の証言から、捜索隊は日米のパイロットが射ちあっているのだと思いこんだ。猟銃を持った警防団長が谷の斜面をかけおりた。鷹木曹長と警防団長の後ろ姿が熊笹の向うへ消えた。

数分後にまたピストルの銃声が聞えた。

続いて猟銃の音と叫び声が谷間にこだました。竹槍や鎌で武装した村人が洞穴を包囲したとき、水辺に発見したのは、背中を射たれて倒れている憲兵曹長の死体と、けんめいに白いハンカチをふっているアメリカ人パイロットの姿であった。岩かげに呆然とたたずんでいる警防団長がいた。洞穴の奥にはピストルでこめかみを射って自殺している脱走兵が横たわっていた。

「鷹木高介を射ったのは、警防団長だったのですか」

明子はいった。

「事故なんです。脱走兵が自殺したときの銃声を、自分たちめがけて射たれたと錯覚して警防団長がぶっ放してしまった。ちょうどその瞬間、前へ鷹木曹長がとびだしていた。山狩りの連中に囲まれた脱走兵は、もはやこれまでと思ったのでしょうね。二人のパイロットをそくざに殺さなかったのが、救いといえば救いです」

枝光は遠い所を見るような目になった。

ワグナー中尉はいったん長崎市の憲兵司令部へ連行され、次に博多の西部軍司令部へ送られた。鷹木憲兵曹長の事故報告書も送られたはずだが、あいつぐB29の爆撃と、敗戦の混乱によって、すべての記録が失われた。

戦後、ワグナー中尉は証券会社の重役になり、今年の七月、来日してかつての敵である鷹木省平元大尉と再会しヘリコプターを二人でチャーターして有明海を飛んだ。三十四年前にこの海に沈んだ十人の部下のために、ワグナー元中尉は白薔薇の花束をヘリコプターから投下した。

鷹木元大尉も有明海に没した昔の敵をとむらって、薔薇の花束をおとした。もう一束の薔薇を、鷹木元大尉はあの惨劇が演じられた谷間に投げおろした。

枝光はいった。

「鷹木さんは救出されたとき重傷を負ってましたからすぐ入院し、西部軍司令部から派遣された憲兵が事故で亡くなったことを聞いてはいても、その人が鷹木という姓であったことまでは知らないんです。取材ちゅう彼は、西部軍の何とかいう憲兵曹長がとしかいいませんでした。明日、お会いになるでしょう。ぼくの方から電話しておきましょうか」

そうしてもらうには及ばないと、明子はいった。

「東京から昔の地名を研究する者が行くから話をきかせてくれとだけたのんで下さいませんか」

「待てよ。もしかすると、鷹木孝之は鷹木省平と会ったかもしれないぞ。御嶽をテレビで見て、諫早湾口と知ったのだから、近くの村役場なり町役場へ電話して、土地の旧家の姓を聞きだすのはやさしいことだと思うよ」

という青木時男に、明日にならなければ会ったか会わないかはわかるまいと、明子はいった。

翌日、二人は博多発十時二十五分の「かもめ」一号に乗った。終着駅は長崎である。鷹木家は長崎県北高来郡美築郷の海に面した台地にあることを、昨夜、枝光から教わっていた。長崎本線の肥前鹿島駅で十一時四十三分に二人は列車をおりた。

左手は海、右手は平野で、なだらかな山裾に接している。鉢を伏せたような山が仰がれるのは多良岳にちがいない。駅前で二人はタクシーをひろった。明子は運転手にいった。

「美築郷の鷹木さんというお宅わかるかしら」

「美築の鷹木さんといっても、あそこは鷹木さんだらけですよ。お客さん、東京から来られたんでしょう。言葉でわかります。みちくか。知らない人はみんなこうだ」

　四十代の運転手は耳なれない九州弁でつぶやいた。みちく郷と呼ぶのではないのかと時男がたずねると、誤りではないが、五年前に地名が変更されて、それまではみたけと呼ばれていたのだと、運転手は答えた。明子と時男は顔を見あわせた。

「つい先日も東京から来たお客さんをのせましてね。みたけとみちくの違いを説明させられましたよ。あの辺はいい竹の産地です。美しい竹と書いて美竹と読みます。で、どの鷹木さんですか」

「鷹木省平さん」

「ああ、本家の鷹木さんね」

「きみ、東京から来た先日のお客さんも鷹木省平さんのお宅へ連れていったんじゃないの」

「ええ、よくご存じで。省平さんのお宅には博多からよく不動産関係のお客さんが見えましてね。なにせ美築の大地主ですから。美竹が美築に変ったのも、住宅団地を造成するのに縁起がいいというので、役所に働きかけて変えさせたという噂ですよ。実力者はやることがちがいますな」

肥前鹿島から美築まではタクシーで二十分かかるという。そんな不便な所に、なぜ住宅団地が造成されるのかと、明子はたずねた。運転手によると、国立の結核診療所、総合医学研究所、リハビリテーション・センターなどが建てられるのだという。今まで急行しかとまらなかった美築駅に、特急も停車するようになる。道路も新設される。海岸には大きなレジャーランドができる。時男がいった。

「海岸には、というと、そのサナトリウムは海岸じゃないのかね」

「とんでもない。療養所はずっと山奥ですよ。美築といっても広い土地ですからね。熊笹しか生えない荒地を造成してだいぶ儲けたという話です」

住宅団地というのは、それらの医療施設で働く医師や職員たちのものだと、運転手はいった。明子が口を開いた。

「運転手さん、御嶽という山がどこにあるか知ってます」

「御嶽？　木曽の御岳山のことですか」

「いいえ、美築郷の」

「さあて、この辺では聞いたことがありませんねえ。なんなら鷹木さんにたずねてみられたらどうですか。あの方は郷土史にもくわしいそうですから。見えました。ほら、あそこです」

灯台山が見えた。その後ろが小高い丘陵になっていて、白塗りの土塀をめぐらした二階建の家がたっている。二人はどっしりとした高麗門の前でタクシーからおりた。東の方に有明海がひろがっている。青く煙るような海の向うに対岸の熊本県がかすかに見えた。つよい夏の光をあびた海はひっそりとしずまり返っている。西は丘陵がしだいに高まって山の尾根と溶けあい、やわらかな勾配をおびた山腹に消えている。

二人は門をくぐり、玉砂利を踏んで玄関にたどりついた。写真で見た老人が奥から現われた。がっしりとした体つきである。

「東京のお方ですか。お待ちしてました」

右の目は光がなくて、左の目だけが鋭い。鼻はひしゃげており、唇には縦に割れた古傷があった。二人を応接間に案内する老人は左脚が不自由のようだった。応接間の窓は有明海に開かれ、涼しい風が吹きこんできた。女中がアイスティーを運んできた。

「KBCの枝光という人から、きのう電話がありました。なんでも、北高来郡の地名を調べておられるとか」

「最近は由緒ある地名がどんどん消えてゆく一方なので」

時男はちらりと明子を見てから、いった。

「しかし、土地の人ではないあなた方が、わざわざここいらの地名に興味を持たれたのはどういうわけです」

明子は肥前有馬氏の歴史をかいつまんで話した。鷹木一族は慶長年間に主君有馬氏と共に日向へ移動したと思っていたのだが、旧領に今も鷹木氏が残っていると聞いて意外だったと、語ると、鷹木省平氏は目を閉じて「四百年いや五百年ちかい昔の話ですなあ」といった。

「わしは仕事を息子にまかせて隠居しとる身分です。ヒマにあかせて高来郡史の研究をしています。有馬氏はもともと南高来郡の領主でした。わかりますか島原半島です。ここは北高来郡。鷹木一族は、有馬氏が関東から下向する以前から肥前の各地に根をおろしていました。日向へ移動するというのは大変なことです。くわしい史料は残っていないんですが、鷹木はどうやら二派に分れたらしい。主君に従って日向へ旅立った者と、大小をすてて先祖伝来の土地に帰農した者と。うちの先祖は後者をえらんだわけです。という話をつい先日も東京のお客さんにしたばかりです。それが珍しい姓でねえ。わしと同じ鷹木さんという方でしたよ」

明子は椅子の肘を手でつかんだ。思わず、

「鷹木さん……」

と呼ぶようにいってしまった。

「おや、お知りあいですか」

鷹木省平は目を開いた。時男が先を促した。

「その鷹木さんとどんなお話をなさったんですか」

「御嶽という地名についてね。鷹木さんはそこの」といって省平は目の前にそそりたつ小山を顎でさし、「そこの灯台山を御嶽と思っておられた。御嶽はあっちなんです」

省平は反対側の窓を手でさした。多良岳の山腹である。

「今は美築郷といいますが江戸時代は美竹郷、鎌倉時代は御竹郷といってました。しかし、山頂にある神社は御嶽神社といいますから、嶽が竹に変ったのかもしれませんね。御竹原とか御竹村とかいう地名も現に残っていますから。あなた方は急行でお出になった、それとも」

特急でと、明子は答えた。

「そうですか。なら美築駅をご存じない。あそこは昭和十五年まで御嶽駅だったのです」

高介夫妻が美築郷を訪れたのは昭和十年であった。当時、鷹木省平は中学生であったはずだ。時男の質問に、省平は長崎市の下宿から中学校に通っていたと答えた。

「多良岳自体が大昔は山岳信仰の対象だったのではないかとわしは想像しますな。もっとも古い地名が御嶽、それが御竹にかわり美竹に変化したのではないでしょうか。東京の鷹木さんはここの窓から長いことあの多良岳を感慨深げに眺めておられました」

「その方はお父さんのことを何か話題になさいませんでしたか」

「わしの父は亡くなりました」

「ああ、いえ」

明子は口ごもった。孝之はKBCの終戦記念番組を見ていないのだ。省平は疲れたように見えた。時男に目くばせして明子は立ちあがった。

玄関まで二人を見送った省平は、美築駅前へ出るには丘を下って五分も歩けばいいと教えた。門の方へ向った明子の背中に後ろから省平の声がとどいた。

「大鳥さん、東京の鷹木さんにお会いになったら、よろしく伝えて下さらんか。四、五百年前は同じ一統でしたからなあ」

明子はかるく目礼して伝えると約束した。

東京へ帰ったら、孝之のために桔梗の花束を買うつもりだった。そして孝之の財産を処分した金はすべて美築郷の寺に寄進し、鷹木孝之の墓地を灯台山が見える丘の一角に造ってもらおうと考えた。有馬氏と共に日向へ去った鷹木一族が懐郷の思いにかられたとき、目に浮んだのは烏帽子形の小山とその向うにひろがる青い海にちがいなかった。

(『小説推理』一九七九年十月号)

運転日報

いやな話を聞いたと、古宮利宏は思った。

初めはそうだった。

しかし、タクシー運転手はおしゃべりで、興にのって次から次へと話した。(いやな話)とは思いながら、古宮も相手の話にひきこまれ、しつこいほどに質問をあびせかけていた。聞かなければよかったと思う反面、大いに気をそそられたのも事実である。

古宮利宏はP市にある私立高校で、歴史を教えている。今年四十一歳、二年前に妻を癌でなくしていた。P市は東京都に隣接する県の小都市で、昭和二十年代まではうらさびれた宿場町の名ごりをとどめていたのだが、近年、私鉄がP市に通じてからは、東京の衛星都市として人口は大幅に増加した。

町はずれには三万人を収容する団地ができた。P市の住民は、昔からの町を古町、団地とその周辺に拡がる商店街を新町あるいはニュータウンと呼びならわした。

古宮の家は、P市がかつて宿場町として栄えていた当時の本陣であった。街道筋に面したその本陣営は、古宮利宏の代になってとりこわされスーパーマーケットの用地に売り渡された。古宮は一人息子であったから、土地の代金をまるごと小さなマンションを買うのに当てることができた。P市の東郊つまりニュータウンの反対側である。

最上階である四階に古宮が住み、三階に老いた両親を住まわせ、二階と一階を人に貸した。私立高校の教師が得る給料のほかに間代が入るから、両親の生活費を出しても暮しは豊かな方である。同僚のなかで口さがない教師は、それとなく古宮の身分を羨望した。とくに松坂という化学の教師は露骨にそれをほのめかした。

不破明子の噂をしたのも松坂である。三カ月ほど前のことだ。高校の文化祭が終った日、慰労のパーティーが開かれた席で、ビールのコップを手にした松坂が古宮に近づいて来た。

(気になることがあるんだけれど)

松坂は唇のふちについたビールの泡を舌でなめた。またかと、古宮は思った。松坂のゴシップ好きは有名である。PTA会長と酒場マダムの情事、会計係が公費をつかいこんでいるらしい形跡、美貌の女生徒がさる医院で中絶したという噂、校長と県の教育委員が酒席でつかみあいの喧嘩をしたことなど、どこから聞きこんでくるのか、松坂はそういう情報にくわしかった。

松坂は左手を古宮の肩にまわし、料亭の縁側へみちびいた。二人は教師の群から遠ざかった。

（こんな話をしたからといって、ぼくを恨まんでくれよな。あくまできみのためを思ってのことだから。いおうかいうまいか、さんざためらったもんだけれど、やはり一応はきみの耳に入れといた方がいいと判断したもんでね）

古宮はすばやく思案した。ニュータウンから通学する女生徒の何人かが、つい最近、売春で補導されたばかりである。十三人のうち二人が古宮の担任するクラスの生徒であった。あと始末をつけてほっとした所である。しかし、松坂は不破明子の名前を口にして、古宮を驚かせた。

（まさか……）

古宮は語気鋭くいった。

（信じる、信じないはきみの自由だ。ぼくは友人としてきみにこの噂を伝えるのを自分の義務と思っただけなんだ。善意にもとづく助言と受けとってくれなければ困るよ）

松坂は目を細めてつぶさに古宮の表情を観察し、ゆっくりとビールをすすった。

（ぼくは信じない。あの人が、まさか）

る）

（それでけっこう。ごりっぱというほかはないね。ぼくは気がすんだから、これで失敬す

松坂は身をひるがえして立ち去ろうとした。

（待ってくれ。噂の出所は確かなんだろうな）

古宮は松坂の腕をつかんだ。ニュースソースを明らかにするわけにはいかないと、松坂は新聞記者のような口をきいた。細められた目には依然としてうす笑いが漂っていた。

（きみが不破明子という女性をどうするかは、ぼくの関知しない所だよ。だからきみがぼくの情報を信じようと信じまいときみの自由だとあらかじめことわったわけだ。ただ、きみがあの女性をどう見るか、いわば判断の一助にでもなればと思ってあえてアドヴァイスを試みた次第でね。たんなる女友達というなら、こんなことをいいはしない。結婚しようと思っている相手だそうだから、用心してもらうにこしたことはないと、まあこう考えたわけだよ）

古宮は呆然として突っ立ち、松坂がいつその場を離れたのか気づかなかった。不破明子がコールガールの一人であろうとは。まさかと古宮は否定したものの、（それじゃあきみ、あの女性について何を知っているというのだい）と反問されたとき、返すことばがなかった。古宮は明子がニュータウンの一廓にあるアパートで一人暮しをしている身寄りのない

女性であるということ以外に、何も知らないのである。

わかっているのは、明子が東京の下町にうまれ、両親と兄弟を昭和二十年三月の大空襲で失って以来、自力で生きて来たということだ。明子は自分の過去について語りたがらなかった。女一人が三十五歳になるまで経験しなければならなかったことはいろいろあるにちがいないと、古宮は察し、しつこくたずねることはしなかった。

明子がそれでも重い口の下から話してくれたことは、二十代の初めに、ある会社員と一年半あまり結婚生活をおくったことがあるということ、離婚したのは、男に酒乱の気味があり、女性関係もだらしがなかったのが理由だといった程度であった。古宮の場合と同じく、子供はなかった。今は県庁所在地であるQ市で、旅行代理店のプランナーをつとめている。古宮が初めて明子と会った場所である。松坂の話を耳にする二カ月前のことだ。夏休みを利用して九州と沖縄へ一週間あまり旅行をする気になり、航空券やホテルの予約をするのが苦手である古宮は、Q市のその代理店を訪ねたのだった。

カウンターの向うに現われた女性をひと目見て、古宮は自分の目を疑った。

髪形が死んだ妻とそっくりだった。髪形だけでなく、色白でやや小ぶとりの肢体も妻に似ていた。少し厚めの唇が、両端で上に反って、唇を結ぶときかすかに微笑しているように見える口もとまで共通していた。古宮がしばらくぼんやりと明子をみつめている間、明子は軽く首をかしげてうながすような身ぶりをした。(どうかなさいましたか)という女の声を聞いて、古宮は動悸が激しくなった。やわらかくてしっとりとしたその声は、妻の声でもあった。

古宮は度を失い、しどろもどろになってあらぬことを口走った。亡くなった妻に似ていたのでと弁解してしまったのは、日ごろ冷静な古宮らしくないことである。彼はハンカチを出して額の汗を拭い、旅行のことを相談にかかった。相手がどのように応答したかは上の空であった。色とりどりのパンフレットを並べて見せる相手の顔をまじまじと凝視し続けた。カウンターに目を落すと、時刻表を繰る女の指が見えた。ほっそりとして手入れのゆきとどいた指である。妻の指もそうだった。唇の形と指を、死んだ妻はよく自慢したものだ。

けっきょく三日後に旅行の手配がととのって、古宮はまた不破明子と会い、ホテルの宿泊券や航空券を受けとった。そのとき彼は明子が代理店をひけてから、Q市の喫茶店でお茶をのまないかと誘った。機会はその日をおいて訪れないように思われた。明子に会うまで、古宮は再婚を具体的に考えていなかった。家事は母親がみてくれるし、さしあたり急いで結婚する必要は認めなかったのである。独身の気楽な生活を当面エンジョイしてもいいと思っていた。

　やんわりことわられるかと予想していたにもかかわらず、明子は古宮の誘いに応じ、お茶のあと食事を共にした。明子が独身であることを知って、古宮の心は躍った。ひとめ惚れというものである。有頂天になった古宮は、夕食後、ある酒場で結婚してくれと明子にいった。

（酔ってらっしゃるのね）

（場所がいけないかね。じゃあ、しらふのときにくり返すよ。ぼくの気持は変らない）

（あたし、古宮さんのお気持がわからないわ。あまりに突然ですもの）

（きみのいう通りだ。ぼくたちは初対面どうぜんだものな。初めて一緒に食事をした男から結婚を申しこまれて、きみがとまどうのはあたりまえだよ）

　さすがに明子に対して、死んだ妻とそっくりだからとはいいかねたが、ひとめ見て心を惹かれたのは本当だったから、古宮はその後もひんぱんに明子を誘った。土曜日は古宮がQ市へ出向いて、映画を見たり食事をしたりした。日曜日はP市で落ちあって、郊外を散歩したり、画廊めぐりをした。知りあって二カ月たってから、明子は古宮を自分のアパートへ請じ入れた。団地が建てられる以前からあった木造二階建のアパートである。

　うす汚い外観に似合わず、明子の部屋は品良くしつらえられていて、分厚い絨毯が敷きつめられ、北欧製の椅子やテーブルがあった。壁にはピカソのリトグラフがかかっていた。

古宮は率直に自分の意外感を口にした。旅行代理店のプランナーにしては、部屋が豪華すぎる。明子は銀製の紅茶セットを飛騨造りの戸棚から出しながら、ちらりと流し目をくれて（そう思う？）といった。P市やQ市の医院と契約して、健康保険の書類を作製するというアルバイトをやっている、資格をとっているから、その方面の収入があるのだと、明子は紅茶をのみ終えてから告げた。

いわれてみれば思いあたるふしがあった。

土曜日曜以外に、古宮が明子に会いたくなり、夜アパートへ出向いても不在の場合が珍しくなかった。電話をしても応答のない日があった。代理店へ問いあわせると、すでに帰ったという。アルバイトをどうして今まで黙っていたのだと、古宮はいった。代理店の給料で生活できないわけではないけれども、ただ暮してゆける程度の生活なんて、人間の生活ではないと、明子はいった。古宮の唇から身をのけぞらせ、背中にまわした彼の両腕をはずして窓ぎわに立った。

（あたし、子供のときからつらい思いをして来たので、貧乏なんか二度としないつもりなの）

別人のようにきびしい口調で明子が自分の気持を語るのを古宮は聞いた。彼は気弱な笑いをうかべ、自分は何もアルバイトをしていたことを責めているのではないと、いった。

（もちろんだわ。あなたにそういう資格なんかあるもんですか。あたしは貧乏が大嫌いだから仕事をしているだけ）

貧乏が大嫌いだというとき、明子の表情がゆがんだ。吐いてすてるような口ぶりであった。古宮はおろおろした。明子に機嫌を直してくれと哀願し、できるだけ早く結婚しようと提案した。生活の苦労はさせないと約束した。明子は目を光らせて、取り乱している古宮の様子を観察していた。

（あたしが気を悪くしたわけをあなたご存じなの）

（さあ、わかるようなわからないような）

（でしょう。じゃあこの際、いっとくわ。あたし、自分のことをあれこれと訊かれるのが好きではないの。あたしがP市へ越して来るまで、どこでいつ何をしてたか、根掘り葉掘り訊きたがる人がいるわ。あなたが初めてではなくってよ。それを知ってどうするというの。あなたがまた詮索したら、あたしたちの仲はおしまいよ）

（たのむからそんなに怒らないでくれ）

（男の人ってみな同じ。まるで刑事みたいにうるさく質問ぜめにするんだから。あたしの生い立ちはお話したわね。今どうやって暮しを立てているかも。それで充分じゃない？これ以上たずねないと約束して下さる？）

古宮は約束した。こわばっていた明子の表情がしだいにゆるんだ。明子はおもむろに歩み寄って古宮に体をもたせかけ、唇をあわせた。彼はふるえる指で明子の胸もとをくつろげ、豊かな乳房を口に含んだ。手を明子の太腿にすべらせたとき、明子は古宮をおしのけた。(だめ)と低い声でいって、ブラウスの襟をかきあわせた。しかし、先ほどのようにかたい声音ではなかった。目に媚びを含んだうすい笑いがたたえられていた。(いいじゃないか)古宮はこういう場合、男が必ず口に出すせりふをいった。明子は首を左右に振った。古宮はためいきまじりに訊いた。

(結婚するまではだめかい)

明子はうなずいた。

時期の問題になった。つとめ先の都合やら、それまでに片づけておかなければならないことなどあるから、結婚は年が明けてからということになった。(男の人とちがって、女にはいろいろと支度するものがあるの)。古宮は明子のいうことを受け入れた。松坂の話を聞いたのは、それから一週間後のことである。

一時はうろたえたものの、明子にかぎってという思いが強くなった。松坂よりも明子を信じたかった。麻薬の密売を捜査している県警の親しい刑事が教えてくれた事実であると松坂は語った。松坂は学校の風紀指導係で、何かと問題を生徒がおこすつど、警察に出頭していた。親しいと自称するのがどの程度であるかは眉つばものだとしても、日ごろ接触している刑事はいるのである。県内の暴力団を内偵していた刑事の話では、Q市とP市、それに都内のR市にまたがるコールガールの組織があるという。麻薬密売の容疑で留置された暴力団員が口をすべらせたのであった。

女たちはみな家庭の主婦や教師、学生、保険の外交員、看護婦、店員などで、水商売の女はいない。ただし、女たちを客に取りもつのはしかるべき元締めがいるらしく、暴力団とは関係がない。麻薬のことで刑事に問いつめられた組員が、心証を良くしてもらおうとしてしゃべったのである。組としてもその元締めが何者であり、女たちがどのように運用されているか大いに関心があったのだった。

刑事はその男の供述に興味を持った。

地道な聞きこみを続けてゆくうちに、それらしい女が一人うかびあがった。保険の外交員である。自供によると、ニュータウンの主婦に誘いこまれたのだという。電話で告げられたホテルへ出かけ、客と交渉を持って帰ってくる。翌日、本人の銀行口座に金が振りこまれている仕組である。外交員を誘った主婦は、刑事が同行を求めたとき、七階の自室から地上へとび降りて死んだ。

一冊の手帳を刑事は押収した。

黒革表紙の小さな手帳には、同窓会の期日や買い物の予定などが書きこまれていた。刑事はたんねんにページをめくった。いくつかの電話番号があった。不破明子の番号もあった。36＝5431。その下に日付と推定されるいくつかの数字が並んでいた。電話番号の主はすべて自殺した主婦と特別な関係を否定した。高校時代の友人であったり、活花同好会のメンバーという関係にすぎないといいはった。手帳に電話番号が書かれただけで、いかがわしい仕事にたずさわっていると決めつけられては心外だと、逆にくってかかる女もいた。だれしも友人や知人の電話番号を手帳にメモしておくものである。刑事は、日付の記された番号と、記されていない番号があることに気づいた。不破明子の番号には、6/8、14/9、23/9という三つの日付があった。

捜査はしかし、主婦の投身自殺でゆきづまった。刑事は本来の任務である麻薬密売の内偵に戻った。以上のことを松坂は古宮に語ったのである。

古宮はいったん同僚の話をうのみにした。しかし、呆然自失した状態から我に返り、松坂の情報をまるのみした自分がなさけなくなった。たったそれだけの証拠で、明子を娼婦と断定するには不充分と思われた。古宮は松坂のことばを信じた自分を責めた。一晩たつと疑いが再び彼の心にきざした。

（もしかすると……）

眠れない夜が続いた。

日付のとなりにはQ市にあるホテル名が記入してあったという。それは何を意味するのか。もちろん、電話番号と日付を切り離して考えることも可能である。番号の下の欄に日付があったところで明子がその日、Q市のホテルへ行ったことには必ずしもならない。両者は別人だったかもしれないのである。明子から事情を聴取した刑事の話では、自殺した主婦は今年の春、香港へ旅行しており、その折り、旅行の段取りをつけてやってから知りあったと答えたそうである。デパートのバーゲンセールへつれ立って出かけたこともあるという。

ある晩は松坂のことばを信じ、ある晩は明子を信じるという具合に、古宮は悩み多い日々をすごした。

三カ月たつうちに古宮は、松坂の話を一つの悪夢として心の中から追い出すことに成功した。かすかな疑惑が、心の奥底にわだかまってはいたが、明子のととのった容貌を思い描くことでそれを押えつけた。明子に会っているときはつとめて陽気にふるまった。疑いのかけらすら持ち合わせていないかのように装った。本人にカマをかけても、実はそうだったと肯定するはずがない。明子がひそかに身を売っていたとしても告白するはずはない。疑いが的はずれであれば、明子は肚をたてるだろう。疑惑を抱いた古宮を、見下げ果てた男と考えるに決まっている。どちらにしろ黙っているのが一番いいのだ。

このように結論をくだした彼の目にちらちらするのは、(貧乏は大嫌い)といってのけた明子の激しい口調である。表情がこわばり目まで鋭い光を放っていた。ふだんはしとやかに見える明子が別人に変じたように感じられた。女とは何を仕出かすかわかったものではないと、古宮は思っている。

生活の上で女一人さまざまな苦労をなめて来ただろう。金のため、つまり安楽な生活を手に入れたさに自殺した主婦と同じことをけっしてしなかったとはいえない。明子の前でみじんも疑う気ぶりを示さないでいる古宮の内心はおだやかではなかった。疑いは砂粒ほどに小さくなっていたが、すっかり消えてしまったわけではなかった。

デンマーク製の家具、ペルシア絨毯、イギリス製の銀器などといった物を、旅行代理店のサラリーと保険料の請求事務の報酬で手に入れられるものかどうか。余分な生活費を切りつめたら買えないでもないだろうと古宮は思った。若い頃に水商売をしたことがあるというから、明子のような女なら金をみつぐ男がいただろう。

(しかし、それにしても……)

明子と別れて自分のマンションへ帰ると、古宮の懊悩は深くなった。接吻するときにかたく閉じた目がまぶたの裏によみがえった。

電話が鳴る。

明子がそれを取る。ホテルの名前、ルームナンバー、時刻。告げられるのはその程度であろう。男に抱かれている明子の肢体が目にうかんだ。しっかりと閉じた目、唇の感触、それは古宮が見て味わったものだ。しかし、明子の裸体は今もって知らない。一度だけ明子の小さな乳首を吸ったことがある。明子の肚や太腿はさわったことすらないのだ。

顔のない男たちがいる。

そいつらが明子の上に覆いかぶさっている。彼らの手が明子の乳房をもてあそび、下腹をまさぐっている……

古宮は呻いた。見ず知らずの男たちに抱かれている明子の裸体は、古宮を刺戟した。彼は両手を顔にあてがい、ベッドの上でのたうちまわった。昼間は忘れている疑惑の種子が、夜になると芽をふき、彼の心の中でふくれあがり、彼を息づまらせた。

男の手で服を脱がされている明子の姿が見えた。あるいは男の視線にさらされながら、着物の帯を解いている明子がうかんだ。苦痛がきわまるとき、古宮は明子に電話をかけた。結婚式場をどこにするか、披露宴にはだれを招待するかと、これまで何べんも打ちあわせたことを改めて確認するのだった。新婚旅行はハワイがいいか、グアムにするか、それともいっそロサンゼルスへ飛ぼうかと、古宮は快活に相談した。

明子は優しかった。

アパートの自室で、古宮をもてなしているときよりも、電話で応対するときの方が優しい口調に変るように思われた。半時間あまりたわいのないやりとりをすると、ようやく古宮の気持はおちついた。自分の疑惑が、根も葉もないもののように感じられるのだ。

彼はせっぱつまった口調で（愛している）といい、（きみなしではやっていけない）と口走る始末だ。

（本当だ。わかってくれ）

と古宮はいった。

明子は短く笑った。

（うそだといってやしないわ）

（ぼくはまじめにいってるのだ。笑ってないで、なんとかいってくれてもよさそうなもんじゃないか）

明子は声をおし殺すようにしてまた笑った。

（何がおかしいんだい。ふざけている場合じゃない）

（だって、突然ですもの）

（突然なものか。きみにはぼくの気持がわかってるはずだ）

(うれしいわ)

(それだけか)

(あたし、眠ってたの。まだ、頭がぼんやりしてるみたい。寝入りばなを電話で起されて、なんとかいってくれといわれても……)

(眠ってたのか)

(ええ、あなたが帰ってからすぐ)

(きみが好きなんだ)

(ありがとう)

古宮の目尻がさがった。口もとはだらしなくゆるんだ。同じようなやりとりを幾度、電話でしたことだろう。結局は明子に対する信頼が、疑惑をねじ伏せたことになる。三カ月という時間の経過は、明子に有利に働いた。いまわしい噂を忘れかけていた矢先に、タクシーの運転手が思い出させたのである。きょう、古宮はP市からQ市にある教育センターへ出かける途中であった。運転手は古宮が担任している女生徒の父親であった。

この頃の若い者は、というお定まりの世間話から始まって、古町と新町の比較論になり、自殺したニュータウンの主婦の話になった。タクシー運転手というものは世情に通じている。新聞記者や刑事の知らないことまで彼はよく知っていた。古町の酒場の女は客と寝ないけれども、新町の女はその限りではないとか、情事のためにホテルへしけこむのは六十代の男と二十代の女の組合わせが一般的であるとか、それも女の方が先に立ってホテルへ這入って行く、昔は男の後ろからためらいがちについて行ったものだが、最近は逆になったとか、体を売る女高生の相場はいくらいくらであるらしいとか、とめどもなくしゃべり続けた。なまじ週刊誌を読むより、ルームミラーに映る世態風俗を眺めている方が何倍も面白いと、運転手はしたり気にいい、

「だけどねえ先生、六十男と二十代の娘という取りあわせは罪深いって感じが先に立つけれど、四十女の浮気ってやつは、そういう感じがしないから妙だね」

とつけ加えた。

「思うにこれはあたしが二十歳代の若い娘を買う爺どもをねたんでるからだね。うまいことしやがってと、思う気持がこちらの方にもあるってことですよ。四十代の女の場合には男の方が何となく可哀そうですよ。どういうもんだろう。そりゃあ男に金があるから出来る浮気でありましてね、あたしには別に中年女といちゃつきたいという気持がないから羨ましくないのかなあ。男の方をそれとなく見ますとね、影がうすいんだな。ほら、今年の夏ごろニュータウンの団地で身投げした奥さんがいたでしょう。主婦売春だの何だの噂になって、うやむやになっちまった事件が。あの女性をあたしはちょくちょくQ市のホテル

へ運んだもんだ」

「ホテルへね」

古宮は胸苦しくなった。国道は渋滞していて、タクシーは少しずつしか進まなかった。

「奥さんが自殺したので、ほっとした女たちが沢山いるんじゃないですか。生きていてぺらぺらしゃべられたら、さぞ困ったことになったでしょうよ。この世の中まったくどうなってるのかな。十六、七の女学生が平気で売春する。事が露顕しても親はうちの子に限ってと信じない。今、新聞に出るのは氷山の一角みたいなもので、あたしにいわせてもらえば、女はみんなその気があるといってもいいくらいですぜ」

「氷山の一角ね」

古宮は咽喉が渇いた。

「もっともそういうあたしが、うちの娘は信用してるんだからお笑いですがね。近頃の若い女ときたらひどいもんだ。他人に迷惑をかけるわけじゃあるまいし、自分の体を売って何が悪いと、警察で居直るというからね。そんな女たちがゆくゆく所帯を持つ世の中になるわけだ。で、子供がうまれる。子供が成長して同じことをした場合、親はでかい面をして訓戒をたれるわけにはいかんでしょうが」

Q市のホテルへ運んだニュータウンの女は自殺した主婦だけなのかと、古宮はたずねた。

「用心深い女が何人かいましてね。ホテルの玄関に横づけしないで、近くの郵便局前でおりたり、県庁の裏でおりたりするのがいましたよ。日報を記入しながら眺めてたら、やはりホテルへつかつか這入って行くんですな。タクシーで玄関に直行するのが後ろめたいんでしょう。可愛気がありますよ。どちらにせよたいした違いはないのにね」

ニュータウンに朝日荘というアパートがある。その住人をQ市のホテルへ運んだことはないかと、きいてみた。古宮の心臓は膨脹し咽喉のあたりまでせりあがって来たように感じられた。

「朝日荘？　名前と場所は知ってるけれど、あそこに住んでる人はうちのタクシーは使わないようですよ。すぐ近くに丸参タクシーがあるでしょう。利用するとすれば丸参じゃないかな」

自分は朝日荘の住人から電話で呼ばれたことはないと、運転手はいった。タクシーは一時間後に教育センターに着いた。路上に出た古宮が何気なく運転席をのぞきこむと、おしゃべりの運転手はかがみこんで〝日報〟にボールペンを走らせていた。日報ということばを聞いたのはこの日が初めてである。歩きかけた古宮は足ばやに引き返して窓ガラスを叩いた。運転手はけげんそうにガラスをひきおろし、首を外へつき出した。

「今おたくが記入してるその日報というやつね。客が乗った場所とおりた場所を書きこむのだね」

「ええ、そうですよ。お客を乗せた時刻、おろした時刻もね。書かないのは名前だけ」

「その日報は会社に保管してあるのだろうか」

「そりゃあもちろん。営業収入の基になる書類ですから、うっちゃっておくわけにはゆきませんや。うちは二百台以上、車があるからその分だけ日報がたまることになりますな。一年間ではかなりの量ですよ」

運転手は古宮のしつこい質問にいらいらし出したふうで、発車したそうな身ぶりを示した。古宮はタクシーの窓枠にしがみついた。日報を一年間、保管するというのは確実なことかと、念を押した。

「だって先生、税金の申告をせにゃならんでしょう。そのために保管しとく義務があるんじゃないかな。もっとも、あたしゃ営業の経験はないから詳しいことは知りませんがね。一年たったら焼却してるようですよ。じゃあ」

タクシーは走り去った。

そういえば古宮が明子の部屋から自分のマンションへ帰るとき、呼んでくれるタクシーは丸参であった。会社が近いのでよく利用していると明子が告げたのをよく覚えている。丸参タクシーの会社に保管されている運転日報を見れば、八月六日、九月十四日、九月二十三日の明子の動静がわかる。（いや、待てよ）古宮は舗道に突っ立ったまま自問自答した。かりに日報が手に入ったとする。その日、P市の朝日荘からQ市のホテル近傍まで客をのせた記録があったとしても、それが明子であることにはならない。朝日荘に住む他の五所帯のだれかが利用したこともありうる。

このときほど古宮は推理小説の主人公を羨んだことはない。

彼らはたいてい刑事か新聞記者である。

刑事ならタクシー会社は一も二もなく求めに応じて日報を提出するだろう。新聞記者にはそうもゆくまいが、適当な事件にかこつけて、これと目をつけた人物のアリバイを調査することができる。うるさい質問を発してもだれも怪しまない。一介の歴史教師が、タクシー会社へとびこんで、日報を見せてくれと要求したら、気が狂ったかと思われるだろう。

（いやな話を聞いた）

と古宮は思った。（聞かなければ良かった）。その日、教育センターで開かれた会議がどのように進行したか、古宮は全然、覚えていなかった。うつろなまなざしを司会者に向け、運転手の話を反芻してばかりいた。朝日荘から古宮の私立高へ通学してくる生徒が自分のクラスに一人いることに思い当ったときは、はっとした。表情が変ったのだろう。司会者が不審そうに、何か発言したいことでもあるのかと、古宮にたずねたほどだ。

翌日、彼は沢田というその男生徒をカウンセリングルームに呼び、進学問題と期末テストの成績にかこつけて短い説教を試み、話が終ってからふと思い出したように朝日荘の住人をたずねた。大工、華道の師匠（七十歳すぎの女性）、ピアノ調律師（四十代の男）、百科事典のセールスマン（三十代の独身男）、それに沢田の父親である。P市の市庁につとめている。不破明子のことを沢田はくわしく知らないといった。

「Q市につとめを持ってる人のようですけれどねえ。しょっちゅう出たり入ったりして近所づきあいをしない人なんです。ときどき、男の人がたずねてくるという噂ですが、ぼくはその人を見たことがありません」

「とにかくきみ、この程度の成績では、志望校に入ろうたって無理だよ」

古宮はあわてていった。〝ときどきたずねてくる男の人〟を受けもちの生徒に目撃されないで良かったと思った。次の瞬間、新しい疑念が湧いた。その男とは果して自分のことだろうか。別の男ではあるまいか。古宮は沢田を帰してから、部屋のテーブルに突っ伏して頭をかきむしった。朝日荘に住む独身の女性は華道の師匠と明子だけである。沢田の母親にはPTAの会で会った。五十歳すぎの痩せたニワトリを思わせる女だった。大工は六十歳をすぎているという。その女房がまさか。ピアノ調律師と事典のセールスマンは独身である。二人とも車を持っている。

古宮は職員室に残って遅くまで生徒名簿を調べた。親が丸参タクシーにつとめている生徒がいれば、何かの手がかりが得られるのではないかと思ったのだ。調査はむなしかった。かりにそういう生徒がいたとしても、運転日報を入手できる目当てはなかったのだが、古宮は探さずにいられなかったのだ。

彼は疲れ果ててマンションに帰り、ウイスキーを浴びるほど飲んで眠りに落ちた。


「へえ、あなたが推理小説を書いてるんですって」

三日後、古宮は明子の部屋にいた。

「一等の賞金百万円なんだ。新婚旅行には間に合わないが、きみに毛皮のコートを買ってあげられる」

「ミンクでなければいやよ。でも」

明子は笑った。もう一等に入選したと思いこむのは早計ではないかと指摘した。古宮はベッドに寝そべっていた。かんじんのアリバイ作りが推理小説の場合きめ手になるのだといった。

「きみ、タクシーの運転手が客を乗降させるとき記入する日報というものを知ってるかい」

古宮は明子の表情を注視しながら、日報について知っていることをしゃべった。明子がこしらえた水割りの三杯めを古宮はあけており、口がやや軽くなっていた。

「つまり犯人はだね。ある日ある時刻に、ある場所にいなかった証拠として、タクシーで別の町へ出かけたと主張するわけだ。そして物的証拠がある。日報ってやつがね。犯人のアリバイは確立されるわけだ」

明子はピカソのリトグラフを見つめていた。

「利宏さんが推理小説に興味を持ってるなんて知らなかったわ」

「以前から読むのは好きだったよ。で、クロフツのアリバイ崩しなんかこたえられないね。好きが昂じて書きたくなったわけ。定石はアリバイがきちんとしているやつこそ犯人にきまってるのさ。問題は主人公である探偵の心理であってね。彼は犯人と疑っている女を愛している。運転日報に作為をほどこして不動のアリバイをでっちあげた女性に対する愛情と、探偵としての職業倫理の板ばさみになって悩むのだ。そこの所がぼくの小説の読みどころとなるだろう。ベストセラーになること疑いなし」

明子は古宮を見すえた。犯人は運転日報にどのような仕掛けをしたのかと、たずねた。

「あたしも推理小説を読むことがあるわ。クリスティーとかクイーンとか」

二人の目がからみあった。どちらからともなく二人は視線をそらした。

「さっきもいったように、日報は税務署への申告用に一年間は保存される。で、タクシー会社の倉庫には束ねられた日報が焼却されるまでは山積みになっている。部外者にはただの紙屑にすぎないさ。現金じゃないからね。会社は金庫とか重要書類の安全には気を配るけれども、用済みの日報なんか盗み出す者がいようとは考えないから、倉庫の管理は雑なわけだ。この場合、タクシー会社は持ち車が十数台のちっぽけな会社であることが望ましいね。たとえばこの近くの丸参のような」

口に出してしまったと古宮は思ったが、あとの祭りであった。

明子は無表情に窓のカーテンを眺めている。

「だってそうじゃないか。丸参タクシーの持ち車は十七、八台だろう。ということは一日分の日報も十七、八枚しかないということになる。一年分でもタカが知れてるよね。これが古町の日の出タクシーのように二百台以上もの車がある会社は、一カ月で六千枚以上の日報になる。目当ての紙片を探し出すのは楽じゃあるまいよ」

何のことか、さっぱりわからないと、明子はいった。日報にどのような細工をすればアリバイが成立するのだと利宏にたずねた。

「簡単さ。乗客が行く先を告げてから変更することは珍しくないだろう。日報にはP市からQ市まで、いやA地点からB地点まで乗車したことが記入されている。犯人はその日その時刻、B地点へ行ったことを知られては困る事情がある。B地点を逆の方向のC地点へ変えればいい。同じ距離のね。タコメーターの記録は日報のように一年間も保存されないから好都合なんだ。そして本当の行先を知っている運転手は、交通事故に見せかけて殺すという手がある。どうだろう、このトリック」

「もう一杯いかが」

「けっこうだね」

「あなたの力作が首尾よく一等をかちとったら、うんとおごっていただくわね」

「もちろんだとも」

「何枚めまで書いてるの」

「七十枚と少し。ヒロインつまり犯人の性格づけが厄介でね」

「その女の人はどんな悪いことをしたのかしら」

「殺人さ。決ってるじゃないか。しかし同情すべき犯罪でなくてはね。やむにやまれぬ殺人。正当防衛であるとか、まあそんなことだ。だから探偵は悩むわけだ」

「探偵は犯人を好きなの」

「愛しているといってもいい。よくある筋じゃないか」

「犯人はどうなの。探偵に好意を持ってるの」

「探偵の視点から書いてるからね。主人公は当の女性すなわち犯人が自分を好きかどうか自信がない。彼は興信所の職をなげうって女と結婚することを夢みてる。しかし、持ってうまれた職業意識はなかなか消えない。彼は悩み多き男性という役割なんだ」

「もう一杯いかが」

「ありがとう」

「苦心の傑作が完成したら読ませていただくわね」

「女心というのは、男にとって常に謎だよ。推理小説のトリックより百倍も複雑なね」

「あなたの小説に乾杯」

「乾杯」

古宮はまわらない舌で「愛している」といった。明子は濡れた唇で接吻した。気がついたとき、古宮は自分のマンションに帰っていた。午前二時ごろである。頭が痛んだ。明子にたずねられて、とめどなくしゃべったような記憶がぼんやり残っている。何を語ったか思い出せない。（教えてくれ、きみは八月六日にQ市のホテルへ行ったのではないか）とたずねたような気もする。酔ってはいても醒めた部分があったから、まさかそんなことまで口に出しはしなかったろうと思いながら古宮は自分の軽率さを反省し、ぬるいシャワーを浴びた。推理小説を書いているとホラをふいたのは、明子の反応を見るためであった。

しこたま水割りを飲まされて口が軽くなり、つい胸の奥にわだかまっているものを吐いてしまった。

古宮はかんじんのアリバイをたずねるような危険はおかさなかったと自分に納得させてから眠った。もしたずねでもしたら、明子は古宮が何を疑っているか悟ったはずであり、ただではすまなかったろう。自分を抑制できたからこそ酔ったままマンションへ帰れたのだと考えた。

一週間後、出張から帰ると、明子から手紙が来ていた。

（あなたを信じていた私がまちがっていたのです。これから遠い所へ移ります。私たちが会うことは二度とないでしょう。私はあなたを愛していました。推理小説が入選することを祈っています。さようなら）

（『オール讀物』一九八〇年一月号）

II

歯形

今しがた子供づれの客が帰ったところである。テーブルの皿には子供が食べかけたヨーカンがひときれ残っている。わたしはそのヨーカンから目を離せないでいる。

白い皿にのっかった黒褐色の塊。ずっと以前にそっくり同じ物を見たことがあると思う。どこでどういうふうな状況の下で見たかは思い出せない。もどかしくもあり苛立たしくもある。記憶の断片がわたしの内部で揺れ動き、ある形をとろうとしている。体を動かせばたちどころに消えてしまいそうだ。しばらくじっとして、その記憶が形をなすまで待たなければならない。たかがヨーカンの切れ端、とは思うものの座を立つことが出来ない。些細なことがわれわれを悩ます、と英国のある詩人がいっている。些細なことがこの世では重要であるからだ。

わたしがみつめているのはヨーカンの断面である。そこを子供の歯がかじり取っている。

歯並びが悪かったらしく不規則な凸凹がついている。そう、わたしをとらえたのはその不規則な歯の痕だ。ただのヨーカンだけなら別にどうということはない。だんだん分ってくる。ヨーカンは江戸川乱歩の長篇推理小説に登場するのである。何という小説であったか、題名までは思い出せない。十歳前後の頃読んだと思う。おぼろげな記憶に基づいて書けば、東京は山の手のある大邸宅を舞台に連続して殺人事件が起る。犯人は屋敷に住んでいる内部の人間であることが暗示される。おきまりの設定である。今にして思えば乱歩はその小説をE・クイーンの傑作「Yの悲劇」にヒントを得て書いたような気がする。

殺人の後で犯人は手がかりを残す。ヨーカンに歯形を印してしまう。女主人公がそれを発見する。その歯形がどうして犯人のものであるか、詳しいいきさつは忘れてしまった。わたしは乱歩全集を再読して記憶を確かめることが出来ない。女主人公は自分の発見にショックを受けて気を失う。それはそうだろう。誰だって犯人のものと分っている歯形のついたヨーカンを見たらいい気はしないに決っている。足跡でもない。血痕でも指紋でも毛髪でもない。歯形というところに乱歩の独創がある。歯は獣には牙でありナイフである。なんとなくまがまがしいイメージを持っている。歯形は指紋と同じように本人の特徴をあらわすそうである。それがヨーカンというありふれた菓子に残っている点に不気味さがある。凄味も生じてくる。推理小説のサスペンスはこうでなくてはならない。

肝腎のあらすじはおろか犯人の正体も忘れているのに、ヨーカンの歯形は憶えているところを見れば子供のわたしは強い印象をこの情景に受けたのだと思う。本を読んで二十五年以上たって、たまたま食べかけのヨーカンを見て一冊の小説を思い出したのだから。しかし、まだ何かある。わたしはまだ全部を語ってはいない。ヨーカンがわたしに思い出させたのは単なるミステリイの細部ではない。

女主人公は美しい。そういう描写であった。小説なら当り前のことだ。たしなみ深い良家の子女らしくショックを受けたらたやすく気を失う。ヨーカンに残った歯形を見て女主人公は失神する。わたしも単純な読者として恐怖と戦慄を覚えはしたが同時に性的な刺戟も受けたような気がする。記憶の闇に何か異様なものが澱んでいる。「性的な」と名づけたらその異様なものの正体を明らかに出来るようだ。テーブルのかたわらに美しい女が倒れている。昼なお暗い廊下を足音を忍ばせて歩く召使い達、厚い壁で隔てられた部屋、広い庭園、古い家具。絨毯の上に気を失った女が横たわっている。こうして初めてわたしの中で一枚の絵が完成する。歯形が意味する死のイメージは横たわっている女が暗示するエロティシズムの薬味を添えられてわたしに一つの記憶を形づくらせた。わたしは再び立ちどまる。果してあのときわたしが受けたのは「性的な」刺戟だったろうか。もしかしたら現実には食べられないヨーカンを活字の世界に見出して唾をのみこんでいただけではないのだろうか。昭和二十二、三年のことである。敗戦直後のこととて食事は田舎でも極端に貧しかった。芋粥か雑炊がふつうだった。めったなことでは菓子は手に入らない御時勢ゆえ、戦前の東京における上流家庭の日常生活に憧れを覚えたとしても不思議ではない。当時は街でもお目にかかれないアイスクリームやプディングといったしろものがふんだんに現れるのである。したがって喰い盛りの少年であったわたしがヨーカンに対して覚えた食欲が、いつのまにか記憶の中で性欲にすりかわってしまうこともあり得るだろう。

そこでわたしはヨーカンの傍に「美しい女主人公」が倒れていたかどうか改めて検討する必要に迫られて来る。考えれば考えるほど曖昧である。一度疑いだせばきりがない。女主人公はそのときショックを受けたとしても気を失ったのは別の場面で、第三か第四の殺人現場ではなかったか。今の今まで絨毯の上に横たわっていた女の体が次第に稀薄になりついには消えてしまう。大邸宅を舞台にした連続殺人事件にそういう女主人公は登場しなかったような気さえして来る。確かなイメージは歯形を残したヨーカンだけだ。いや、それさえも今となればあやしい。法医学の通俗解説書を読んでウロ覚えの知識を乱歩の小説と勝手に結びつけただけのことかも知れない。

記憶の変質作用という言葉がある。わたしは物語を分解し、ほしいままに舞台と小道具を配置がえしてしまったのかも知れない。人はこのように自分では意識しないうちに何回も同じ本を彼自身のプリズムを透して読み返すのではないだろうか。読み返すことはまるっきり新しい本を一冊書くことだ。

ヨーカンでも時計でもいい。初めに何か具体的な「物」がある。それによって記憶の井戸さらえのごときことが起り、主人公の内部に深く埋れていたものが明るみに出て来る。芋づる式に掘れば掘るほど出て来る。そのような形で小説を書きたい。明るみに出て来るものがあるとすれば、ある種の事情があって埋れていたものである。明るみに出るだけの値打もおのずからなければ困る。過去によって主人公の現在が照明される。現在によって過去の意味も明らかになるという体のものである。乱歩のミステリイを引きあいに出したけれど、このような作品のために事件はいらない。平凡な日常生活があれば足りるのである。ともすればわたしの目は過去をふり返る。三十数年を生きればどんなにありきたりの生活でも謎と魅惑に満ちているように見えて来る。

(『文學界』一九七四年六月号)

シャリキヤと町内の人々は呼んでいた。車力屋のことである。馬車屋と呼ぶこともあったが運送業ではない。そこは荷馬車や大八車の車輪を造る店であった。顎ひげを蓄えた爺さんが土間にあぐらをかいて、車の心棒や車輪を削っていた。右隣が石屋であった。切り出した石を叩き、滑らかにみがいて墓石にする。その表面に墓碑銘をノミで刻みこむ。そのノミはペンのように小さい。左隣はアンコヤだった。餅や饅頭の餡を製造して町の菓子屋に卸すのだが、小豆がないので店は戸を半分とじてひっそりとしていた。その隣はアメヤであった。原料の芋は自家の畑でつくっていたからここは家業に精を出していた。大鍋に水飴を入れ、すりこぎの親分のような練り棒でかきまわすのを私は見物したものだ。私の町は軒並に仕立屋、豆腐屋、桶屋、仏具屋、シイノヤ（竹で籠を金網で篩などをこしらえる）、今川焼屋などが並んでいた。城下町諫早における家内制手工業は皆私の町に集まっているようであった。川に沿った細長い町である。昭和二十年に私は長崎から諫早へ移転した。当時は疎開といった。私は小学二年生だった。長崎の家は浦上で三菱兵器工場からいくらも離れていなかったが、付近は住宅地だったから物を造る作業を見物することなぞ思いもよらなかった。諫早へ越して来てこうした家々を探訪することは胸をときめかせる経験だった。昭和二十年代の初期は田舎では物の運搬に自動車を使うのは珍しかった。農家はとり入れた物を牛馬に曳かせた。シャリキヤは充分に注文を持っていたのである。

学校へ通うより私はこうした家々の前で時を過すのが百倍も愉しかった。老いた車大工の手が角材を削り、鉋をかけ、穴をうがつのを見ることで私は世界を学んだ。一対の車輪にしろ一個の手桶にしろ、物を造るという作業には無限の神秘があるように私には思われた。この世界の存在を可能ならしめている根本的な要因を私は車大工の手もとに見ていたということができる。世界の本質は謎である。私たちはそれを解くことはできないが世界を形造ることはできる。だとすれば謎を解く必要などありはしない。

小説を書くようになったのは二十代の終りだったが、物を造ることの歓びは子供の時から無縁ではなかった。一篇の小説を書くことと一個の籠を編むことはせんじつめれば同じことだ。竹をガラスのように割ることはできない。ヒノキを花崗岩のように削ることもできない。安山岩が玄武岩のように堅くないからといって工人たちは文句をいわない。素材に対する謙虚さがある。素材の特性をつかみそれを利用することを知っている。素材に対する謙虚さというのは世界に対するそれといいかえることもできる。引き渡した車輪がこわれれば腕が悪かったので、材料のせいにする職人は三流である。悪い素材なら使う前に見分けなければならない。

「私の小説作法」は昭和四十一年に雪華社から刊行された書物である。毎日新聞に連載された作家たちの小説作法六十八篇が収録してある。わが町の職人たちは寡黙であったが、作品において饒舌な作家たちもこと創作の機微に関しては言葉数が少ない。編者のあとがきによれば、この原稿を依頼された作家たちの困惑する表情が電話口の向うでもありありと想像できたという。年間に二冊の長篇、三冊の短篇集を刊行する作家にしても、小説を書く話になると口ごもりがちになる。おのずから創作の秘密というものがそこにあるように感じられる。「なぜ書くか」ということをあらためて考えるにはこれらの作家たちはあまりに頭も心も熱いのだ。わかりきったことなのである。「書かずにはいられない」というのが共通した答だ。なぜ書かずにはいられないのか？　と重ねて訊かれたらもう答えようがない。外国文学関係者、具体的にいえば大学でドイツ、フランス文学を教えながら翻訳書を出すかたわら日本文学を批評する人々が「なぜ書くか」という命題にこだわるようである。M・ブランショ、M・ビュトールを引きあいに出して難解な漢語だらけの論文で、書くことの空無性とか不可能性とかをいいたてられると、またか、いい加減にしてくれ、といいたくなる。「なぜ書くか」は「何をいかに書くか」より根源的に重要な問題である、とこの人々はいう。そうかも知れない。なぜ書くかをわきまえないで小説を書くことは、自分がしていることの意味をわきまえないで行為することになる。これほどおかしな話はない。狂人と変らない。そうなのだ。書く者はいささかも狂人と変らない。髪をふり乱し帯を地に曳きずりながらうろつく男に、お前はなぜ髪を撫でつけないのかといってみてもはじまらない。そんなことはいわれるまでもなく本人にしてみてもわかっているのだ。髪を撫でつける暇があればもっと大事なことをしている。大事なこととは？　ニュージーランド生れの女流作家がそれを書いている。

「おばあちゃん！　おばあちゃん！」小さな孫息子は、ボタンどめの深靴のまま、彼女の膝の上に立った。外の遊びから帰ったばかりだ。

「これ、おばあちゃんのスカートが台なしになっちゃうじゃないか——いけない子だね！」だが、孫は彼女の首に手をまきつけて頰を彼女の頰にすりつけた。

「おばあちゃん、一ペニーちょうだい！」とねだった。

「あっちへいきなさい、おばあちゃん、お金なんかもってないよ」

「うそ、もってるよ」

「いえ、もってません」

「うそ、もってるよ、一ペニーちょうだい！」もうそのとき、彼女は古いぐにゃぐにゃになった黒い革財布をまさぐっていた。「それなら、お前はおばあちゃんに何をくれる？」

　彼はちょっと羞かしそうな笑い声をたて、いっそう近くくっついてきた。その瞼がふるえながら彼女の頬にあたるのを感じた。

「なんにも、もってないもの」と彼は小さな声で言った。


「パーカーおばあさんの人生」（安藤一郎訳）から初めの部分をとった。「狂人」が大事だと思っているのは右のようなくだりなのである。キャサリン・マンスフィールドが書くことの不可能性をどれだけ知っていたか疑わしい。なぜ書くかをわきまえていたかも怪しいものである。にもかかわらず右の情景は私をうつ。祖母が孫と仲良くしているありきたりの情景といってすまされないものを感じる。マンスフィールドは二人の団欒をスケッチしただけなのだろうか。最後の数行を読むとき私はいつも感情が溢れかけるのを覚える。文学の原初的な力が私を動かすのである。狂っているように見えながら実は本質的に醒めているのが真の作家なのだ。

油をしみこませた布で鉄板を拭き、熱がまわるのを見はからって、溶いたメリケン粉を型に流しこむ。今川焼屋の主人は哲学者よりも無口だった。餡を竹べらですくいとって、ちょいちょいと入れてゆく。目分量で入れるのだが秤で量ったように正確だ。餡を入れ終った頃、残り半分が焼けて来る。それをひっくり返して手際よく片割れにかぶせ、両面がこんがりと焼きあがるまで指で裏返す。その一部始終を小学生の私は店先でみつめていた。今にして思えばあの無口な主人は日がな毎日、見物にくる私を少々もてあましていたことだろう。今川焼ほしさにぽかんと突っ立っていたと思いこんでいたふしがある。食べたいとは思わなかった。白いどろどろした液体と黒い粒状の塊が一箇の焦茶色の菓子に変るのが面白くて仕方がなかった。

金田さんという靴屋のことも忘れるわけにはゆかない。日本に帰化した韓国人であった。子沢山だったからそして仕事もロクになかったから靴屋は年じゅう貧乏していた。税金が払えなくて差押えに来た男にいきなりコレテモ持ッテイケと叫ぶなり片目をくり抜いて投げつけたのにはびっくりした。彼は戦争で片目を失い義眼を入れていたのだった。彼の傍にうずくまって古靴を修理する手仕事を終日ながめ暮したものだ。私はかなり後まで靴屋というのは口の中から自在に鋲や釘を吐き出せる特別な能力を持つ人だと信じこんでいた。アンデルセンやグリムの童話を読むより、私にはこの靴屋と過す方が愉しかった。

作家は今のところまだ順応するに足りるものがない、という単純な理由で順応しないのではない。大体なかば順応する価値のある何かがある場合にも、彼は順応しないだろうし、また、なかば順応することもしないだろう。（略）まことの作家である作者は愚者である。けなしたり、からかったり、追い払ったり、軽蔑したりする相手としては、世の中で、一番らくな相手である。またそうあるべきはずである。彼は気が狂っている。――ある程度は気が狂っている。しかしほかのすべての人間よりは心が確かであり、しかも最良の心の確かさを持っており、問題とするに足りるだけの、唯一の心の確かさを持っている。

（W・サロイアン「一作家の宣言」古沢安二郎訳）

アメリカ文学の良さは素朴であることだといってもいいように思う。大急ぎでつけ加えればこの場合の「素朴」とは農夫の土臭い素朴さを指すのではない。わが国もその一部であるところの旧大陸の文学は第二次大戦後いたずらにむずかしくなり貧血気味になった。

「存在と無」を併読しなければわからない「嘔吐」が来るべき世界の新文学だとすれば新文学などどうかと思う。

私は二十代の初めから年に一度は「異邦人」と「嘔吐」を読み返して来た。そのつど何がしかの発見があった。作者の間で論争が行なわれたのは私が高校生時代であったと思う。論争は「革命か反抗か」と題して出版された。どうひいき目に見てもカミュの旗色が悪いのは明らかだった。これは私の友人たちも等しく認めるところだった。

しかしながら著書の持つ魅力は両者の論理の整合性とはうらはらにカミュの方が多かった。私はいつか「嘔吐」を読むのをやめていた。もう沢山、と呟いて書架に戻してしまった。「異邦人」は今もときどき出して読む。カミュの散文がそなえている力強さはどこから来るのだろうか。それはまわりくどい表現をきらい、単刀直入に事物の核心に迫る。砂漠の砂のように熱く乾いて清潔である。

女は黄いろい水着と、赤い海水帽を借りた。支度して出たときには、私はほかの女かと思った。それほど、まるで子どもみたいに思えたんだ。（略）砂浜でしばらく遊んでから沖へ出て波に身をまかせた。私は頭を波の来るほうへ向けるのが好きで、女は足のほうから揺りあげられるのが気に入ったようだった。顔と顔とむきあって、水の上にからだをのばして、水の下では手と手を握りあっていた。私は空をみあげた。空よりほかに何もみえなかった。私は神について考えた。

勘違いしないでもらいたい。これは「異邦人」ではなくて、ジェームス・ケイン「郵便配達は二度ベルを鳴らす」（田中西二郎訳）の一節である。訳文のおれを私に変えただけだ。原作は一九三四年に書かれたから「異邦人」に先立つこと六年である。この作品において私はアラビア人のかわりに雇い主であるギリシア人を殺す。私はムルソーの前身である。神について考えるところがムルソーと違っている。同じ情景をカミュは次のように書いている。

……それでも水はなまぬるく、長くのびたものうげな波が、低くうち寄せていた。マリイがある遊びを教えてくれた。泳ぎながら、波の頭上で水を含み、口にあぶくをいっぱいにためこんでおいては、今度は、あおむけになって、その水を空へ向けてふきあげるのだ。すると、泡のレースみたいに空中に消えて行ったり、生あたたかい滴になって、私の顔の上に降って来たりした。でも、しばらくすると、私は口のなかが塩からくて焼けるように感じた。そのとき、マリイが私に追いついて来て水のなかで私のからだにへばりついた。マリイはその唇を私の唇に押しあてた。マリイの舌が、私の唇をさわやかにした。しばらくの間、われわれは、波のまにまにころげまわった。

(「異邦人」窪田啓作訳)

「異邦人」の主題は作者が右のような文体を採用しなければ決して追求できなかった。カミュの「手帖」を読むと、作者が「異邦人」のための文体をしきりに模索していたことがわかる。いうべきことは何であるか、作者にはわかっていたのだ。あとはそれをいかにいうかであって、なぜにではないのだ。カミュがケインの本を読んだかどうか私は知らない。しかし当時、旧大陸に流れこんだ新大陸の文学の中にあるケイン的なものをカミュが摂取したことは疑いをいれない。ケイン的なものとは素朴ということである。複雑なことがらを単純な表現に還元すること、すなわちやさしくいうこと、である。そこから力強さが生れる。アメリカ文学は老化した旧大陸の文学に新しい血液を注ぎこんだ。コクがないといってこの大陸の文学を非難する識者の感受性には一部共感するけれども、ケインやフォークナーの世界に存在する荒々しい野性的な力を忘れることは文学の持つ魅力の半分に盲目になることであると思う。私は小説を書こうと決心したとき、フォークナーの諸作品をくり返し読んだ。悪訳をものともせずにその長篇を熟読した。傑作というものは多少の悪訳でも人を感動させることを後で知った。私は「エミリィの薔薇」や「野生の棕櫚」を何度読んだかわからない。しかしフォークナーの魅力を語るにはもう紙数が尽きた。

（『西南文学』一九七五年一月）

マザー・グースと推理小説

原稿を何枚か書くと心がたかぶって夜もすんなりと眠りに入ることができない。気分転換には酒が一番なのだそうだが、下戸の私にはそうもゆかない。かわりに推理小説を読む。もともと好きな方である。風邪気味だからといってはクリスティーに手を出し、全快祝いにクイーンをひもとく。口実はいくらでもある。自分の仕事をうっちゃっておいて他人の小説を読む愉しさといったらない。どれも傑作に思えるから妙である。

ごたぶんにもれず私がミステリィに耽溺するようになったのは、クリスティーの「アクロイド殺し」を十八歳のとき読んでからだ。あれは遺作「カーテン」より良く書けているのではあるまいか。内外古今のミステリィを通じてただ一冊をあげよといわれたら、私はためらわずにクイーンの「Yの悲劇」と答える。盲目の女が犯人の去った後の部屋にヴァニラの匂いがしたと告げるくだりなど、いま読み返してもわくわくさせられる。

推理小説とはいうものの、私が読みながら犯人を推理したことは一度もない。わずらわしい世事を忘却するために読む本である。そんな面倒なことに誰が頭を使うものか。すこぶるいい加減な読者なのである。推理なんかしなくても犯人の見当はつく。いちばん犯人らしくないのが犯人に決っている。そう思えば間違いない。

ところでミステリィには殺害現場の見取図というのがかかげられている。あれが図版で挿入してあるのとないのとでは面白さに格段の差が生じる。ヴァン・ダインの「僧正殺人事件」には巻頭に「ディラード教授邸付近の図」がある。張出窓、鍵のかかった扉、地階、バルコニーと説明が付され、死体発見場所には×印がついている。いかにもファンタスティックな連続殺人事件の起りそうな雰囲気を漂わせた邸宅である。ちゃちな二DKでは気分が出ない。

マザー・グースの童謡に合せて次々と人が殺されるという趣向の小説としては「僧正殺人事件」が最もすぐれていると私は思うのだがどうであろうか。無垢そのものである童謡と殺人という悪の対比が斬新な面白さを産み出すのだ。

死ぬのを見たのはたあれ

「わたし」って蠅がいった。

「ちっちゃなお眼々で

わたしは、死ぬのを見てました」

無邪気な残酷さ或いは残酷な無邪気さとでもいうべきものがマザー・グースの唄には感じられる。これを推理小説に使おうと考えた作者は幾分か詩人であったのだ。わが国のミステリィは謎の深さにおいて西欧のそれに劣るように思う。犯人がどれも通産省か大企業の課長補佐というのは味気ない。本当らしさを作品に盛りこもうとして文学のリアリティーを失っている。とことん、嘘をつくことで生じるリアリティーの方を私は尊重したい。

（「西日本新聞」一九七六年六月十九日付夕刊）

南京豆なんか要らない

年に何回か上京するつど、神田や中央線沿線の古本屋街をうろつく。早川のポケットミステリそれも初期の発行ナンバーが百番から三百番台の数字がついているものを探すためである。このシリーズを揃えている店が、神田に一軒、早稲田に二軒ある。中央線沿線にも一軒ある。店名はあえて書かない。十年ほど昔は、どの古本屋にもざらにころがっていたのが、この頃は稀になった。たまに見つかってもむやみな高値がついている。版元からは文庫本で改訳が出されているけれども、私としては特徴のある造本で読みたい。小口に濃い黄が塗られ、表紙のデザインも後期とはちがって具象的な絵が描かれている。たとえば新書版で改訳が出たジョセフィン・ティの「時の娘」の初版には、赤い塔が描かれていた。M・ペイジの「古書殺人事件」も表紙には古い洋書が描いてある。若いときに一度は読んだものの人に貸してなくされたり、懐が苦しいあまり古本屋に払い下げたものを再び買い集めようとしている。未読のものもある。文庫本ではなんとなくものの足りないのだ。初版の同シリーズにはひどい訳があった。クリネクスを薄葉紙と訳してあるのは時代がら仕方がないが、文章が日本語になっていないものもあって、本筋の謎よりも訳文を読み解くのがかえってミステリアスであった。そこがいいのである。

私は酒が飲めない。痛恨のきわみである。酒場で人が盃を傾けて生きる歓びを味わっているとき、バカ面をしてジュースをすすっていなければならない。大伴旅人は、酒を飲めない男は猿に似ていると、いった。私は猿以下だと思っている。猿だって酒をたしなむことは知られている。下戸の私におまえは人生を半分しか生きていないと指摘した友人もあったくらいだ。

まったく同感である。

そこで残りの半分を少しでも充実させようとしてミステリを耽読する。晩酌がわりということになる。ミステリと名がつけばスピレインであれクイーンであれ手あたり次第読む。原稿が一段落したとき、気ばらしに手にするというのなら聞えはいいが、ときにはまっぴるま読むこともある。人様がネクタイをしめ、鞄を持って出社する時刻、おもむろにボアロ・ナルスジャックなど開く。いささか気がとがめる。晩酌がわりというのはウソだ。三度の食事とかわらない。本末転倒もはなはだしい。

原稿のしめきりを延ばす口実に、アンブラーの新作が面白すぎたからなどといえるものではない。推理小説と銘打ってあるものの、犯人が何者であるかと推理したことはない。何度かこころみて失敗してからはそういう大それた試みは諦めてしまった。

酔生夢死というのが酒飲みの理想とする境地なら、「推」生夢死が私の理想である。

故平野謙は、コタツにもぐって南京豆をかじりながらミステリを読むのが無上の快楽といっていた。南京豆というところが「芸術と実生活」の作者らしい。私の場合、南京豆なんか要らない。チョコレートも。ただ一冊の本と、くつろげるしばしの時間があればいうことはない。

実際はなかなか時間のゆとりをつくり出せず、山積みしたミステリの新作を横目で眺めているのが現状である。

それでも最近になってT・チャスティンの「ダイヤル九一一」「パンドラの匣」、C・デクスター「ウッドストック行最終バス」を読んだ。同じデクスターの「キドリントンから消えた娘」もあれよあれよという間に読んでしまった。どこが面白いかといえば、人間がよく描けているという平凡な理由しかない。ミステリに機械仕掛のトリックは無用なのである。大ざっぱにいって、あちらのミステリには右翼の黒幕とか、不動産業者と結託した通産省の課長補佐は登場しない。犯人は内なる声に命じられて人を殺す。殺人は宿命なのである。彼があるいは彼女がみじめな境遇におちいったのは、他人のせいではなくて、当人の問題である。国産のミステリはごく少数の例外を除いて、犯行は社会が悪いからということになっている。みんな他人のせいということになる。すなわち女々しいのである。

たまに友人と会えば、開口一番「近ごろ何かいい本は?」とたずねられる。いい本というのが、ミステリを指すのはいうまでもない。友人は小説家である。小説家が二六時ちゅう人生について考えているというのは世間の誤解だ。おたがいに情報を交換する。兜町界隈に巣喰うゴロツキが、近く増資されるという某社の経営状態について話しあっているようにハタ目には見えるだろう。たわいのないことおびただしいが、当人たちは大まじめである。彼は私と同じように酒が飲めない。下戸に生れついた悲運を、ミステリでつぐなおうとしている。同病相憐む。ミステリがなければ、この世は闇だと、彼はいった。できることなら小説なんか書かないで、ひねもすミステリを読んで暮せたらともいった。その気持、よくわかる。先日、彼はいった。J・アーチャーの「百万ドルをとり返せ」をあげたまでかかって読んだ。あれはいい……

私はいった。アーチャーの第二作「大統領に知らせますか」は「百万ドルを……」よりやや落ちるけれども、傑作に変りはない。彼はさっそく「大統領に……」を買い求めてその日のうちに読みあげ、私が原稿を書いているさいちゅうに電話をかけてよこして、第一作に優るとも劣らない出来であるゆえんを小一時間かかって説明した。雇われた殺し屋が亡命ヴェトナム人であるという設定は、アーチャーの国際感覚というべきだｅｔｃ……私が控えめに反論すると彼はムキになった。彼のせいで、原稿の続きが書けなくなったとは、あえていわない。

（『小説現代』一九七九年三月号）

アリバイ

せんだって私の町で小さな火事があった。

火元はタクシー会社である。午前四時ごろ、事務室から火が出て、運転手たちが仮眠する部屋と、隣接した倉庫の一部を焼いた。発見が早かったので、損害はわずかですんだという。しかし、かけつけた消防車がふんだんにホースの水を浴びせかけたせいで、事務室と倉庫にしまわれていた書類がダメになった。

どうということもないありきたりの事件である。原因は灯油ストーブの不始末とも運転手が消し忘れた煙草のせいともいわれている。はっきりしたことはわからない。今のところ放火の疑いを警察は持っていないようだ。

火事の翌日、私はその会社のタクシーに乗った。運転手は顔見知りである。日報はどうなったと、私はきいた。日報とは客をどこからどこまで乗せたか記録する書類である。一度でもタクシーを利用した人なら知っているだろう。信号待ちの短い時間に、運転手がせわしく記入している例のアレである。乗せた時刻からおろした時刻まで記すという。いつからか私はこの日報に興味を持つようになった。

「水びたしになっちゃってねえ何もかも」

と運転手は答えた。

してみると犯人は意図を達したわけだ。仮に放火であればの話だが。どうやら私は想像の世界と現実の事件とを混同しているらしい。火事の原因はあくまで不明である。放火ときまったわけではないのに犯人という言葉を用いるのは穏やかではない。私はこのところ漠然と一つの物語を考えている。推理小説といってもいい。Kという男がいる。女にしてみようか。K子はある月のある日に自宅にいなかったと主張する。タクシーでかなり離れたT市へ行った。夜の十時ごろである。この場合、自宅にいなかったというのが小説の重要な主題になる。主人公はK子の不在を初めのうちは信じるけれども、やがて疑いを抱く。

K子にしばしば旅行する習慣があるのは主人公も知っている。旅先から電話をかけてよこす。それでいてどこに宿泊しているかはけっして告げない。その日もちゃんと主人公に電話をかけて来た。公衆電話であることは受話器をとったときにわかった。

主人公がなぜK子の不在を疑うようになったかは紙数に限りがあるので省略する。要は不在であったかどうかを、いかにして確認するかである。刑事なら簡単だ。タクシー会社の事務員に日報の提出を求めればいいのだから。K子が利用するのは火事になったその会社のタクシーであった。刑事でない主人公はなんとかして日報を見ようとする。日報はふつう一年間、保存される。計理事務の都合上そうなる。しかし、タクシー会社は莫大な量に達する日報（K子の不在から半年がたっていた）の山をかきまわして、たんなる部外者のために特定の日の特定の日報を探し出してくれるほどヒマではない。K子を乗せたのはどのタクシーかわかっていないのである。主人公の考えでは、その日に乗務したすべてのタクシーの日報を調べ、K子の自宅からT市へ向かったという記録があるかないか確認すればいい。T市まで百キロはある。運転手たちにたずねるのはあやまつおそれがある。相手が刑事ならともかく、ただの客に半年も前の出来ごとを正確に思い出してくれるかどうか。車輛の数は五十台もないのだから、その日の分だけでもわかればあとは簡単である。というのは理屈で、現実には事務員に大枚の金を与えて買収しないかぎり不可能だ。ところが主人公には自由になる金の持合せがない。

思いあまって彼は一策を案じる。K子に右の可能性をほのめかすのである。タクシー会社に友人がいる。日報を調べてくれるように頼んだらあっさり承知してくれたと。翌早朝サイレンが鳴りひびくことになる。

たった一枚の紙片。推理小説の素材としてものになりそうな気がするのだが、いつかこれを書きたいと思っている。

（『小説春秋』一九七九年三月号）

さよならマーロー君こんにちはモース警部

どちらかといえば私立探偵がひいきである。間代を滞納し、電話もさしおさえられかかったわびしいプライヴェト・アイは身につまされる。一度か二度、女房と離婚してその手当の支払いに追われ、懐はいつもさびしい。たまにいい儲け口がころがりこむことがあるけれども、事件につい深入りした結果、金も女も手に入らない仕儀になるのは主人公の依って立つ誇りのせいである。ひらたくいえば男の意地だろうか。これを持たない探偵が活躍するハードボイルドはさまにならない。ところが固ゆで卵はチャンドラーが充分にかたくゆでたので、後進がいくらまねをしても半熟にしかならない。かのマーロー君ひとりだけで私立探偵はたくさんだ。以下は残念ながら二番せんじである。

ひいきの探偵を探して、もっかウの目タカの目なのだが、これはと泣かせるヒーローにはまだお目にかからない。

今のところコリン・デクスターが創造したモース警部とつきあっている。さようならマーロー君、こんにちはモース警部。「ウッドストック行最終バス」の哀切きわまりない幕切れは記憶に新しい。ミステリはやはりイギリスにかぎるとまではいわないけれども、これほど人間くさいヒーローをつくり出せたのは伝統であろう。まずモース警部の顔が読者には見える。体臭までかぎとれるようだ。明察神のごとき探偵たちには感じられないものだ。アメリカの男優ロッド・スタイガーを私はモース警部にかさねあわせている。設定ではモース警部は「きゃしゃな体つき」ということになっているので、スタイガーとは一致しないムキもあるけど、両者の雰囲気は似ているのではあるまいか。

「夜の大捜査線」で南部の田舎町で威張る署長をスタイガーは演じた。あれより数年前、ルメットが演出した「質屋」の主人公であるスタイガーが署長役よりもいい。「キドリントンから消えた娘」もひさびさに堪能した。いま夢中になっているのは第三作「ニコラス・クインの静かな世界」である。女によわい中年男を自任する彼が部下のルイスに語るくだりがある。「人生の幸福の秘訣はだな、ルイス、限度を心得ていて、しかもそれをちょっぴり越えることにある」

アメリカ産のヒーローがけっして口にしないせりふである。モース警部は四十をすぎているのに独身である。紙巻タバコとビールを好み、ワグナーを愛する。新聞のクロスワードを解く。背は高くなくて、髪は黒く、後頭部は薄くなっていることを本人は気にしている。これらの特徴は作者であるデクスターとほぼ共通しているらしい。ひとつだけ気にくわないのは三作ともモース警部が女にもてるところだが、まあ目をつぶることにしよう。

（『ＳＦアドベンチャー』一九七九年五月）

私のシェヘラザードたち

「エヴァ・ライカーの記憶」は、八ポ二段組三百四十五ページの大作である。作者ドナルド・A・スタンウッドは二十八歳の青年であるという。私は今ためいきまじりにこの小説を読み終えて、訳者の〝あとがき〟に二回にわたって目を通したところだ。スタンウッドが本書を脱稿し、その原稿が日の目を見るまでの経緯を訳者は詳しく記述している。物語と同じほどにわくわくさせられる裏話である。こういう〝あとがき〟は嬉しい。たいていの〝あとがき〟はマユツバものの作者略歴と、書評紙から抜きだした紋切り型の讃辞でお茶をにごすのがきまりであるけれども、本書のそれは熱がこもっていて訳者の打ちこみ様、さらにいえば本書に対する惚れこみ方が尋常でないことが察しられる。中身が傑作であることは今更いうまでもないが、〝あとがき〟もわるくない。

「エヴァ・ライカーの記憶」という小説は面白そうだと、人づてに聞いていたけれども、雑用に追われて手にするひまがなかった。ふとしたことで入院するハメになり、友人が見舞いにこれを送ってくれたのである。私はベッドに寝そべって一気に読了した。書物は一気に読まなければ面白さが半減する。小説に限らない。あらゆる書物についてこれはいえそうだ。一気に読むためにはまとまった時間が要る。さしずめ入院、それも軽い胃の病気なら読書にはうってつけであろう。「エヴァ・ライカーの記憶」がどのような物語であるかは省くことにする。帯文の四行を引用するにとどめる（海底にねむりつづける〝タイタニック〟から、今もうひとつの恐怖が浮上する。海難史上に名高い〝運命の夜〟と現代をダイナミックに結びつけた傑作ミステリー）。

なんだ、ミステリーかと、がっかりする読者もいることだろう。厳密にいえば本書はミステリーの要素である謎解きと、冒険小説に不可欠な起伏のはげしい物語の展開という性格をあわせ持っているから、月並のミステリーとは片づけられない。私は久しぶりに寝食を忘れ、ページをめくるのももどかしい思いで、スタンウッドの才筆に堪能した。本を読む愉しみを味わった。たかが冒険小説ごときに目の色を変えるとはみっともないと反省する瞬間がないでもなかったが、その圧倒的な面白さの前には反省なぞ意味がないし、私は充分に満足したといえる。

初め「タイタニック」を素材にした小説と聞いて、クライヴ・カッスラーの傑作「タイタニックを引き揚げろ」を連想し、私は二番煎じではないかと疑った。半年ほど前にこれも貪り読んだことがあったからである。〝あとがき〟によると、材を「タイタニック」にとったのは偶然の一致であったことがわかる。スタンウッド自身が、カッスラーのこの作品についてまったく知らず、「一時は目の前が真っ暗になった」そうだ。〝あとがき〟がスリリングであると私はいったのはそういう意味である。スタンウッドとカッスラーの二作を並べて出来ばえを比較すると、軍配をどちらにあげたらいいか迷ってしまう。私にスタンウッドを送ってくれた小説読みの巧者である友人にたずねてみたいところだ。

大人の鑑賞に耐える冒険小説というものがようやく近ごろ市民権を得つつあるように見える。わが国の作家たちも本腰を入れて筆を染めるようになった。ミステリーだけがもてはやされて、冒険小説が日陰ものという状況は腑に落ちなかったので、よろこばしい事態であるが、残念ながら英国のアリステア・マクリーンやデズモンド・バグリイに張り合うような作家はまだ出ていないようである。

冒険小説もミステリーも成熟した社会の産物であることは私などがいうまでもない。マクリーンにせよバグリイにせよ、「マグナ・カルタ」を書くためにペンが浸されたインク壺と同じインクに自分のペンを突っこんで、英国市民社会の夢想と願望を綴ったのだ。マクリーンの名前を知ったのは「原子力潜水艦ドルフィン」であった。後でこれは箸にも棒にもかからない三流映画となって登場することになるけれども、原作はめっぽう面白かった。昭和三十年代の終り頃と記憶している。

マクリーンの二冊めは「女王陛下のユリシーズ号」で、第二次大戦ちゅう英国からソ連のムルマンスクへ輸送船団を護衛する巡洋艦ユリシーズの手に汗を握る物語である。海と軍艦をこれほどイキイキと描写できる作家はどうしたことかわが国に存在しない。その理由は明らかで、近世の日本文学史にスコットとキプリングが居なかっただけのことである。マクリーンのベストスリーは前記二作に「ナバロンの要塞」を加えれば足りるだろう。映画化されたから見た人も多いと思う。

マクリーンのベストスリーをあげて、バグリイに言及しなかったら片手落ちである。この頃はマクリーンをしのぐ力量を示している。すなわち「高い砦」「原生林の追撃」「タイトロープマン」。

こと冒険小説についてのみいえば、英米の作家でどうしても前者の方に分がある。伝統というものだろう。文体にコクが感じられる。英国の作家ならたちどころに前記の二名の他、ジャック・ヒギンズ、ジェフリイ・ジェンキンズ、ライオネル・デヴィドスンなどすらすらと出てくる。米国の場合は急に思い浮かばず考えこむことになる。もっともスタンウッドを読んだ今は事情がやや違ってきたわけだ。

サマセット・モームの回想を読んでいたら興味深いくだりがあった。

若い頃、まだ無名のモームが、小づかい稼ぎに必ず売れるはずのメロドラマを書こうと思いついた。ロンドンの貸本屋を歩きまわって、当時の流行作家がものした小説をかたっぱしから読破し、読者にうけるプロットと登場人物の共通項を分析した。友人と二人で屋根裏部屋にこもり、くすくす笑っておたがいに肘で相手をこづきながら満天下の子女の紅涙をしぼることうけあいの小説をでっちあげたという。「しかしながら」とモームはさりげなくつけ加えている。プロットも主人公も読者にうける要素はすべて備えていたにもかかわらず、二人の合作はぜんぜん売れなかった。メロドラマといえども、作者は自分自身をその世界に投げこみ、懸命に書いているのである。読者は敏感だから、本物のメロドラマとニセモノを即座に見分けたのだと、モームは語っている。

ときゆくりなくも私が思い出したのはモームの右のくだりであった。何分、かなり以前のことだからモームの回想も正確に覚えていない。二人して閉じこもったのは屋根裏部屋ではなくて、ただの部屋だったかもしれないが、大筋は右の通りである。小説家の仕事場はたとえ二十畳の書斎でも屋根裏部屋といっていいように思う。通常のドアの向うにもう一つのドアなり階段があって、それをくぐり抜けなければ辿りつけない部屋である。部屋の壁は書物で埋められている。雑多な書物で。私はマクリーンの本棚が、各国の冒険小説ばかりで占められているとは決して思わない。もしかしたらそんなしろものは一冊もないかもしれない。チャーチルの「第二次大戦回顧録」のとなりに、トマス・アクィナスの「神学大全」があったところで私は驚かない。そのとなりにはジェーンの海軍年鑑一九三九年版があって、次にイエイツの詩集が並んでいる。マクリーンが本名ならアイルランド系である。イエイツの一冊くらいあってもよろしい、とまあこんな具合に空想するのはわるくない気分だ。テーブルの上には出版社が持ちこんだ新人作家の校正刷りがうず高く積まれていて、冒険小説の大家からお墨付をいただくのを待っている。マクリーンにほめてもらえると、売れゆきが伸びるのである。しかし御本人は次作のことで頭が一杯になっており、他人の作品なんか念頭にない。仕方なしに編集長がマクリーンの許しを乞うて自分で推薦文をこしらえる。私はどうしようもない冒険小説の駄作をマクリーンの讃辞につられて読んだことがある。

私における冒険小説好みは、さかのぼれば五、六歳の頃にゆきつく。

高垣眸のあれはなんという題名であったか、「少年倶楽部」に連載されていた時代小説の一場面が忘れられない。私は昭和十二年生まれだから、黄金時代の「少年倶楽部」と時代を共にしていない。昭和十七、八年頃、兄が読んでいた戦前版のそれを手にしたことがあった。「龍神丸」という題ではなかったかと思うのだが、主人公である若侍が船上で部下に裏切られ、南海の無人島に置き去りにされる。挿絵は伊藤幾久造のようだった。椰子の根元に縛られた主人公に、彼を裏切った下男が近づいてくる。傍には悪党どもがいるから声を出して話せない。今までこの上なく忠実だと信じていた下男が、どたんばで敵に寝返ったので、主人公はアタマに来ている。ところが下男はそれとなく主人公に目くばせして、砂の上に指で文字をしるす。どんな文章かは記憶に残っていないが、下男が忠実である証拠を述べ救出を暗示したのだと思う。二転三転のどんでん返しというものだ。「エヴァ・ライカーの記憶」にも「タイタニックを引き揚げろ」にも、このどんでん返しはある。

少しずつ思い出してきた。

下男は唖なので自分の気持を伝えるには指で砂に文字を書くしかなかったのだ。文字であれば悪人たちの目に触れる危険がある。だから、あわや、というとき、波打ちぎわに打ちよせた水が砂の文字をおおいつくして、読者をほっとさせる仕組なのである。ほっとしたのはいいが、文字が波で洗われたとたん、私の記憶からも抹消されてしまった。連載小説の一回分を読んで、前後をみな読みたいものだと切ない思いで私は願った。

山中峯太郎、海野十三、南洋一郎、森下雨村、野村胡堂は私のシェヘラザードであった。戦後まもなく復刊された「少年クラブ」に続いて「少年」が創刊された。どちらかといえば「少年クラブ」は戦前派の有名作家を起用し、「少年」は同じ戦前派にしても私たちには未知の意欲的な作家を多く用いたように思う。私は「少年クラブ」を購読し、友人は「少年」をとって、おたがいに交換して読んだ。「ミクロの決死圏」というアメリカ映画がある。監督はR・フライシャー、主演はラクエル・ウェルチとスティーヴン・ボイドで一九七一年に公開された。特殊な装置で人間をミクロ化して外科手術不可能の患者の体内に入れ脳出血患部を治療させるというSF映画であるが、昭和二十四、五年頃「少年」にこの思いつきに近い小説が連載された。ふとしたことで一組の少年少女が昆虫の卵大に体が縮小してしまう。微小な存在となった二人の目に世界は異様に変貌する。作者名を覚えていないのがくやしい。もしや作者はカフカの「変身」を下敷にしたのではないか。私は昆虫の生態や植物について、小学校六年間で習うより多くの知識をこの連載小説で学んだ。まだある。これは作者名を覚えている。寒川光太郎が「少年」に連載した小説で、幕末、北海道を探検して行方不明となった曽祖父のあとをたずねて主人公が北辺の島々や半島をめぐり歩く物語である。無人島の洞穴に百年前の焚火の跡が残っているのを発見する光景にはぞくぞくしたものだ。

こうしてみると、「少年」の物語は新しい趣向が凝らされ、敗戦を知った私たちの心をとらえたようだ。

「少年クラブ」の連載小説は昭和十年代のそれにのったとしてもおかしくないようなふるめかしさが感じられた。「太陽少年」という分厚い雑誌があった。高垣眸と深山百合太郎合作の「凍る地球」は毎回百枚はあった。いわゆる終末テーマのSFである。深山百合太郎とは元海軍大佐というふれこみだが本当の所は知らない。アメリカの原爆貯蔵庫が爆発して地球を灰の膜で包みこみ気温が低下するというあらすじなのだが、描写が具体的で説得力に富んでいた。長崎市に投下された原子爆弾を目撃し、炎上する都市を見た私には明日にでも起りうることと思われた。「凍る地球」もついに最終回まで読むことができなかった。なけなしの小づかいを工面するにも限度があったのだ。当節はやりのSF小説など足もとにも及ばない迫力があった。昭和二十年代の初めから半ばまでは、少年小説の黄金時代であったことを明言したい。私は停電しがちな暗い明りの下で、センカ紙に刷られたこれらの物語を辿り、どんなにか鼓舞されたことだろう。毎日の食事はサツマイモと麦とスイトンであった。しかし物語があれば、まずい食事などどうでもよかった。私たちを力づけ、生きる勇気を与えてくれた有名無名の作家たちよ、今あなた方に感謝する。「譚海」という雑誌も書きおとすわけにゆかない。挿絵に特色があって、「少年クラブ」や「少年」に描かれる子供たちが東京の中産階級に育った雰囲気を感じさせるのに対して、「譚海」に登場する女の子はやや色っぽかった。大人の読物雑誌で仕事をする画家たちが起用されていたからだろう。三芳悌吉と岩田専太郎の違いである。縄で縛られた美少女がこれから悪漢に拷問をうけようとする場面で、〝以下次号〟などという具合になるのだった。「譚海」は「少年クラブ」より判型が小さかったわりにページ数は多く、絵物語が三分の一を占めていた。いかに雑誌好きといっても、これを毎月買うのはむずかしかった。夢の中で、小松崎茂が表紙を描いた「譚海」を手にしっかりとつかんで、目がさめたら机の脚を握りしめていたことがある。

先日、郵送された古本屋の目録で、昭和二十四年刊の「譚海」を見出して早速とりよせてみた。包装紙を拡げて中身を手にした私は自分の目を疑った。記憶の世界にある雑誌と現物はまるで違うのである。粗末な紙、劣悪な印刷、絵は稚拙だし文章は雑だし、子供の頃に耽読した雑誌と同一物とはとうてい思えなかった。

私のシェヘラザードたちに一連の挿絵画家もつけ加えておかなければならない。梁川剛一、鈴木御水、樺島勝一、山口将吉郎、山川惣治。この人たちの絵がそえられて初めて物語は光彩をおびるのだった。記憶のスクリーンに私は今も彼らの絵を一点ずつ鮮明に映写することができる。

(『読書と私』文春文庫、一九八〇年五月刊)

推理小説に関するアンケート

①あなたは推理小説に興味をお持ちですか？

持っている。

②その理由は？

うき世の労苦を忘れられる。

③興味をお持ちの方は、お好きな作品を国内、国外それぞれ三つずつ挙げてください。

国内
鮎川哲也全作品
松本清張「表象詩人」
石沢英太郎「羊歯行」
国外
C・デクスター「ウッドストック行最終バス」
P・D・ジェイムズ「女には向かない職業」
エド・レイシイ「さらばその歩むところに心せよ」

（『中央公論夏季臨時増刊　大岡昇平監修・推理小説特集』一九八〇年八月）

解説　アンケートの海に浮かぶ島

堀江敏幸

野呂邦暢は一九三七年、長崎市に生まれ、八〇年五月、諫早市で亡くなった。四十二歳の若さだった。七四年に「草のつるぎ」で第七〇回芥川賞を受賞して、わずか六年半後のことである。本書は受賞後に書かれた作品群のなかから、おそらくはミステリと分類するのがもっともふさわしいであろう中短篇とそれに関連するエッセイを収録した、著者初のミステリ集成である（このうち「剃刀」は、先に刊行された『事件の予兆　文芸ミステリ短篇集』にも収められていることをお断りしておく）。

ミステリに「機械仕掛のトリック」は不要だと野呂邦暢は言う。ミステリも小説である以上、人物がどのように描かれているかが重要なのであって、変哲もない日常があればいい。暮らしのなかの具体的な物ひとつからでも「記憶の井戸さらえのごときことが起り、主人公の内部に深く埋れていたものが明るみに出てくる」（「歯形」）。過去がつぎつぎに掘り返され、時間に湿った土が現在を覆う。地上にあらわれた記憶の情景には、いくつか共通項がある。海、山、島、写真、絵画、書物、そして戦争。冒頭に置かれた「失踪者」もその例に漏れない。

雑誌の取材で北陸の島に行き、祭祀の模様などを撮影したあとひとりで二度目の取材に出かけて消息を絶ったまま、海岸に遺体となって漂着したカメラマンの行動と死の謎を解くため、主人公はその島にわたる。手がかりは一巻のフィルムに残されていた写真のみである。島の祭礼の模様や祠、絵馬、漁村の風景に船から見た景色、そして縁側に佇んでいる和服姿の女性。「一度見ただけで忘れられない一種異様な雰囲気」を漂わせているこの女性はだれなのか。聞き取りをはじめた主人公は何者かに捕えられ、監禁されてしまう。読者の前に展開するのは、そこから脱出した、とても居職のコピーライターとは思えないロビンソン・クルーソーばりのサバイバルゲームだ。これを見るかぎり、ありきたりの日常があればいいとは言えなくなりそうだが、島は海や干潟とともに、野呂邦暢にとって特別な意味を持つトポスだった。

「島には気をそそられる。／島は海の中に孤立しており、限られている。島は本土からの距離にかかわらず隔絶されている。そこで営まれている日常は、本土の日常とまったく変りがないが、あくまで「島」の日常であって本土のそれではない。島はそういう意味で魅力的な題材である」（「安達征一郎『島を愛した男』に寄せた書評）

島はその地理的条件において、すでにありきたりを超えている。日常も場所をずらせば公約数から外れて、そこだけの日常になる。ひとつの土地に腰を据え、何年もそこで生活し、土地の精霊に触れることでようやく小説は書ける、小説とはそうやって書くものだという信念のもと、評価が高まってからも仕事のしやすい東京には出なかった野呂邦暢にとって、諫早は精神的な「島」であり、そこでの日常は、持続を条件とする静かな戦いの場であった。

島のなかの山に逃げ込んだ主人公は、蛇や蛙を食し、島から脱出するために筏をこしらえ、投壜通信を試みる。「失踪者」で生かされているのは、十代の終わりに作者が一年だけ籍を置いていた陸上自衛隊での訓練と「地誌踏査」の経験だろう。自然の地形を読み、方角を把握して最適な移動経路を見出す、ほとんど索敵と言ってもいい緊張感が描写に乗り移っている。芥川賞受賞作「草のつるぎ」は、その自衛隊での体験を昇華させた一篇だが、「失踪者」にも、正確であるがゆえに特定の地域から抜け出せなくなる不条理な地理感覚と、かすかな終末感があふれている。野呂邦暢が自衛隊に入った理由は単純ではない。大学受験に失敗し、父親の事業が行き詰まり、東京に出て働いたものの身体を壊して諫早に戻ったとき、「ぼくの中にある何かイヤなものを壊したい」（「草のつるぎ」）と踏み込んだのであって、いわゆるお国のためという理由ではなかった。少年の頃、疎開中の諫早からながめた八月九日の長崎の空を原点に置けばそれは理解できるだろう。長崎にいたままだったら、小学校の同級生たちといっしょに死んでいたかもしれないのだ。

太陽ではない白い球が光り、そのあと爆音が伝わってきて、次いで灰の雨が降り注いだ「あの日、子供心に考えていたのは世界の終わりである。そう、まさしく一つの帝国が壮大な人工の夕焼けの下で滅んでいたのだ」(「死の影」、『王国そして地図』集英社)。「失踪者」の主人公と同様、野呂邦暢も消えてしまった者たちの跡をたどっている。過去の時間の層がのぞく記憶の島を捜している。しかし終点からはじまった日常に、はたしてどれだけ強固な土台があるのか。

じつはこの作者には、文字通り「世界の終り」と題された、「失踪者」の親族とも言える短篇がある。鮪漁船が核戦争の勃発による死の灰に襲われ、甲板員だった男が奇跡的に無人島に漂着する。生きるために原始的な生活をはじめたところへ、男がひとりボートに乗ってやってくる。両者のあいだに、ふたり以上いなければ現出しない社会的な距離が生まれる。あとから来た男は、やがて傍点付きで「そいつ」と呼ばれることになるのだが、「そいつ」という人称は、本書所収の「敵」の語り手がそうであるように、自分のなかの半身を指すに等しい。「直感的に胸もむかつくほどの嫌悪感」を覚える対象は、赤の他人でも「そいつ」でもなく、心に巣喰う「イヤな」自分なのである。

おなじ構図が「まぼろしの御嶽」でも保たれている。時間の扉を開くのは、またしても数枚の写真だ。事故死した婚約者の過去、そして関ヶ原の合戦の戦後処理にさかのぼる歴史の跡までも、写真に残されていた山が示してくれる。第二次大戦末期、憲兵曹長だった婚約者の父親は、「九州のどこかで山中に逃げこんだ脱走兵を捜索ちゅうに猟銃で射たれた」という。主人公が聞いていた婚約者の過去と写真の情報がしだいに像を結んでいく。紐帯となるのは史実である。昭和十九年十一月、諫早市の多良岳上空でB29の編隊を零式戦闘機で追撃し、うち一機を体当たりで海に沈めた飛行士がいた。飛行士の遺体は山中で発見され、B29の機体と乗組員は海から引き揚げられた。米兵らの身元が一枚の写真に捉えられていた機体番号から判明したのは、一九七七年のことである。過去の海から、まぼろしではない記録として現在に呼び寄せられた経緯は、まさしく「記憶の井戸さらえ」と言うべきだろう。小説ではこの記録をいったん抹消し、新しい記憶に作り替えている。野呂邦暢は戦争の悲惨さを後世に伝えることの重要性を認めながら、体験はたやすく言葉で伝えることができないと認識していた。だからこそ小説を書くのであり、記憶の島の特異な日常に通じる現在との橋は、語れないもどかしさが土台になっているのだ。

写真や絵画や夢なら、言葉抜きで記憶の層にたどり着ける。しかし小説家はそれを言葉にしなければ先に進むことができない。高校時代は美術部に属し、作家になってからもスケッチを重ねていた野呂邦暢の、事実上の第一作のタイトルは「壁の絵」だった。絵を見つめ、既視感というロープをつたって絵の穴に降りていく「もうひとつの絵」には、主人公の現在を揺さぶり、過去へと連れ去る既視感が描かれている。「崖と少年、丘、陸橋、沈む日……くすんだ褐色と灰で支配された光景」。すぐにものを忘れてしまう健忘症のような症状に襲われた主人公が、夢を見る。夢のなかでさらに絵に入りこみ、自分でもまだ気づいていなかった事実の《可能性》に震撼する。同様のことが「ある殺人」でも繰り返されるのだが、問題はつねに過去を探る過程であって、どこを掘っていいかわからなくなっている現在の右往左往にこそ、写真や絵画や夢を通していまを照射する沃野がある。

読み手としての野呂邦暢は、結末のカタルシスをふくむストーリーテリングの面白さを拒んではいなかった。しかし、死後に発行された「推理小説に関するアンケート」(「中央公論夏季臨時増刊　大岡昇平監修・推理小説特集」一九八〇年八月)を見ると、やはり記憶の扱いと人物へのまなざしが評価の基準になっているように思われる。国内で好きなミステリとして、鮎川哲也の全作品、松本清張の「表象詩人」とならんで、石沢英太郎の『羊歯行』を挙げているのは、九州在住の作家としての連帯意識が働いているとはいえ、まことに渋い。石沢は一九一六年、大連に生まれ、そこで三十年余りを過ごした。大連商業高校卒業後は満鉄の子会社である満州電業に就職し、戦後、昭和二十三年に引き揚げて、満鉄調査部にいた面々で九州経済調査協会なる会社を立ち上げ、ながく庶務課長を勤めた。満鉄調査部は、つつけば黒い糸をどんどん引き出せそうな機関である。一九七八年、講談社文庫に『羊歯行・乱蝶ほか』が入ったとき、野呂邦暢は長い解説を寄せ、右の経歴にも触れていた。調査の名目での過去の発掘は、その危険性と苦さを十分にわきまえたうえでなら認めうるということなのだろう。羊歯の希少種の採取に殺人を絡める趣向は、たしかに珍しい。しかし「推理と銘をうっても小説はあくまで小説である。人間が生きていなければ小説は死んでしまう」と、その主張は一貫していた。

おそらく鮎川哲也の作品も、トリックを超えた要素を持つ小説として評価していたのだろう。「まさゆめ」は、その鮎川が編んだ『レールは囁く　トラベル・ミステリー5』（徳間文庫、一九八三）にも選ばれていた。編者解説のなかで鮎川は、生前、野呂邦暢と手紙のやりとりがあったこと、そのなかに「近い将来に鮎川哲也論を書くつもりだという一行」があったことを記し、「返事には触れなかったものの、内心では氏の鮎川論をぜひ読みたいものだと思い、発表される日を心待ちにしていた」と私的な一文を書き付けている。死後に出た「中央公論臨増」の推理小説特集アンケートに自分の「全作品」が挙げられているのを見て、「私は改めてこの「愛読者」が亡くなったことを哀しみ、鮎川論が書かれることをなくして終ったことを残念に思った」と鮎川は締めくくっているのだが、これは

「失踪者」や「まぼろしの御嶽」の登場人物たちに託された、結果が出ないからこそ豊穣な探査の交歓そのものだ。もしかすると、既視感をどれだけ取り除いてもたどりつけない記憶の「島」とは、余白の多いアンケートの海に放り出されたままついに書かれることのなかった野呂邦暢による鮎川哲也論ではないだろうか。いや、この論考は、「まさゆめ」で描かれた地下鉄のプラットフォームにいるクニノブのイニシャルを持つKによって、もうどこかで書かれているのかもしれない。ミステリファンが読むべきは、野呂邦暢ではなくKの手になるまぼろしの言葉なのである。

（ほりえ・としゆき　作家）

底本

『野呂邦暢小説集成』第四巻（文遊社、二〇一四年）
『野呂邦暢小説集成』第六巻（文遊社、二〇一六年）
『兵士の報酬　随筆コレクション1』（みすず書房、二〇一四年）
『小さな町にて　随筆コレクション2』（みすず書房、二〇一四年）

編集付記

一、本書は著者のミステリ作品および関連エッセイを独自に選んで編集したものである。中短篇小説を第I部、エッセイを第II部とし、それぞれ発表年代順に収録した。中公文庫オリジナル。

一、小説作品は文遊社版『野呂邦暢小説集成』第四巻・第六巻、エッセイはみすず書房版『野呂邦暢随筆コレクション』（全二巻）を底本とした。底本中、明らかな誤植と考えられる箇所は訂正し、難読と思われる語には新たにルビを付した。

一、本文中、今日の人権意識に照らして不適切な語句や表現が見受けられるが、著者が故人であること、発表当時の時代背景と作品の文化的価値に鑑みて、底本のままとした。

中公文庫

野呂邦暢ミステリ集成

2020年10月25日　初版発行
2021年２月20日　再版発行

著　者　野呂邦暢

発行者　松田陽三

発行所　中央公論新社
〒100-8152　東京都千代田区大手町1-7-1
電話　販売 03-5299-1730　編集 03-5299-1890
URL http://www.chuko.co.jp/

ＤＴＰ　嵐下英治
印　刷　三晃印刷
製　本　小泉製本

Published by CHUOKORON-SHINSHA, INC.
Printed in Japan　ISBN978-4-12-206979-4 C1193

各書目の下段の数字はISBNコードです。978－4－12が省略してあります。

中公文庫既刊より

ち-8-8
事件の予兆 文芸ミステリ短篇集
中央公論新社 編

大岡昇平、小沼丹から野坂昭如、田中小実昌まで。非ミステリ作家による知られざる上質なミステリ十編を一冊にした異色のアンソロジー。〈解説〉堀江敏幸

206923-7

お-2-12
大岡昇平 歴史小説集成
大岡 昇平

「挙兵」「吉村虎太郎」など長篇『天誅組』に連なる作品群ほか、「高杉晋作」「竜馬殺し」「将門記」など戦争小説としての歴史小説全10編。〈解説〉川村 湊

206352-5

や-1-2
安岡章太郎 戦争小説集成
安岡章太郎

軍隊生活の滑稽と悲惨を巧みに描いた長篇「遁走」ほか、短篇五編を含む文庫オリジナル作品集。巻末に開高健との対談「戦争文学と暴力をめぐって」を併録。

206596-3

よ-17-14
吉行淳之介娼婦小説集成
吉行淳之介

赤線地帯の疲労が心と身体に降り積もり、街から抜け出せなくなる繊細な神経の女たち。「赤線の娼婦」を描いた全十篇に自作に関するエッセイを加えた決定版。

205969-6

あ-20-3
天使が見たもの 少年小景集
阿 部 昭

短篇の名手による〈少年〉を主題としたオリジナル・アンソロジー。表題作ほか教科書の定番「あこがれ」「自転車」など全十四編。〈巻末エッセイ〉沢木耕太郎

206721-9

み-5-2
盆土産と十七の短篇
三浦 哲郎

「盆土産」「とんかつ」など、国語教科書で長年読み継がれた名篇を中心に精選したオリジナル・アンソロジー。自作解説を付す。〈巻末エッセイ〉阿部 昭

206901-5

う-37-1
怠惰の美徳
梅崎 春生
荻原 魚雷 編

戦後派を代表する作家が、怠け者のまま如何に生きてきたかを綴った随筆と短篇小説を収録。真面目で変でおもしろい、ユーモア溢れる文庫オリジナル作品集。

206540-6